MENTIDEROS DE LA MEMORIA

colección andanzas

Obras de Gonzalo Celorio
en Tusquets Editores

GONZALO CELORIO
MENTIDEROS DE LA MEMORIA

TUSQUETS
EDITORES

Obra editada en colaboración con Editorial Planeta – España

© 2022, Gonzalo Celorio

© Tusquets Editores, S.A. – Barcelona, España

Derechos reservados

© 2022, Editorial Planeta Mexicana, S.A. de C.V.
Bajo el sello editorial TUSQUETS M.R.
Avenida Presidente Masarik núm. 111,
Piso 2, Polanco V Sección, Miguel Hidalgo
C.P. 11560, Ciudad de México
www.planetadelibros.com.mx

Diseño de la colección: Guillemot-Navares

Primera edición impresa en España: junio de 2022
ISBN: 978-84-1107-143-7

Primera edición impresa en México: junio de 2022
ISBN: 978-607-07-8819-2

Esta obra fue escrita gracias al apoyo del Sistema Nacional de Creadores de Arte de
México.

Impreso en los talleres de Impregráfica Digital, S.A. de C.V.
Av. Coyoacán 100-D, Valle Norte, Benito Juárez
Ciudad De Mexico, C.P. 03103
Impreso en México –*Printed in Mexico*

Índice

A quienes oyeron martes a martes, durante la pandemia,
los textos que integran este volumen:

Adelaida Casamitjana
Silvia Garza
Tomás Garza
Lucía Guzmán
Raúl Herrera
Salvador Malo
José Sarukhán
Rosa Seco

Somos nuestra memoria,
somos ese quimérico museo de formas inconstantes,
ese montón de espejos rotos.

JORGE LUIS BORGES, *Cambridge*

Algo sobre la muerte del menor Sabines

Uno

Ha pasado más de medio siglo. No sé con cuánta fidelidad pueda reconstruir la historia. El tiempo ha emborronado las circunstancias, pero la huella que me dejó su temprana muerte persiste, indeleble.

Era un joven de complexión ancha, tez morena y cabello muy negro, brillante y ondulado. Lo conocí a mediados de los años sesenta en la Preparatoria número 4 de la Universidad Nacional Autónoma de México, la de Tacubaya.

El estupendo teatro de ese plantel recién construido se estrenó con el montaje de la comedia *Sueño de una noche de verano* de Shakespeare, en la que me tocó representar el papel de Puck, el duendecillo travieso que hace y deshace amores durante la noche de San Juan, la más breve del año.

Yo no estudiaba en la Prepa 4, sino en el Centro Universitario México, incorporado a la UNAM; una escuela particular y confesional de los hermanos maristas, en la que resultaba imposible hacer teatro. Su alumnado entonces era exclusivamente masculino y ningún estudiante habría aceptado representar el papel de Hermia, Elena o Titania, ni tampoco el de Julieta, Ofelia o Desdémona, como en los tiempos isabelinos, cuando hombres de pelo en pecho, con corpiños de fantasía, caireles postizos, colorete en las mejillas y voces atipladas, podían encarnar a tan delicadas damas.

El maestro que en el CUM impartía las asignaturas de Literatura Española y de Historia de la Cultura también era profesor de la Escuela Nacional Preparatoria, donde, además de dar clases, dirigía un grupo de teatro. Cuando se percató de mi fascinación por las artes escénicas, que yo manifestaba con vergonzante sobreactuación en los concursos de declamación, que constituían mi única posibilidad de pararme frente al público para recitar algunos poemas (generalmente malos), me invitó a formar parte de aquel grupo, que ensayaba por las tardes en el antiguo Colegio de San Ildefonso en el centro histórico de la ciudad.

Tras largos meses de ensayo en un salón grande del tercer piso de aquel imponente edificio virreinal, que alberga en sus muros la obra de Orozco, Rivera, Siqueiros, Alva de la Canal, Jean Charlot, Fermín Revueltas, el maestro Enrique Ruelas, entonces jefe del Departamento de Actividades Estéticas de la Escuela Nacional Preparatoria, nos asignó el flamante teatro del plantel de Tacubaya para la representación de la obra.

Durante los últimos años del rectorado del doctor Ignacio Chávez, la Preparatoria vivió un proceso de descentralización y multiplicó el número de sus planteles, que fueron ubicados en diferentes puntos de la ciudad de México. Cada uno de ellos fue dotado con un magnífico teatro, que contaba con toda la maquinaria escénica moderna: tramoya, escenario giratorio, cabina de sonido, camerinos.

No me acuerdo en qué momento me encontré con Jaime, pero fue ahí, en la Prepa 4, donde él estudiaba permanentemente y yo asistía sólo para participar en las actividades teatrales. Lo que sí recuerdo es que muy pronto nos hicimos amigos. Al poco tiempo de conocernos ya nos estábamos intercambiando los textos que no teníamos dónde publicar. Nos reuníamos a comentarlos en mi casa de Sur 71 B número 312, de la colonia Sinatel (Sindicato Nacional de Telefonistas), donde yo disponía de un cuarto en la azotea de la casa, que compartía con mi hermana Rosa y al que habíamos bautizado con el enfático nombre de «El Clímax». No tengo presente, ahora que reelaboro esta historia de mi relación literaria con él, ninguno de sus escritos. Durante años guardé algunas copias al carbón de sus textos, mecanografiados a renglón seguido en papel cebolla, pero se me han de haber extraviado en alguna de las muchas mudanzas de mi vida. Lo que no puedo olvidar es su voz. Fuera prosa o verso lo que escribiera, Jaime lo leía como poeta. Y su entonación, su cadencia, su timbre eran extraordinariamente parecidos a los de su padre, el enorme poeta chiapaneco Jaime Sabines, a quien yo veneraba y de quien había escuchado muchas veces el disco que acababa de grabar, en 1965, para Voz Viva de México de la UNAM; tantas, que sus poemas —«Tía Chofi», «Los amorosos», «Algo sobre la muerte del Mayor Sabines»— terminaron por adherirse a mi memoria, donde todavía persisten con fidelidad textual.

Mi amigo Jaime ostentaba el apellido Sabines, aunque hubiera nacido fuera del matrimonio que, después de su nacimiento, el poeta contrajo con Josefina Rodríguez Zebadúa, «Chepita», en 1953. Vivía en Tizapán, al sur de la ciudad de México, pero no conocí su casa. Nunca me invitó. Supe que vivía con su madre, de nombre Boni (quizá apócope de Bonifacia); su padrastro, de quien me enteré —no por Jaime— que era violento cuando se emborrachaba (y se emborrachaba con frecuencia), y con cuatro o cinco medios hermanos.

Al final del año de 1966, Jaime y yo actuamos juntos en una pastorela que se representó en el atrio de la iglesia de San Jacinto en San Ángel. Él, ataviado de calzón blanco, sarape colorido y huaraches, hizo el papel terrenal de Bato, uno de los pastores; yo, con el torso y la cara pintados de dorado, el alegórico del Pecado. Como entonces me acababa de hacer de un *vochito* gracias al patrocinio de mi madre, le ofrecí a Jaime pasar por él a su casa para ir a los ensayos o a las funciones, pero él no aceptó mi ofrecimiento más que de manera parcial. Lo recogía en algún lugar cercano a su domicilio y al terminar lo dejaba a unas cuantas cuadras de su casa.

Nunca supe con exactitud dónde ni cómo vivía.

Dos

Cuando terminé la preparatoria, ingresé a la UNAM. A partir de enero de 1967 empecé a estudiar por las tardes la carrera de Lengua y Literatura Españolas en la Facultad de Filosofía y Letras, y también a trabajar por las mañanas en el Museo Nacional del Virreinato, en Tepotzotlán.

Fue entonces cuando me hice novio de Yolanda Morayta, con quien después me casaría.

Yolanda pasaba algunos fines de semana con su familia en Cuernavaca, en una casa ubicada en la calle Subida al Club de la colonia Reforma. Aunque ya la visitaba todas las noches al salir de la universidad en su casa del Pedregal de San Ángel, nunca había sido convocado a Cuernavaca. Un sábado en el que ella estaba allá, me dieron enormes ganas de «caerle» de sorpresa, sólo para verla, y después regresarme a México. Como apenas sabía manejar en carretera, me daba temor hacer el viaje solo. Le pedí entonces a mi amigo Jaime que me acompañara. Se trataba de ir y volver de inmediato. Él aceptó. Además de darle un beso a Yolanda, quería presentársela porque estaba enamorado de ella y lo que uno quiere cuando está enamorado es compartir el enamoramiento con los seres queridos. Y Jaime ya era un amigo querido. Reciente, sí, pero querido. Un amigo a quien no me había unido el azar, como suele suceder en la infancia, sino las afinidades electivas, en este caso la vocación literaria. Quedamos en vernos en Insurgentes y avenida de La Paz. Lo recogí en mi *vochito* y nos fuimos a Cuernavaca por la carretera vieja, para no pagar peaje.

Tras muchas vueltas, por fin localicé la casa de Yolanda en la sinuosa «ciudad de la eterna primavera».

Apenas llegamos, Jaime se demudó.

Se rehusó a bajar del coche. Me dijo que prefería esperarme afuera. Me desconcertó su negativa. Traté de obtener de él una explicación, pero al principio no encontré más que la reiteración lacónica de su imposibilidad de entrar en esa casa. Y cada vez que repetía «no puedo», se le fruncía el ceño, se le apretaban las mandíbulas y se le concentraba la mirada en un punto fijo e indeterminado del parabrisas.

Le dije entonces que volviéramos a México en ese mismo momento. Como seguramente le dio pena que yo no cumpliera mi propósito de ver a Yolanda y que hubiera hecho el viaje en balde, se vio obligado a contarme su historia, en cuatro palabras y sin voltearme a ver a la cara. Recordaba muy bien esa casa. No nada más la conocía, sino había pasado parte de su primera infancia en ella. Su madre, Boni, había trabajado ahí como lavandera. Y también, por supuesto, conocía a Yolanda, dos años menor que él, con quien había jugado los fines de semana y los periodos vacacionales, cuando la familia se instalaba en Cuernavaca.

Comprendí que no quisiera entrar. En un país tan clasista como el nuestro, cómo compaginaría —pensé— su antigua condición de hijo de la sirvienta con su actual condición de amigo del novio de Yolanda, la hija de los viejos patrones. Respeté su determinación. Me suplicó que yo entrara y me reiteró que él me esperaría en el coche. No quería ser un aguafiestas. Ante su insistencia, me bajé del automóvil, perturbado, y le prometí que no me tardaría.

Yolanda estaba al borde de la alberca, en traje de baño, tomando el sol boca abajo. Su hermana Italita me vio primero y me dio la bienvenida. Yolanda ladeó la cabeza, abrió un ojo con ceño de extrañeza y me divisó, sorprendida. Yo me inhibí un poco porque no sabía cómo iban a tomar sus padres mi presencia en esa casa, a la que desde luego no había sido invitado. Pero ella pasó de la sorpresa a la alegría y su consecuente sonrisa me tranquilizó. Le dije que sólo quería verla y darle un beso, que me retiraría de inmediato, pero la hermana me propuso que me quedara a comer.

—Muchas gracias —le dije—. Pero no puedo; un amigo me está esperando en el coche.

—¿Por qué no pasa? —dijo Italita—. Que entre.

—Sí —la secundó Yolanda y me preguntó—: ¿Quién es?

Yo no le había hablado a Yolanda, en nuestro apenas estrenado noviazgo, de Jaime. Pero cuando le dije su nombre, le salió del subsuelo del alma un recuerdo antiquísimo y entendió que no quisiera pasar, pero me dijo que le daría gusto verlo.

Volví al coche. Le conté a Jaime del buen recuerdo que Yolanda tenía de él. Tras una larga insistencia, por fin aceptó, a regañadientes, entrar un momento, pero de ninguna manera estaba dispuesto a quedarse a comer.

Nos reunimos los tres en el jardín delantero de la casa, bajo un árbol frondoso. Hablamos tres o cuatro tonterías y, tras declinar la invitación a comer, Jaime y yo nos regresamos a la ciudad de México, en silencio.

Cuando estaba a punto de dejarlo en Insurgentes y avenida de La Paz, me pidió que le invitara un trago en el bar del recién instalado Sanborn's de San Ángel.

No fue un trago. Fueron muchos. Más de su parte que de la mía. Pero ni aun así logré obtener mayores datos de su historia. Su expresión, sin embargo, desplegó el amplio espectro de sus resentimientos. Dejó traslucir con dolorosa transparencia que era un poeta aplastado por su propio nombre y condenado a vivir en una familia ajena a su potente estirpe y a su delicada sensibilidad.

Quise llevarlo a su casa, pero se negó con necedad borracha. Lo vi caminar, tambaleante, cuesta arriba, hacia Tizapán, por una avenida llamada de la Paz, que esa noche no le hizo honor a su nombre.

Tres

Muy pocas cosas de esa historia han sobrevivido en mi memoria al paso del tiempo.

De lo perdido, lo que aparezca. Y lo que ha aparecido es poco: Boni había trabajado como lavandera en la casa de los abuelos de Yolanda, que eran de origen chiapaneco él —don Alfredo Ramírez Corona— y napolitano ella —doña Rosa Salem—. Vivían en la calle de Donato Guerra número 21 en la colonia Juárez de la ciudad de México, donde Jaime también había vivido de muy pequeñito. Cuando el abuelo murió y la abuela se fue a vivir con su hija Italia Morayta a su casa del Pedregal de San Ángel, Boni, que seguía siendo su sirvienta, la acompañó. Después, fue reasignada a la casa que la familia había adquirido en Cuernavaca, a la que ella se trasladó con su entonces único hijo.

De la historia de la relación del poeta chiapaneco Jaime Sabines y la sirvienta Boni, también chiapaneca, no sé nada, salvo que ambos fueron los padres de mi amigo, que nació un año antes que yo, en 1947, cuando el poeta estudiaba el tercer año de la carrera de Medicina en la ciudad de México, de la que desertó para estudiar Literatura Castellana en la Facultad de Filosofía y Letras, sita entonces en la casa dieciochesca de Mascarones en la Ribera de San Cosme. Supongo que el poeta reconoció al niño como hijo suyo, pues ostentaba su nombre y su apellido. Y nada más.

Cuatro

Después de nuestra visita a Cuernavaca y su reveladora borrachera en el Sanborn's de San Ángel, Jaime rehuyó mi compañía. Lo busqué en vano varias veces hasta que la promisoria amistad se diluyó apenas comenzada. De él sólo tenía noticias esporádicas por un amigo común que también estudiaba en la facultad y con quien en alguna ocasión había hecho teatro. Cuando coincidíamos en los puestos de comida chatarra de la entrada, me hablaba de Jaime y me mostraba su preocupación por los arrebatos que nuestro amigo sufría si se emborrachaba, y, por lo que pude colegir, cada vez se emborrachaba más. El nombre de este compañero, como tantos sucesos de esta historia, ahora se me olvida. Le llamaré aquí «El Mensajero», que fue el papel que hizo en *Hipólito* de Eurípides, en la que yo representé al casto adolescente devoto de Artemisa. De la misma manera que en la tragedia griega es el personaje que le informa a Teseo del accidente mortal que sufrió su hijo en un carro de caballos, arrojado a los peñascos por designios de Poseidón a solicitud de su propio padre, el Mensajero me dio a mí la noticia del accidente mortal que había sufrido Jaime en la carretera de Cuernavaca.

Un lunes a las cuatro de la tarde, el Mensajero me esperó a la entrada de la facultad, junto al busto de Dante Alighieri. Me abordó con insólita aprensión. Estaba desencajado, tembloroso. Jaime había muerto el sábado en la noche. Y esa misma tarde, a las cinco, lo sepultarían en el panteón de Iztapalapa. No entramos a clase. De la universidad nos fuimos juntos directamente al entierro en mi *vochito*. En el camino, me contó cómo había muerto. Se había suicidado. Había ido con unos amigos a una comida en Cuernavaca, en la que bebió mucho. De regreso, completamente borracho, sentado en el lugar del copiloto del coche, decidió abrir la portezuela y lanzarse al pavimento, donde fue arrollado de inmediato por un autobús.

Soy un hombre totalmente negado para asumir la muerte. Ni la noticia de su suicidio ni las circunstancias en que se consumó llegaron a sedimentarse en mi conciencia. Han tenido que pasar cincuenta años para que me duela lo que, en su momento, sólo me perturbó.

En el panteón de Iztapalapa, ese lunes por la tarde, en el entierro de su primogénito, conocí a Boni. Era una mujer diminuta pero agigantada por la sonoridad de su llanto. Y ahí también vi por primera vez en persona al poeta Jaime Sabines. Alto, delgado, guapo, de pelo ensortijado, bigote fino y mirada transparente. Vestido con un traje color canela, estaba hincado sobre el polvo, alejado de Boni y de todos los demás deudos, llorando en silencio la muerte de un hijo que llevó su nombre y que heredó su verbo.

Como no recuerdo con exactitud la fecha de la muerte del menor Sabines, ignoro si el tercer hijo que el poeta tuvo en 1970 con su segunda mujer, Gloria Córdova Vera, y que también se llamó Jaime, fue bautizado con ese nombre en reemplazo de mi amigo muerto o en desconocimiento de mi amigo vivo. Me inclino por lo primero.

Este relato me ha llevado a imaginar que en esos momentos le nacían del alma al gran poeta los versos que dicen:

> Madre generosa
> de todos los muertos,
> madre tierra, madre,
> vagina del frío,
> brazos de intemperie,
> regazo del viento,
> nido de la noche,
> madre de la muerte,
> recógelo, abrígalo,
> desnúdalo, tómalo,
> guárdalo, acábalo.

Pero mi imaginación se topa con la realidad histórica. Esos versos, publicados poco tiempo después, en 1973, forman parte de su libro *Algo sobre la muerte del Mayor Sabines*.

Que yo sepa, el poeta no escribió ninguna palabra dedicada a la muerte del menor Sabines. Pero no lo sé de cierto. Lo supongo.

Coda

Después de un año de casados, Yolanda decidió contratar a Boni para que le ayudara en las tareas domésticas, que se habían complicado con el nacimiento de nuestro primer hijo. Boni la había acompañado, mimado, consentido desde su primera infancia, cuando vivía con sus abuelos y sus padres en la casa de Donato Guerra, en la que Boni trabajaba.

Yo no supe cómo tratarla. La veo en el lavadero, al lado de los tanques de gas y los botes de basura, y me digo: ¡Cómo, si es la mamá de mi difunto amigo!

Si Jaime no pudo asumir la condición de hijo de la sirvienta cuando fuimos a Cuernavaca aquel sábado memorable, yo tampoco pude asumir la condición de patrón de su mamá cuando ella iba a lavar la ropa a mi casa.

Muy pronto, Boni dejó de trabajar con nosotros. No sé quién despidió a quién.

2
Arreola (y Borges)

La escritura como ajedrez y la oralidad como ping-pong

La voz de Juan José Arreola precedió a la imagen. Primero escuché el disco, grabado en 1961, de la colección Voz Viva de México —así bautizada por él mismo—, en el que leía varios cuentos de su *Confabulario total.* Una voz actoral, ejercitada desde la infancia en el arte de la declamación, educada bajo la dirección de Fernando Wagner, impostada en las funciones de Poesía en Voz Alta de la Casa del Lago, que fluía, sin embargo, con naturalidad y con frescura. La voz de Arreola no sólo decía lo que decía, sino también decía que el buen decir era tan importante como aquello que se decía. Pronunciadas por él, las palabras adquirían textura, peso, volumen, resonancia, sabrosura. No sólo se oían, también se paladeaban.

Después de la voz, sobrevino la imagen. Un hombre delgado, entre desastrado y elegante, de rostro afilado y pedigüeño, y manos ávidas. Era una rara mezcla de fragilidad y desplante. La que tengo de él es la imagen fija de un hombre que se mueve mucho. Un hiperkinésico atrapado en un gesto transitorio. Como una fotografía que lo detuviera sin inmovilizarlo, sin apaciguarlo. ¡Cómo brillan sus ojos rotatorios en esa fotografía virtual que conservo de él en mi memoria! Una foto que no retrata un momento perdurable, sino precisamente la imposibilidad de retratar la permanencia de ese instante.

Me referiré primero a la oralidad de Juan José Arreola y después a su escritura, dos facetas de su vocación verbal que se corresponden, en mi opinión, con dos de sus pasiones lúdicas: el ping-pong y el ajedrez. Por su rapidez, por su agilidad, por su capacidad de respuesta inmediata, la articulación verbal de Arreola, rayana en la incontinencia, se parecía al tenis de mesa, que el maestro practicó con juvenil espíritu. Su prosa, tan cercana al poema, si no es que poesía en sí misma, responde, en cambio, a una cuidadosa y sopesada selección verbal, equivalente al movimiento decisivo de una pieza en una partida de ajedrez.

Varios estudiosos de la obra de Arreola han destacado la capacidad del escritor para reproducir la expresión oral de sus personajes en algunos de sus cuentos o en ciertos segmentos de su única novela, *La feria*. Si se compara con el discurso literario de Juan Rulfo, como parece inevitable, la fidelidad dialectal de Arreola acaso pierda en creatividad lo que gana en exactitud. Pero no es a la oralidad en la escritura de Arreola a la que quiero darle relevancia ahora, sino a la condición literaria de su expresión oral. Se dice que Arreola hablaba como escribía, es decir que en su discurso el idioma fluía con una limpidez, una tersura y una elegancia más propias de la lengua escrita. Cierto: Arreola podía hablar horas y horas casi de cualquier tema, con una articulación perfecta, sin anacolutos, sin muletillas, sin pausas, como si estuviera leyendo un texto previamente escrito por él mismo y grabado en su prodigiosa memoria. En su oratoria, aunque desbordante y aun catártica, conservaba, milagrosamente, el rigor de su estilo, la adjetivación precisa, la imaginería brillante.

Tuve el privilegio de escuchar a Juan José Arreola de viva voz en el aula. Fui su alumno en el taller de creación literaria que impartía en la Facultad de Filosofía y Letras de la UNAM durante los primeros años de los setenta.

El maestro se apersonaba en la facultad antes de las cinco de la tarde. Entre saludo y saludo, se demoraba hasta veinte minutos en trasladarse desde el busto de Dante Alighieri de la entrada hasta el salón 102 del primer piso, en el que daba su clase. Una vez se presentó con las manos manchadas de pintura verde porque había dedicado esa mañana a repintar su mesa de ping-pong; otra, llegó coronado con unos audífonos gigantescos que se conectaban a una grabadora de carrete que sujetaba con la mano izquierda, gracias a la cual escuchaba sus lecciones para aprender alemán, repitiendo en alta voz palabras germánicas. No sé si lo estoy inventando, pero en algún rincón de la memoria guardo la imagen de Arreola en patines, deslizándose ágilmente por los larguísimos pasillos de la facultad que semejan pistas de aeropuerto. Aunque quizá este recuerdo sea una trasposición de la innovadora puesta en escena de la comedia de enredo *Don Gil de las calzas verdes* de Tirso de Molina, que en esos tiempos Héctor Mendoza montó en el Frontón Universitario con la propuesta de que todos los personajes se desplazaran en patines.

Llegaba al salón. Sacaba de su maletín algún libro pretextual porque, si de citar se trataba, Arreola citaba de memoria y a veces hasta mejoraba el poema del libro que abría sobre el escritorio. También extraía un frasquito misterioso con un líquido transparente, que hacía pasar por cierta medicina. De pie en la tarima, como si se tratara del proscenio de un teatro, demandaba con manos exhortatorias: ¡textos!, ¡textos! Entre temerosos y temerarios, sus alumnos le entregábamos de uno en uno nuestros pulidísimos cuentos que hacíamos pasar por borradores (como él por inocente medicina el contenido del frasquito), o nuestros escarceos poéticos, que a fuer de modernos resultaban incomprensibles. Él los leía en voz alta ante nuestro sonrojo. ¡Y también los mejoraba, como los versos que citaba de memoria! Les imprimía una cadencia y una gravedad que no estaban en los originales. Sólo se detenía, por deferencia a las damas, según declaraba, ante las malas palabras, que en ese entonces todavía puritano apenas se atrevían a pasar a la página completas, y no reducidas a sus iniciales. Era respetuoso y estimulante, pero no habría que tomar su respeto al texto ajeno como concesión o benevolencia. Poseía el rigor del editor y contaba con el ascendiente literario del gran estilista que fue.

Si se trataba de criticar, Arreola criticaba. Una vez, cuando la declamación no había terminado de proscribirse y considerarse como un pseudoarte digno de tertulias decimonónicas, un joven desconocido abordó al maestro antes de que entrara al salón para pedirle que le permitiera recitar en clase un poema de García Lorca, el «Llanto por Ignacio Sánchez Mejías». Acaso recordando el estreno de sus dotes literarias y teatrales cuando de niño se aprendió de oídas «El Cristo de Temaca» del padre Placencia y lo recitaba a la menor provocación o sin provocación ninguna, Arreola accedió. Los alumnos ocupamos nuestros pupitres y el declamador se trepó a la tarima. Curiosamente iba vestido de traje negro, camisa blanca y corbata carmesí, cuando ya el movimiento estudiantil del 68 había descartado semejantes formalidades en la universidad aun entre los profesores. Arreola anunció su participación, sentado al escritorio. Y el joven empezó a declamar «A las cinco de la tarde. / Eran las cinco en punto de la tarde» con mucho dramatismo y una sobreactuación embarazosa, de las que causan pena ajena, como se dice. No bien había terminado el primero de los cuatro episodios del poema, cuando Arreola, antes de que la sangre se derramara por la tarima, lo paró en seco y le espetó: «¡Usted no es un declamador; usted es un terrorista!», y lo echó del salón de clase. Mala tarde para el matador, diría la afición.

Pero no sólo escuché a Arreola como alumno suyo. También fui su mudo interlocutor bajo el quicio de la puerta de su departamento, donde se quedaba platicando horas enteras sin decidirse a entrar, acaso por temor de encontrarse con la migala de su soledad, o en prolongadas sobremesas en el restaurante Focolare de la Zona Rosa, muy de su gusto, en el que ejercitaba, con adjetivos tan precisos como sorprendentes, uno de sus últimos oficios, el de *sommelier*.

Una vez —¡quién lo diría!— fui su hipotético jefe cuando ocupé fugazmente, por espacio de unos cuantos meses de 1979, el puesto de gerente cultural del Canal 13. En esa emisora del Estado, Arreola hablaba sin parar frente a las cámaras de televisión, a veces solo, a veces acompañado por Jorge Saldaña,

Claudia Gómez Haro o Antonio Alatorre —con quien desmenuzaba verso a verso insospechados sonetos de la tradición lírica española.

No puedo presumir, sin embargo, que haya sido amigo íntimo de Arreola. Nuestra relación no estuvo tocada ni por la asiduidad ni por la simetría; antes bien fue vertical y espasmódica, interrumpida por largos hiatos, sobre todo desde que decidió trasladar su domicilio a Guadalajara. Lo que sí puedo decir es que todas las veces que me encontré con él sentí la bendición de su afecto y de su reconocimiento.

Estuve presente en la ceremonia en la que, tras la justa *laudatio* de José Luis Martínez, la Feria Internacional del Libro de Guadalajara le otorgó a Arreola, en su segunda edición (1992), el Premio de Literatura que entonces ostentaba orgullosamente el nombre de Juan Rulfo. Cuando asumí la dirección del Fondo de Cultura Económica, me percaté de la importantísima labor que realizó en la editorial, en la que, gracias a la intercesión de Alatorre, trabajó varios años: bautizó la colección de textos de valía universal con el afortunado nombre de *Breviarios,* redactó esclarecedoras solapas, cuidó la edición de muchas obras ajenas y publicó sus primeras obras propias.

En noviembre de 2001, fui a despedirme de él a su casa de Guadalajara. Víctima de la hidrocefalia que lo conminó al silencio y sólo le permitió, según cuenta Felipe Garrido, retener en la memoria algunos versos de lo que había sido su vasto patrimonio poético, esperaba apaciblemente la muerte en su cama, bajo unas albísimas sábanas de encaje, atendido por su hija Claudia y por Sara, su esposa, que entonces hizo honor al palíndromo que le regaló su marido, *Sara más amarás.* Sentí que me identificaba cuando, al posar mi mano sobre la suya, entreabrió los ojos por un instante, pero quizá fue sólo una ilusión de mi parte. Salí de esa casa impoluta, en que reposaban sus libros encuadernados por él mismo, con la certidumbre de que no lo volvería a ver.

No había pasado un mes de mi visita, cuando supe de su muerte, ocurrida el 3 de diciembre del primer año del nuevo milenio. Hernán Lara Zavala, mi amigo y colaborador del Fondo de Cultura Económica, y yo nos desplazamos a Guadalajara para acudir a sus funerales, pero no pudimos darles el último adiós a sus restos porque el retraso del vuelo de Aeroméxico nos dejó con un vacío añadido al tan doloroso que nos dejó su fallecimiento. Orso Arreola, su hijo, me regaló entonces, como una triste herencia, una copia de la maravillosa carta mecanografiada que Julio Cortázar le dirigió a Arreola el 20 de septiembre de 1954, y el permiso de publicarla. Así lo hice. Se la di a Ignacio Solares para que la incluyera en el primer número de la nueva época de la *Revista de la Universidad de México*, correspondiente al mes de marzo de 2004, dedicado precisamente a conmemorar los veinte años de la muerte del escritor argentino.

En ella, el enorme cronopio le manifiesta a Arreola su devota admiración, y establece, con base en la cuentística del mexicano, una nueva diferencia entre el cuento y la novela que viene a sumarse a aquella, ya clásica, tan de la afición pugilística de Cortázar, de que el cuento es siempre de *knockout,* mientras que la novela se valora por puntos en la decisión técnica del jurado. Califica como una «burrada sin perdón, creer que un cuento, que es el diamante puro, puede confundirse con la larga operación de encontrar diamantes, que eso es la novela». Y vaya que los cuentos de Arreola, como «El prodigioso miligramo», «De balística», «El lay de Aristóteles» o «Sinesio de Rodas», que elogia Cortázar en su carta, son diamantes minuciosamente pulidos: limpios, precisos, resplandecientes.

En noviembre de 1978, Jorge Luis Borges vino a México, invitado por el Canal 13 de televisión. En la Capilla Alfonsina, Borges conversó con Octavio Paz, Ricardo Garibay, Miguel Capistrán y, desde luego, con Arreola, que le besó la mano y le impuso su sombrero cordobés. El pintor Felipe Ehrenberg y el fotógrafo Adrián del Ángel dieron testimonio gráfico de esos encuentros. El día 8 de ese mes, las cámaras del Canal 13 grabaron la larga conversación que el escritor argentino sostuvo con quien fue elegido, por muy buenas razones, como su anfitrión e interlocutor oficial, Juan José Arreola. El presunto diálogo se celebró en el mal llamado, por redundante, alcázar del castillo de Chapultepec.

Qué mejor sustento para la conversación de estos dos escritores tan devotos del ajedrez, que el piso cuadriculado de mosaicos blancos y negros de la soberbia terraza, donde se dispusieron dos sillas en diagonal para que se acomodaran, como dos alfiles, ambos escritores. Arreola, de capa salmantina con alamares de plata; Borges, con el bastón que en su poesía adopta el nombre de *báculo,* un «báculo indeciso» con el que exploraba las estanterías de la Biblioteca Nacional de Buenos Aires. Arreola tomó la palabra con su habitual vehemencia. Y no la soltó más que esporádicamente. Borges lo escuchó con estoicismo y, al término del anunciado conversatorio, preguntada su opinión sobre la entrevista, confesó, irónico, que Arreola sólo le había permitido intercalar uno que otro silencio.

Cuando trabajé tan pasajera como accidentadamente en el Canal 13, me encontré en el archivero de la gerencia cultural un sobre que contenía una docena de fotografías de Adrián del Ángel, según consta en el reverso de cada una de ellas, donde el autor estampó un sello con su nombre. Son las fotos que registran algunas escenas de la estadía de Borges en México entre el 5 y el 10 de noviembre de 1978. Supongo que esas fotografías le pertenecían al Canal 13, pero el caso es que yo las tengo sin que sean de mi propiedad. Salí tan intempestivamente del Canal cuando Margarita López Portillo, directora de Radio Televisión y Cinematografía y hermana del entonces presidente de la república, despidió al titular y a su equipo de colaboradores, que no tuve oportunidad de discriminar todos mis papeles personales de los de la televisora del Estado.

Tiempo después, ya en casa, me di cuenta del tesoro que involuntariamente había pasado de los archivos de aquella gerencia cultural a mi archivo personal. ¿Devolverlas? ¿Cómo?

¿A quién? El Canal se privatizó y pasó a ser propiedad de Televisión Azteca. Intenté comunicarme con Adrián del Ángel, a quien no conocía ni conozco todavía, al teléfono que figuraba bajo su nombre en el sello azul del reverso de las fotografías, pero fue en vano, hasta que esos valiosos testimonios gráficos se apoltronaron en su nuevo domicilio —mi archivo—, donde han habitado tranquilamente durante más de cuatro décadas.

Si cometí un delito al apropiarme de esas fotografías, espero que, tras cuarenta años, ya haya prescrito. Pero no puedo menos que hacer públicos ahora esos testimonios reveladores, con la esperanza de que aparezca Adrián del Ángel para reclamar sus derechos y recibir el reconocimiento autoral que le corresponde.

Dos alfiles

No en vano, Borges ha salido a colación en estas páginas en principio dedicadas a Arreola. No creo que haya dos escritores más afines en la literatura hispanoamericana del siglo XX que Jorge Luis Borges y Juan José Arreola. Quisiera concentrar mis comentarios finales, dedicados a la obra del escritor jalisciense, a mencionar brevemente algunas de las características que lo vinculan a Borges. Lo quiero hacer porque siempre me ha parecido paradójico que un escritor como Arreola, de pretensiones universalistas y formación cosmopolita, no haya trascendido significativamente las fronteras nacionales como Borges, mientras que su coetáneo y coterráneo, Juan Rulfo, de estricta referencialidad local, ha sido traducido a las más importantes lenguas del mundo y es conocido y reconocido, desde luego por muy buenas razones, en el ámbito internacional.

¿Qué tienen en común Borges y Arreola?

Ambos toman la literatura como referente primordial de su escritura, es decir que la cultura literaria, tan real o acaso más real que la vida misma, es el punto de partida, el motivo o el tema de muy buena parte de sus ficciones. Una obra como la de Kafka (por la que ambos profesan devoción), por ejemplo, no sólo alude a la realidad, sino que se ha erigido en parte de ella, tan viva y respirante como un árbol, un tigre o una metrópoli. Cortázar advirtió, en la carta que le dirigió a Arreola, la huella de Borges en un cuento como «Sinesio de Rodas», un personaje que «dijo que los ángeles viven entre nosotros». Son innumerables los cuentos de Borges que articulan, como este y tantos otros de Arreola, su ficcionalidad a partir de un texto previo. Para poner un ejemplo que revele este paralelismo estructural también en el orden temático, hago notar que en «Otro poema de los dones», Borges da gracias «Por Swedenborg, / que conversaba con los ángeles en las calles de Londres». Los ejemplos son inagotables: lo mismo que Borges retoma las aporías de Zenón de Elea para decir que son tan irrefutables como baladíes, Arreola se empeña en la posibilidad científica de pasar un camello por el ojo de una aguja para la salvación de los patrocinadores de tal ejercicio científico en su cuento «En verdad os digo». ¿Cómo no ver una simetría altamente significativa en esta constante referencialidad libresca, unas veces secreta, otras ficticia, pero libresca siempre al fin y al cabo?

Los dos escritores han transitado, de ida y de vuelta, por sus respectivos ámbitos locales igual que por los temas clásicos del pensamiento universal: el argentino confiesa en su página metaliteraria titulada «Borges y yo» que pasó «de las mitologías del arrabal a los juegos con el tiempo y con lo infinito»; esto es de las milongas, el lunfardo, los cuentos de cuchilleros y la literatura gauchesca a las especulaciones sobre la eternidad, el sueño o la muerte; el mexicano, por su parte, lo mismo habla de Zapotlán el Grande en el texto autobiográfico «Memoria y olvido» que abre su *Confabulario,* que de leyendas medievales, retórica antigua, textos clásicos, bíblicos o grecolatinos. No deja de ser interesante que el primer libro de Borges, *Fervor de Buenos Aires,* que pretende responder al espíritu de vanguardia del movimiento ultraísta en el que participó durante su estadía en España, se vuelque sobre los patios, las carnicerías, los barrios de su ciudad, y que la única novela de Arreola, *La feria,* adopte una fragmentación casi cubista para dar cuenta de la poliédrica realidad de su pueblo natal.

Pero más allá de la temática que los une, y que va de las conjeturas filosóficas al juego del ajedrez, de la literatura clásica a los bestiarios, de los sueños a la ficcionalización de las fuentes documentales; más allá del impulso lúdico de llevar al terreno de la realidad literaria postulados idealistas o alegorías del tránsito del hombre por este mundo, de «Tlön, Uqbar, Orbis Tertius» a «El guardagujas», la mayor cercanía entre Borges y Arreola se da en la búsqueda de la perfección formal y la consecuente brevedad de su escritura.

Borges admiraba, no sin ironía, a aquellos novelistas que podían escribir cientos de páginas, sobre todo si tenían, como él, una debilidad visual. Alguna vez les confesó a unos periodistas franceses: «Sartre escribió siempre libros muy extensos; tenía entonces la necesidad de releerse, de corregir. Yo, con mis pequeñas narraciones, puedo pulir cada frase en el silencio de mi ceguera, y así, cuando la dicto, ya es perfecta». Y Arreola justifica la brevedad —o la escasez— de su obra de esta conmovedora y apasionada manera: «No he tenido tiempo de ejercer la literatura. Pero he dedicado todas las horas posibles para amarla. Amo el lenguaje por sobre todas las cosas y venero a los que mediante la palabra han manifestado el espíritu, desde Isaías hasta Franz Kafka». Ambos son rigurosos, selectivos, precisos en su ejercicio escritural; tanto el uno como el otro adoptan una actitud poética con independencia de que escriban en verso o en prosa. Nada sobra en la economía de su escritura, porque en sus obras cada palabra es sustancial, imprescindible, y hasta los adjetivos, como ocurre en la alta poesía, son sustantivos.

Si he señalado estas simetrías, estos paralelismos, estas afinidades entre las obras de Borges y de Arreola, es porque con el paso de los años, que privilegia la relectura sobre la novedad, me percato de que adopto frente a ambas la misma actitud. Disfruto cada palabra suya; me sigo sorprendiendo de lo que ya, por conocido, no debería sorprenderme; celebro cada imagen, y, con renovado ánimo juvenil de bisoño jugador de ping-pong, respondo con admiración rendida de antemano a cada jugada maestra del ajedrez de su escritura.

Pudo más el cronopio que la fama

Yo no conocí a Julio Cortázar. Recuerdo con tranquila precisión el brutal nerviosismo que me asaltó en un pasillo del Hotel del Prado la primera vez que no lo conocí. Tengo ante mí, nítidos y despedazados, cristalinos, los larguísimos instantes que duró nuestro desencuentro, pero no me acuerdo en qué año transcurrieron. Fue cuando se celebró en México una reunión política de tema tan extenso como su título: Tercera Sesión Internacional Investigadora de los Crímenes de la Junta Militar Chilena. Quizá en el 76. Yo no tenía en ese doloroso entierro más vela que la elemental solidaridad de mi corazón con un pueblo vejado y oprimido, pero me sentí invitado por el solo nombre, en la lista de los oradores participantes, de quien había sido mi mejor amigo: Julio Cortázar. Hacía varios años que mi vida se había dividido, como la de tantos otros, en *antes de J.C.* y *después de J.C.* Durante muchas y muy prolongadas noches de soledad adolescente, Cortázar me había hecho cisco el mundo hasta entonces conocido y aceptado y creído, tan cómodo, tan blando, tan café con leche diría él, para descubrirme el otro en el que mi adolescencia quisiera, sin vergüenza, perseverar: el del amor incodificable y la búsqueda permanente, el de la metáfora hecha carne. Con su tesonera juventud, Cortázar me había hecho verdaderamente joven, me había desordenado de manera irreversible todos mis ficheros. Pero no sólo era mi mejor amigo, el que mejor me conocía —porque nunca he sabido más de mí que leyendo sus páginas—, sino que, en cabal correspondencia, indudablemente yo también era el mejor amigo suyo:

su cómplice, el que comprendía sus rituales y sus ceremonias. ¡Qué maravilla!: la lectura de Cortázar nos deja con la convicción absoluta de que escribe para cada uno de nosotros en particular y de que cada uno de nosotros en particular es el afortunado poseedor de las claves y de los secretos para transitar por los itinerarios que sus palabras trazan. Y, sin embargo, todos sus lectores, sin necesidad de conocernos, hemos formado alrededor suyo una especie de Club de la Serpiente con su propio lenguaje y, para emplear una imagen suya, algo tenemos de hormigas que se frotan las antenas al pasar. Muchos años después de haber leído *Rayuela*, lo que, según pensaba, me aislaba del barrio donde vivía —avisado en pandillas y juegos de futbol callejeros—, vine a saber que Eduardo Casar leía la *contranovela* en una azotea vecina a mi casa ese mismo año de 1967, acaso el mismo capítulo que yo leía, acaso consultando los mismos nombres propios en la misma edición del mismo *Pequeño Larousse Ilustrado* que yo consultaba. ¡Y yo que me sentía tan solo en mi barrio y en este mundo!

Cómo no rebasar, entonces, la preservativa cara de la página impresa —que aleja al autor en la misma medida en que lo acerca— y establecer la continuidad de los parques, borrar las fronteras entre el autor y el narrador y entre este y el lector y entre un lector y otro y corresponder al guiño, no sólo como tributo de la admiración, sino de la amistad con ella confundida.

Con habilidad picaresca, pues, yo, que no conocía a ninguno de los funcionarios, políticos, intelectuales y periodistas congregados con todos los rigores de la exclusividad en aquel Salón de los Candiles del Hotel del Prado, me hice de un gafete apócrifo, que me acreditaba como miembro del comité organizador, y burlé la vigilancia de los guaruras que imitaban, sin saberlo, el ademán del policía pintado en el mural de Diego Rivera en el *lobby* del hotel, que no permite que la plebe se acerque, entre otros, a José Martí, por ejemplo.

Entre los discursos de monseñor Méndez Arceo y de una señora gorda de la ONU que pugnaba por vetar a Pinochet la celebración del Día Internacional de la Mujer en Chile, distinguí a Julio Cortázar tras larga y sudorosa búsqueda, cuando azarosamente el torso de un señor de bigote se hizo para adelante y el de otro señor sin bigote se hizo para atrás. Lo vi durante la fracción de segundo en que permaneció abierto ese compás antropomorfo: ahí, sentado, limpiándose los anteojos.

Cuando le toca su turno, sube al estrado toda su estatura. Las cuartillas en la mano. Instalados los anteojos. Su voz, reprobada en el ejercicio oral de «erre con erre cigarro, erre con erre carril, rápido ruedan los carros cargados de azúcar del ferrocarril», renueva todos los lugares comunes que había medio oído hasta entonces. Como aria del tenor Américo Scravellini, su discurso emprende el vuelo y estremece los prismas de los candiles del salón. Mejor que nunca, supe que esa voz nos había abierto las puertas condenadas, nos había liberado la palabra, nos había enseñado el juego.

Al término de su intervención, se anuncia un receso. Convaleciente, salgo del salón encandilado a respirar un aire menos denso y a buscar un baño donde desahogar tanta contención. Desemboco en el largo pasillo al que dan las dos puertas del salón. Y al fondo, ahí, ante mi vista, Julio Cortázar, que ha salido por la otra puerta con la misma precipitación que yo. Camina hacia mí, quizá para ir al baño o quizá para bajar al *lobby* a tomarse un trago o hablar por teléfono. Viene hacia mí y yo voy hacia él. Ahí está, a treinta pasos, es decir a quince suyos y quince míos del encuentro en ese sucedáneo del Pont des Arts que es el pasillo. O, para ser más preciso y más respetuoso de las estaturas, a doce suyos y dieciocho míos, que ya van decreciendo, descontándose, dándose. ¿Cómo decirle, así, de golpe y porrazo, a la mitad del pasillo, sin un Gauloise de por medio, sin una copa en la mano, sin Charlie Parker de fondo, que...? Más bien, ¿qué decirle? Perpendicular al pasillo se deja ver la entrada —o la salida, según se vaya o se venga— de otro pasillo más corto, al que de seguro desembocan, a su vez, de un lado la pipa y del otro el abanico. Es decir que uno puede seguir derecho o doblar. Como una redención fulminante, se me viene a la cabeza un cuento de amor, de metro y de muerte inscrito en *Octaedro*, «Manuscrito hallado en un bolsillo». Instantáneamente formulo un código, un rápido juego que despoje a nuestro encuentro, que se anuncia inminente, de las vilezas de la causalidad o del destino. Y me digo: si Julio da vuelta a la mitad del pasillo para dirigirse al baño, no tengo derecho a seguirlo; en cambio, si continúa caminando hacia mí para bajar al *lobby*, tendré que decirle, en el momento en que nos crucemos, no sé cómo, qué. Muy cerca ya de mis latidos y de mi rubor, ay, dio vuelta. Y yo no tuve el valor, en esa primera ocasión en que no lo conocí, de romper mi propio juego de ruptura para decirle «no puede ser que nos separemos así, antes de habernos encontrado».

Eso se lo dije la segunda vez que no lo conocí, en la Facultad de Filosofía y Letras de la UNAM, cuando la causalidad o el destino, que entonces no pude conjurar, me dio la gracia de darle la bienvenida a la Universidad.

—Qué inútil esto de presentar a quien no necesita ninguna presentación —dije entonces, ante un auditorio pletórico de estudiantes pletóricos—. Todos aquí conocemos a Julio Cortázar. Y no sólo lo conocemos, sino que, por esa manera suya tan generosa, tan abierta de compartir en cada página sus ceremonias domésticas, sus rituales, sus juegos prohibidos, lo queremos mucho y somos sus amigos y aun sus cómplices. ¿Quién de nosotros no ha tenido la certeza de que tal o cual frase de Julio fue escrita para nosotros solos y para nadie más? ¿Quién no se ha reconocido, con pelos y señales, idéntico, en el peligroso espejo de su voz? ¿Quién, al leer un texto suyo, no ha atravesado la página, indiscreto pero conminado por la página misma, y no se ha metido en el espacio de Julio para tomarse una copa con él, oír un disco de Cole Porter y recordar esa página de Lezama o aquella escena de Glenda, a quien, por él, tanto queremos —porque Julio es a Glenda Jackson lo que nosotros somos a Julio? La continuidad de los parques, pues. Imposible no ver a la Maga, con su gusto por el mirlo, por el color amarillo, por el Pont des Arts, en la mujer a la que amamos. Así, «La Maga», se apodaron nuestras novias en los juveniles días del 68. Imposible reprimir el grito «¡Evohé!, ¡Evohé!» en cada orgumio, porque aprendimos más del amor con el capítulo 68 de *Rayuela* y sus noemas, sus hurgalios y sus orfelunios que con las explicaciones del Dr. David Reuben desparramadas por el libro *Todo lo que usted siempre quiso saber sobre el sexo, pero no se atrevía a preguntar* o con los innumerables *Boccaccios* proyectados en el Autocinema del Valle. Y es que Julio nos dio las instrucciones precisas para no seguir ninguna instrucción. Después de su lectura uno ya no puede convencionalmente subir una escalera ni comportarse en un velorio ni ver una pintura famosa —menos aún hacer una presentación académica y oficial—. Julio nos hizo vomitar conejitos entre el primero y el segundo piso del elevador para acabar con el orden establecido en el departamento de la calle Suipacha; nos orilló a la subversión: a la inconformidad y a la crítica y a la conciencia y al compromiso y a las últimas consecuencias y, sobre todo, a la risa y a sus saludables estragos para matar las arañas de nuestro pozo negro. Con su ya proverbial juventud, nos enseñó a ser jóvenes: a ser menos famas que cronopios y a tener, en la punta de nuestro cocotero, siempre una esperanza. Julio Cortázar, ciertamente, no requiere presentación. Dado el caso, quienes necesitamos presentarnos somos nosotros. Por razones obvias es imposible que cada uno ratifique aquí, en voz alta, el cariño y la confianza que le tiene. Sea nuestra multitudinaria presencia manifiesto de amor.

Esa tarde, Cortázar habló de Nicaragua y leyó algún cuento de *Deshoras*. Sus palabras sobre América Latina nos vistieron de luto, pero su presencia entre nosotros nos vistió de fiesta. Ese contrasentido es la esperanza. Al final, ya de noche, lo invité a casa, a tomar una copa, a conversar:

    —«No puede ser que nos separemos así, antes de habernos encontrado» —le dije entonces, citando esa frase suya.

—Perdóname —me respondió, dándome un abrazo obviamente desproporcionado—, pero estoy muy enfermo.

Y con un conmovedor «cuenta con un amigo» pospuso nuestro encuentro largamente imaginado.

¡Qué difícil aceptar que el autor de nuestras esperanzas esté muerto! Qué difícil, también, consolarse con la idea clásica de que pervive en sus obras, porque él se hizo amigo personal de cada uno de nosotros más allá, si bien por ella, de la página impresa. Aunque no lo hayamos conocido.

Nada en la vida me parece más envidiable que no haber leído todavía un libro de Julio Cortázar. Cuando sus obras, a mediados de los sesenta, aún no circulaban fácilmente en México y mi suegra me las traía de Venezuela, me sentía como un niño ante un regalo envuelto y con ritual regodeo aplazaba lo más posible su lectura para que no se me acabara tan pronto. Los textos de Cortázar, claro, son para leerse cien veces —a mí se me terminó *Bestiario* como si fuera un jabón—, pero la primera lectura, la del *knockout,* la que nos pone al borde del abismo, es incomparable. Es, perdón por los lugares comunes, como la primera Maga, como el primer viaje a París, como la primera fiesta de baile. Por eso no he querido leer *Los autonautas de la cosmopista.* Creo que no podré soportar el vacío de no tener nunca más otro libro de Cortázar después de su lectura. En esta hora de desolación y de miedo a no mantener, sin Julio Cortázar, la risa y la esperanza, quisiera guardar este libro, como un último regocijo, para el día de mi muerte, y emprender, siguiendo la ruta del autonauta mayor, el último viaje por la cosmopista.

4
La cama de Julio Cortázar

Uno

Mucho antes de las siete de la tarde, la capilla del Palacio de Minería donde se llevaría a cabo el homenaje a Julio Cortázar estaba abarrotada. Había tanta gente de pie como sentada. Cuando dio la hora, ella todavía no había llegado. Ya estábamos reunidos Carlos Monsiváis, Guillermo Schavelzon, Sealtiel Alatriste y yo. Pero no podíamos empezar sin ella. Para entretener y calmar a los asistentes, ansiosos de que el acto comenzara, los organizadores determinaron reproducir por los altoparlantes del recinto el disco que Cortázar había grabado en su departamento de la Rue Martel de París una mañana tan fría como para no salir de casa. Su voz, coloquial, cálida, próxima, conjuraba su partida. Había que hacer un esfuerzo mental para mantener viva la certidumbre de su muerte, ocurrida apenas unos días atrás, el 12 de febrero de 1984.

Por fin, con media hora de retraso, llegó Ugné Karvelis. Los cuatro ocupamos nuestros respectivos lugares en el presídium. Sealtiel Alatriste, que fungió como moderador, fue diciendo nuestros nombres y, al referirse a ella, la presentó como la mujer de Julio Cortázar, lo que compensó el largo tiempo de la espera. El público le tributó un largo aplauso.

Schavelzon, que había sido uno de los editores de Cortázar, leyó parte de la correspondencia que sostuvo con el escritor a propósito de la publicación de *Queremos tanto a Glenda* en la editorial mexicana Nueva Imagen. Monsiváis habló, con su cáustico sentido del humor, del sentido del humor de Cortázar, capaz —recordé yo— de cavar más túneles en la tierra que todas las lágrimas derramadas sobre ella, como lo dice Oliveira en alguna página memorable de *Rayuela*. Yo, por mi parte, leí «Pudo más el cronopio que la fama», un texto que preparé apresuradamente para la ocasión, en el que daba cuenta de la maravillosa oportunidad que había tenido de presentar a Julio Cortázar en el auditorio Justo Sierra de la Facultad de Filosofía y Letras de la UNAM el 3 de marzo del año anterior, 1983.

En la capilla, el público esperaba con gran interés la intervención de Ugné, pero ella no tomó la palabra. Se limitó a recibir los aplausos del público con una incontestable actitud de viuda.

Una vez terminado el acto, Ugné me abordó. Cincuentona. Voz ronca de fumadora permanente. Tez blanca, tostada por un sol sin duda distinto al que brillaba en el París invernal donde vivía. Cabellera lacia, corta, de un color que, a esas horas en que la luz natural había sido reemplazada por la iluminación eléctrica, transitaba del oro viejo al platino mate. Complexión ancha y fuerte. Pantorrillas bronceadas, cuya desnudez contrastaba con el elegante traje sastre. Lo que más me llamó la atención de su persona fueron los tobillos, tan robustos que me hicieron recordar maliciosamente la imagen con la que el Arcipreste de Hita describe en el *Libro de buen amor* los pies de una mujer serrana, contrahechura de la belleza clásica: «Mayor es que de osa su pisada do pisa». Imagen que de inmediato deseché porque muy pronto me di cuenta de que la fortaleza pedestre de Ugné nada tenía que ver con la rudeza cerril, sino con el temperamento: era una mujer bien plantada, echada para adelante y, al parecer, dispuesta a lograr todo aquello que se propusiera, como fundar la Asociación Internacional Julio Cortázar. Años después, Carmen Parra, que la hospedó varias veces en su casa de San Ángel Inn, me dijo que la anchura de los tobillos de Ugné se debía a que, huyendo de los rusos, había atravesado caminando la frontera de Lituania y Polonia durante una nevada que le había congelado los pies.

Ugné me felicitó por el texto que había leído. Después me habló de su proyecto y me invitó a participar en él.

Acepté, por supuesto. Yo entonces ignoraba que Ugné Karvelis era hija de quien, en su momento, había sido ministro de Relaciones Exteriores de Lituania y uno de los hombres más poderosos de su país; ignoraba que ella había pasado parte de su niñez en Alemania, adonde su familia había emigrado en 1944 y de donde se escapó para avecindarse en París y estudiar en L'Institut d'Études Politiques; que había sido amiga de Camus y de Chirac (quien le prestó su abrigo la tarde en que se graduó), vecina de Perec y de Calvino y amante de Lawrence Durrell y de Milan Kundera, según me contó, tiempo después, mi amigo Philippe Ollé-Laprune, que la conoció muy de cerca. Lo que sí sabía —y con eso entonces me bastaba y me sobraba— era que durante diez años había sido mujer de Julio Cortázar, el escritor que más había incidido en mi intimidad y al que más le debía no sólo mi vocación literaria, sino mi propia vida; más de un decenio, de 1967 a 1978, en que Cortázar había adoptado una inusitada posición política de izquierda radical que, si no repercutió favorablemente en su literatura (antes bien, en mi opinión de ahora y no de entonces, fue en detrimento suyo), sí le confirió la credibilidad del compromiso político que la juventud en esos momentos demandaba. Fueron los años de su participación en el movimiento estudiantil parisino de Mayo del 68 —antecedente inmediato del nuestro—, de su solidaridad expresa con la Revolución cubana, de su activismo político en el Tribunal Russell, que denunció los crímenes cometidos por las dictaduras militares del Cono Sur, y de su aliento a la inminente Revolución sandinista de la Nicaragua «tan violentamente dulce», como la definiría después. No fueron los años de *Bestiario, Final del juego, Todos los fuegos el fuego* o *Rayuela* —sus grandes obras—, sino los de *El libro de Manuel, 62/Modelo para armar* o *Fantomas contra los vampiros multinacionales* —sus libros más circunstanciados, más políticos y más concesivos—. Los menos perdurables.

Ugné me pidió mi dirección. Se la di. Y poco tiempo después empecé a recibir sus cartas manuscritas en papel gris membretado con su nombre y su dirección parisina, en las que me daba cuenta pormenorizada de los avances de su proyecto y pedía mi colaboración, que consistía en proponer algunos nombres y recabar algunas firmas de escritores mexicanos dispuestos a suscribir su membresía en la flamante Asociación Internacional Julio Cortázar.

Dos

Yo tendría que pagar la cuenta. Era un asunto de caballerosidad elemental, y la caballerosidad no había desaparecido del todo en el México de ese tiempo. Era mi ciudad y naturalmente a mí me tocaba asumir el papel de anfitrión, aunque ella hubiera tomado la iniciativa de que comiéramos juntos ese sábado de mediados de noviembre del mismo año de 1984, nueve meses después de nuestro primer encuentro.

Mis ingresos entonces procedían de mi condición de incipiente profesor universitario, de los artículos que publicaba de tanto en tanto en el suplemento *Sábado* que dirigía Fernando Benítez en el periódico *Unomásuno* y de los cursos de literatura que impartía a varios grupos de perfumadas señoras del Pedregal de San Ángel, de Tlacopac y de San Jerónimo. Estas damas olían mejor de lo que pagaban, decía con sorna Luis Rius, el poeta y profesor español exiliado en México, que también daba clase en alguno de esos «gineceos», como entonces los llamábamos, entre socarrones y pícaros, los maestros que en ellos trabajábamos. Pero este era un lujo que quería darme porque, siguiendo el consejo de un hermano mío, quien pensaba que había que comprar primero los objetos lujosos que los de primera necesidad porque los necesarios de todas maneras acabaríamos por comprarlos, yo, a pesar de la relativa modestia de mis recursos, desde entonces me daba mis lujos. No se trataba de invitarla a un lugar cualquiera, pues no era cualquier persona. Elegí entonces un restaurante llamado Los Irabién, de la avenida de La Paz, en San Ángel. No era barato. Más bien era caro, pero el caso lo ameritaba. Era un sitio elegante y también acogedor. Según lo recordaba por las contadas ocasiones en que había estado ahí (invitado por algunas de mis aromáticas alumnas), tenía una cocina estupenda, una muy buena carta de vinos y una música discreta y sabrosa, proveniente del piano de uno de los grandes intérpretes de boleros, el veracruzano Mario Ruiz Armengol, quien, a pesar de su fama, no ejercía ningún protagonismo ni demandaba el silencio de los comensales para tocar. Pero lo mejor era que el restaurante ostentaba en sus paredes la colección de pintura mexicana que sus dueños —los Irabién— habían venido formando a lo largo de los años y que incluía firmas tan afamadas como las de Orozco, María Izquierdo, Tamayo, Leonora Carrington, Juan O'Gorman, Remedios Varo. Era un lugar idóneo para encontrarme con Ugné Karvelis, quien me anunció en una carta fechada en París su inminente regreso a México y su interés en comer conmigo, así fuera el último día de su estancia, para seguir adelante con el proyecto de la Asociación Internacional Julio Cortázar.

No podía desaprovechar semejante oportunidad, aunque debo confesar que no me gustaba esa actitud de Ugné de legitimar una condición de viuda que no necesariamente le correspondía. Su comportamiento me hacía recordar el fingido dolor que practican los deudos del cuento «Conducta en los velorios» del propio Cortázar, que son desenmascarados por los integrantes de la familia de la calle Humboldt que se apoderan del sepelio. Yo sabía que Cortázar había contraído matrimonio en 1953 con la cuentista y traductora Aurora Bernárdez, con quien salió de la Argentina para instalarse definitivamente en París en 1951 (según Cortázar, porque los altos decibeles de la transmisión de los discursos de Eva Perón por todo el país le impedían oír a Béla Bartók). Después se separó de ella y convivió con Ugné durante poco más de diez años. Y en 1982

45

se casó con Carol Dunlop, una joven escritora y fotógrafa estadounidense, con quien compartió lúdicamente los últimos años de su vida, hasta que ella emprendió el último viaje de la cosmopista. Al final, murió en brazos de Aurora Bernárdez. Ugné era, pues, un personaje intermedio en la vida amorosa de Cortázar, si bien fue ella quien impulsó la traducción al francés de las obras de Cortázar y su publicación bajo el prestigioso sello de la editorial Gallimard, en la cual se desempeñaba como lectora de literatura latinoamericana, hasta que cayó en desgracia y sus funciones en la empresa se limitaron a sacudir el polvo de las estatuas de la casa, como ella misma llegó a confesar. Pero, con independencia de la cronología y del estado civil, lo cierto es que yo no me podía imaginar la relación de Cortázar con Ugné. No me podía imaginar sus juegos, sus complicidades, su erotismo. La proverbial ternura de Cortázar, sentimiento inédito en la historia de la literatura latinoamericana, salvo algunas excepciones como los poemas que José Martí le dedicó a su hijo Ismaelillo, ¿cómo se compaginaría con la actitud tan dominante y tan determinante de Ugné? No dudo de la inteligencia de Ugné, acaso equivalente a la de Cortázar, pero ¿qué decir de la sensibilidad, de la sutileza, de los interregnos de Cortázar, donde las cosas nunca están de un solo lado? Me daba la impresión de que Ugné veía las cosas sólo de un lado, a pesar de su ajetreada vida, de su conocimiento de muchas lenguas y sus correspondientes literaturas y de su espasmódico cruce de fronteras por ambas Europas y por ambos hemisferios. Pero la mía nada más era eso: una impresión.

La cita para comer en Los Irabién era a las dos y media de la tarde. Yo llegué a las dos para elegir un buen lugar —una agradable mesa que miraba a un espeso jardín interior—. Pedí nada más un vaso de agua y me dispuse a esperarla, *Unomásuno* en mano. Ella llegó a las tres y no se disculpó.

No bien se había sentado, Ugné aceptó mi sugerencia de que pidiéramos unos tequilas acompañados de sus respectivas cervezas.

En obediencia a la costumbre mexicana de aplazar lo más posible la hora de la comida propiamente dicha para darles su debido tiempo a los aperitivos, fueron dos tequilas y dos cervezas los que nos tomamos antes de comer. Y muchos fueron los cigarros que nos fumamos en esos tiempos en que se podía fumar en todas partes sin ninguna conciencia y sin ningún remordimiento. Ella Gauloises y yo Delicados.

Durante la comida, regada por un vino de Burdeos que eligió Ugné, fuimos elaborando una lista de los escritores mexicanos que deberían afiliarse a la Asociación Internacional Julio Cortázar, en la que ya se habían inscrito, según me dijo, Víctor Flores Olea, Javier Wimer, Luis y Juan Villoro, entre otros. Se barajaron muchos nombres, que su letra Palmer de tinta azul fue registrando cuidadosamente. Entre ellos, hubo dos que le interesaban de manera particular y que deberían ser miembros de honor de la Asociación: Fernando Benítez y Juan Rulfo. Y era yo —¡yo!— el que debía convocarlos para ponerlos en antecedentes y, de ser posible, propiciar que se entrevistaran con ella en su siguiente visita a México. Sin que yo me diera cuenta, Ugné me había convertido en su secretario.

Al final de la comida, Ugné pidió un coñac. Yo la acompañé, desde luego, con otro. Ya entrado en gastos, no iba a poner reparos ni a mostrarme pichicato, faltaba más. La cuenta siguió aumentando al parejo que el inventario de las instituciones que podrían financiar el proyecto y las actividades que la Asociación podría realizar para mantener viva la memoria de Julio (ella, como es natural, no necesitaba decir su apellido). Antes de que yo me terminara el mío, Ugné pidió un segundo coñac. Cuando el mesero se lo trajo, prendió un Gauloise, le dio un trago largo a la copa y una fumada honda al cigarrillo y pronunció con solemnidad estas desconcertantes palabras:

—Gracias a mi amigo Saúl Yurkievich, yo ya no bebo —y le dio otro trago a su copa— ni fumo —y le dio otra calada a su cigarro. A ella le dio un ataque de tos; a mí, un ataque de risa.

En ese momento pensé que lo mejor sería pedir la cuenta, pero Ugné me detuvo de manera categórica. Me dijo que estaba esperando a alguien: su compañera de viaje y también, como lo supe después, su asistente personal. Mientras comía conmigo, Françoise, que así se llamaba su colaboradora, se había ido a visitar, según me dijo, el Bazar del Sábado de la plaza de San Jacinto, muy cercano a Los Irabién.

¡Válgame Dios! Yo sentí un estruendo en las sienes cuando llegó, aunque su aparición en el restaurante hubiera sido silenciosa. Era como una alegoría de la gracia, la discreción y la belleza. Cabello muy corto, a la manera de Jean Seberg en *Bonjour tristesse*. Tez impoluta. Sonrisa tan radiante como tímida. Blusa suelta, sin mangas, falda de enredo con una faja no sé si huichola o zapoteca y huaraches que en sus pies parecían aladas sandalias mercuriales. Françoise parecía levitar. Me habría gustado que se diera una vuelta sobre su propio eje para ver sus alas. Me levanté, alelado y caballeroso, y le ofrecí una silla. Se sentó con nosotros. Había comprado algunas artesanías, que nos enseñó con orgullo infantil, y había comido unas chalupas, que procuró describirnos primero en español y luego en francés.

A instancias de Ugné, nos tomamos, con ella, otro coñac. A partir de ese momento, la cuenta y la Asociación Internacional Julio Cortázar quedaron relegadas a un segundo plano. Las palabras de Ugné dejaron de tener significado y se volvieron tan de fondo como la música del piano de Mario Ruiz Armengol. Françoise me hipnotizó. Entre la graciosa precariedad de su español y las deficiencias de mi francés —que habrían decepcionado a Madame Pascault, de quien recibí clases tantos años—, nuestra comunicación se volvió más bien kinésica y adivinatoria. Surgió entre nosotros un entusiasmo inesperado y bilateral que, tautológicamente, hacía crecer nuestro propio entusiasmo, que de inmediato asumimos con una complicidad risueña y complaciente, como si nos hubiéramos conocido en otra edad geológica. Podríamos habernos acariciado los dorsos de las manos en ese momento sin que ningún vello se alarmara, aunque cada uno de ellos se encendiera o se incendiara. Pero nos limitamos a tocar fugazmente con nuestras respectivas palmas nuestros respectivos dorsos cada vez que nos dirigíamos la palabra, como para subsanar nuestras limitaciones verbales. Me resultaba tan fascinante esa presencia, sedante y atractiva a la vez, que me habría quedado ahí toda la tarde.

Ante el temor de separarme de Françoise, se me ocurrió que podríamos aprovechar el último día de la estancia de Ugné en México para visitar a Fernando Benítez, a quien ella, como me lo había dicho durante la comida, quería invitar a formar parte del comité de honor de su asociación. Yo lo conocía bien y presumía de ser su amigo. Además de publicar mis artículos en el suplemento *Sábado,* Benítez me había involucrado en un proyecto de la Editorial Salvat para elaborar una historia de la literatura mexicana en el que trabajé denodadamente y que por desgracia se canceló, aunque yo ya hubiera escrito los capítulos concernientes a los siglos XVI y XVII del periodo virreinal que me había asignado.

A Ugné, mi idea le pareció fenomenal. Para quedar bien con ella, para impresionar a Françoise y para sentirme digno representante de la virtual asociación cortazariana en México, me levanté de mi silla con inédita resolución, impulsado por los dos tequilas, las dos cervezas, la media botella de vino y los dos coñacs que llevaba entre pecho y espalda, y me lancé al teléfono del restaurante. Marqué el número de la casa de Benítez. Me tomó la llamada. Le dije, en tono presuntuoso, que estaba con la mujer de Cortázar y que queríamos visitarlo. Me respondió que le encantaría verla y estuvo totalmente dispuesto a recibirnos en ese mismo momento. Pagué la cuenta con un desplante caballeresco tan impostado como la viudez de Ugné. Pedí mi Volkswagen color mierda al *valet parking* y nos dirigimos a la casa de Benítez en Coyoacán. Me habría gustado que Ugné se sentara en el asiento de atrás y que Françoise estuviera al lado mío, sólo separados por la palanca de velocidades, pero obviamente eso no ocurrió ni podría haber ocurrido. Ugné era la protagonista y Françoise su corifeo.

Fernando nos recibió en su estudio. Se veía diminuto frente a su enorme mesa de trabajo, donde se apilaban decenas de libros, periódicos y fotografías. Se levantó de la silla y todavía decreció más su magra estatura frente a la corpulencia de Ugné y la altura de Françoise, que era considerable. Nos dio una sonora bienvenida con su característica voz de pujido asmático. Se quitó los anteojos de ver de cerca para apreciar de cuerpo entero la belleza de Françoise. Al saludar a Ugné, sufrió un profundo desconcierto, por decir lo menos. Me clavó una mirada interrogante y sorprendida. Se quedó en silencio unos segundos largos e incómodos. Carraspeó. Se caló de nueva cuenta los anteojos. Volvió a ocupar su lugar y nos indicó con el mentón las tres sillas dispuestas delante de su descomunal escritorio para que nos sentáramos. Yo iba a introducir el tema de la Asociación, que ya le había adelantado brevemente por teléfono, pero Benítez no me dejó. Carraspeó otra vez e inició su perorata. Nos habló largamente de su admiración profunda por Cortázar, de los cuentos que le había publicado en las diferentes revistas y suplementos culturales que había dirigido a lo largo de su ya larga vida (lo que era cierto) y de la relación epistolar que había sostenido con él durante años (lo que era falso, pues en la vastísima correspondencia de Cortázar, publicada en cinco volúmenes por Carles Álvarez Garriga, nunca aparece como destinatario el nombre de Benítez)... Y remató su locución con un desmesurado elogio a nadie menos que a Aurora Bernárdez, la esposa que fue de Cortázar tanto tiempo y en cuyos brazos murió el escritor argentino.

Pensé que el encomio que Benítez hizo de Aurora le había caído en la nuca a Ugné, pues de algún modo deslegitimaba su relación amorosa con Cortázar, pero ella no se inmutó. No se le movió un solo músculo de la cara. Nada delató un posible malestar: ni un parpadeo, ni un ligero temblor en la barbilla, ninguna alteración en su ritmo respiratorio, ninguna mueca en las comisuras de la boca. Nada. Benítez, que no se tocaba el corazón para soltar de su ronco pecho lo que en su ronco pecho albergaba, la trató de usurpadora y la despidió de su casa, no sin antes echarle una mirada lasciva a Françoise y reclamarme a mí, por lo bajo, con su característico apelativo de *hermanito*, la mala ocurrencia que había tenido de llevar a su casa a una puta. Así dijo, sin cuidarse demasiado de que Ugné lo escuchara.

Yo me apené muchísimo. Françoise lo notó, pero su sonrisa apacible me tranquilizó.

Ugné, muy quitada de la pena, tomó su gigantesca bolsa y salimos de la casa sin que Fernando nos acompañara hasta la puerta. Ya en la calle, pensé que despotricaría contra Benítez, pero no fue así. Todo le pareció, al menos en apariencia, muy cómico. Se rio a carcajadas de la escena y sugirió que nos fuéramos los tres a tomar una copa, puesto que Benítez no nos había ofrecido ni siquiera un cafecito.

Y fue ella, en esta ocasión, quien eligió el lugar: el San Ángel Inn, donde quería tomarse un martini. Salvo por los atropellos que previsiblemente sufrirían mi cartera, mi hígado y mi sobriedad, de por sí ya bastante maltrechos, la elección me pareció estupenda. Ugné ya conocía el sitio por algún viaje anterior, pero Françoise, no. Era su primera visita a México.

Qué alegría prolongar, aunque fuera por poco tiempo, ese encuentro y, sobre todo, en esa exhacienda que tanto deslumbraba a los turistas, en cuyo bar, además, preparaban unos buenos martinis, como yo lo sabía por mis perfumadas alumnas, ¡aunque los míos, modestia aparte, fueran mejores! Ese era otro de los lujos que me podía dar gracias a los gineceos: la temprana e irrenunciable devoción por el martini, inoculada precisamente por una alumna que seguirá oliendo por siempre en mi recuerdo al amargo de angostura de la copa.

Por un momento pensé que quizá no nos dejarían entrar, no sólo por nuestra manifiesta condición etílica, sino por nuestro atuendo. En esos años, todavía era necesario que los hombres lleváramos saco y corbata, y las mujeres no podían entrar en pantalones. Así que me unté el saco, me apreté el nudo de la corbata en el pescuezo y crucé los dedos para que la informalidad de la vestimenta de Françoise no fuera un impedimento para entrar.

Nos apeamos tras dejar mi coche a uno de los cuidacoches, que no lograron conciliar la modestia del Volkswagen con el desplante de Ugné y la belleza de Françoise, quien, para mi tranquilidad, pasó la aduana sin ningún contratiempo. Nos recibió un hombre de edad considerable vestido —o más bien disfrazado— de charro, que nos condujo, como se lo solicité, a una de las salas dispuestas en una crujía del claustro, al lado del jardín cuajado de flores, donde una fuente de cantera borboteaba y servía de contrapunto al piano, que hilvanaba bolero tras bolero.

Pedimos nuestros respectivos martinis. Desde entonces, yo ya tenía una propensión enfermiza a la tautología, de la que aún no me he curado. Antes bien, ha ido en aumento a lo largo de los años: al hablar, me gusta hablar de las palabras; al escribir, de la escritura; al comer, de la comida y, al beber, de la bebida. También, al hacer el amor, me gusta relatar —y vivir, doble tautología— el misterio del verbo encarnado.

Frente a los martinis que pedimos, no pude renunciar a hablar de los martinis. O, mejor, de El Martini. Los que nos trajeron se habían preparado, como es habitual, en coctelera. Venían parcialmente vertidos en sendas copas cristalinas y aceitunadas y acompañado cada uno de una jarrita de plata que contenía el resto de la bebida y que reposaba, a su vez, en una pequeña cubeta llena de hielo para que el martini se pudiera ir escanciando en la copa poco a poco sin perder su gelidez. Si el champán es la bebida más celebratoria, el martini es la más seductora. Salud, señoras. Con mi brindis, arrancó mi apología del coctel por antonomasia. Ante la dicotomía atávica que a lo largo de los años ha opuesto en términos irreductibles la modalidad *shaken* a la *stirred* en la preparación del martini, postulé mi tesis de la tercera vía. Yo no preparo el martini, sino la copa que lo recibe: una copa fina, de tallo largo y cáliz pequeño, que ha de ser enfriada con hielos desechables, perfumada con amargo de angostura, permeada con *vermouth* Noilly Prat y colmada por la ginebra Bombay Sapphire. Por un rato, me dediqué a dar los pormenores de su preparación y a hacer una *laudatio* digna de un doctorado *honoris causa* otorgado al coctel por excelencia.

No bien había acabado mi vehemente discurso sobre el martini, que ponía en entredicho la bienhechura de los que nos habían servido y que delataba mi embriaguez, cuando se apersonó en el claustro de la exhacienda Abel Posse, un escritor argentino a quien, sin que yo me hubiera dado cuenta —concentrado como estaba en Françoise—, Ugné había llamado por teléfono tan pronto llegamos al restaurante.

La descripción de mis martinis suscitó, como en el fondo yo lo esperaba, el deseo de probarlos. Además, todavía nos faltaba la segunda copa del sostén, porque, como dice el apotegma, los martinis son como los senos de las mujeres, nunca más de dos, nunca menos de dos. Así que los invité a mi casa. No otro era mi propósito: tener a Françoise cerca de mí, en mi escenario, en mi territorio, abierta a la tercera vía: la preparación del cáliz.

Pensé que la inusitada presencia del amigo de Ugné podría echar por tierra mis planes, pero no fue así. Abel Posse, hombre fino, de modales diplomáticos, tuvo el buen gesto de pagar la cuenta, sin que hubiera pedido un solo trago, y de manifestar su entera disponibilidad de acompañarnos a mi casa a probar mis martinis, cuya descripción sólo había escuchado en su parte final. Me pareció que estaba dispuesto a desplazarse a donde Ugné se lo indicara.

Se desató el *Tizianazo*, pues. Así les llamábamos los amigos a las fiestas que se desencadenaban a deshoras en mi casa de la calle de Tiziano número 26, en la colonia Mixcoac de la ciudad de México.

Preparé los segundos martinis de la mejor manera que pude. Seguramente la práctica no estuvo a la altura de las expectativas que mi exposición teórica había despertado en el San Ángel Inn, pero lo cierto es que nadie manifestó su decepción; antes bien los aprobaron y aun los elogiaron, quizá porque le atribuyeron a la lengua más sus cualidades articulatorias que degustativas.

Abel Posse se desempeñaba entonces como consejero cultural de la embajada de Argentina en París. Esa noche, en mi casa, observó, con profesionalismo, las normas diplomáticas de la cortesía. Celebró el martini que le preparé, valoró la antigüedad decimonónica de mi casa, encomió mi biblioteca y no habló de su propia obra literaria, que había sido galardonada, como lo supe después, con el entonces prestigioso Premio Rómulo Gallegos de Venezuela, sino de los muy tempranos logros del recién elegido gobierno democrático de Raúl Alfonsín, que había desplazado a la dictadura militar y el golpismo en la Nación Argentina. Algo que Julio Cortázar, quien tanto había luchado contra las dictaduras militares del Cono Sur desde el Tribunal Russell, apenas llegó a ver, pues murió sólo dos meses después de que la democracia hubiera sido restaurada en su país.

Pero, a efectos de los martinis y sus antecedentes, los temas perdieron ilación y se fueron subordinando a la música cubana de mi tocadiscos, que quería darles, a Ugné y Françoise, una bienvenida anticipada a La Habana, adonde partirían ambas, Ugné al día siguiente y Françoise un par de días después. Pasamos del Trío Matamoros a Benny Moré, de Celia Cruz (también, por qué no) a Barbarito Díez, de María Teresa Vera a Bola de Nieve, y ahí, cuando Ignacio Villa canta *Vete de mí* y se desangra sobre el piano, Ugné se fue intempestivamente con Abel Posse y me dejó en casa a solas con Françoise. Solos Françoise y yo, que a esas alturas de la noche ya teníamos una larga historia, aunque apenas tocada por el verbo.

El baile, las risas, los vellos encendidos, las miradas que pasaban de la sorpresa a la certidumbre, el capítulo 7 de *Rayuela*, toco tu boca, con un dedo toco el borde de tu boca, la boca que sonríe por debajo de la mano que la dibuja, el juego del cíclope, el primer beso, la mordida suave. Y el 68, porque, apenas le amalé el noema, pues a ella, hay que decirlo, se le agolpó el clémiso y sí, los dos caímos en hidromurias, en salvajes ambonios, en sustalos exasperantes... Hasta que la copa quedó preparada: el cáliz humedecido y fragante, el tallo alto.

Tres

Un domingo de noviembre de 1987, Alejandro Palma, esposo de mi hermana Rosa, me habló por teléfono a mi casa de Mixcoac para invitarme a comer con él y con mi hermana el siguiente viernes. Acepté, por supuesto. Disfrutaba mucho la compañía de mi hermana y de mi cuñado, un hombre culto, simpático y, por si fuera poco, próspero y excepcionalmente generoso. Me dijo, entonces, que me enviaría los boletos de avión México-París, París-México. ¡¿Qué?! Yo pensaba que la comida se realizaría en México. No sabía que él y mi hermana estaban en Europa. En un viaje anterior y con un año de anticipación, habían hecho una reservación para comer en un sofisticadísimo restaurante parisino llamado Jamin, que nada más abría los viernes y sólo recibía a seis comensales por mesa (y que sólo contaba con seis mesas). Ni uno más ni uno menos. Según el chef, toda la naturaleza, y la cultura que la imita, están diseñadas para seis personas: lo mismo un pato, un lechón, una lubina o una lechuga que una sopa de mariscos, una tarta de cebolla, un queso de cabra o una botella de champán. Alejandro había invitado a un amigo yucateco, su esposa y su suegra, que pasaban unos días en París, y también a Juan José Arreola, que tenía programado ir a Francia por esas fechas, pero a última hora canceló su viaje. Así que sobraba un lugar, y mi hermana y él decidieron convidarme a mí.

Llegué a París el martes y me hospedé en el lugar que ellos me asignaron y al que llegarían el jueves, víspera de la comida. El hotel era Le Pavillon de la Reine, en la Place des Vosges del Marais. Un edificio construido a principios del siglo XVII por el rey Enrique IV, el hugonote convertido al catolicismo por aquello de que «París bien vale una misa». El hotel se llamaba así porque en una de sus alas se habían instalado durante largo tiempo la reina Ana de Austria y su séquito. Nunca en mi vida me había hospedado en un sitio tan elegante, tan bello y tan acogedor. Me apenaba la idea de quedarme solo en esa magnífica suite, que tenía un salón, un bar propio y un *jacuzzi* y que contaba con todo género de servicios y accesorios. ¡Qué desperdicio! ¡Tanto lujo para quedarme ahí solo! Y, para colmo, ¡dormido!

Mi efímero encuentro con Françoise en México había sido un milagro, de los que no suelen ocurrir dos veces. Tratar de repetirlo o prolongarlo era temerario y peligroso, sobre todo ¡tres años después! Pero ¿cómo ir a París sin buscarla, aun a riesgo de la desilusión o el desencuentro? Tan pronto recibí los boletos de avión, le hablé por teléfono para que nos viéramos en su ciudad. Le sorprendió mi llamada, porque no habíamos tenido noticias el uno del otro desde que se fue de México, a no ser por una postal que me había enviado desde La Habana con un dibujo florido y primaveral de René Portocarrero, en la que me decía que le habría gustado mucho coincidir conmigo en Cuba, adonde yo fui unas semanas después, cuando ella ya no estaba ahí. Pero, aun así, no sólo se acordó de mí, sino que le dio gusto oírme y saber que muy pronto nos veríamos en París. Como aún no sabía en qué hotel me habrían de hospedar, le propuse, muy Cortázar de mi parte, que nos viéramos el miércoles a las seis de la tarde en el Pont des Arts, donde, sin buscarse, siempre acababan encontrándose la Maga y Oliveira.

Y sí, nos encontramos justo a la mitad del Pont des Arts el miércoles a las seis en punto de la tarde. Yo venía de la Rive

Droite, caminando desde la lejana Place des Vosges, y ella de la Rive Gauche, caminando, como me enteré después, desde la cercana Rue de Savoie.

No puedo decir que no nos hubiéramos reconocido, pero sí que nos sorprendimos. O al menos que yo me sorprendí. Y no poco. Françoise se había dejado crecer el cabello y, en tres años, sobre su aspecto había pasado cerca de un decenio. Seguía siendo muy bella, pero ya no me recordaba a Jean Seberg, pelada a lo *garçon*. Tenía otra edad. Había dejado de ser la muchacha que yo evocaba, con su falda de enredo, su blusa suelta sin mangas, sus huaraches y su cara lavada, y se había convertido en una señora distinguida. De todas maneras, me gustó, y mucho, pero su porte elegante, su vestido, sus tacones, su maquillaje —y su nueva edad— me inhibieron más que el tiempo transcurrido desde nuestro encuentro en México. Si mi francés no había mejorado desde entonces, su español, en cambio, había avanzado mucho gracias a los trabajos editoriales relacionados con la literatura hispanoamericana que Ugné le había encomendado.

Yo me puse en sus manos, tanto como ella se había puesto en las mías cuando nos conocimos en el Distrito Federal, donde, al día siguiente de nuestro encuentro, amaneció en la cama de mi casa de Mixcoac. Por la noche de ese día amodorrado habíamos hecho un alucinante recorrido por el centro histórico de mi ciudad.

Françoise me sugirió que nos fuéramos a tomar una copa en el bar del hotel por antonomasia; el hotel que no necesita de apellidos; el hotel donde murió Oscar Wilde tras manifestar, en sus últimas palabras, su aversión al color verde del tapiz de la habitación; el hotel donde se hospedaba Borges cuando visitaba París: L'Hôtel de la Rue des Beaux Arts. Cuando llegamos, prefirió que nos sentáramos en sendos taburetes de la barra de ese sitio sofisticado y decadente de desplantes vanguardistas prematuramente envejecidos, en vez de acomodarnos en unos butacones frente a una mesa baja. Me pareció que esa elección le otorgaba a nuestro encuentro un tiempo más corto del que yo esperaba, pero no dije palabra, porque las barras siempre me han gustado, aunque, cuando estoy acompañado de una mujer, prefiero sentarme a una mesa de sillones cómodos, como los que había en ese bar, para conjurar la connotación provisional o solitaria que todo taburete despide. Pero yo estaba en sus manos. Pidió un kirsch con champán, cuya graduación alcohólica nada tenía que ver con los martinis que yo le había preparado en México. Aun así, la secundé. Estábamos en su territorio. Brindamos, tratando de recuperar el tiempo perdido, de devolverles a nuestros vellos el magnetismo iridiscente de Los Irabién, pero fue imposible. La temperatura era otra. En México, donde no hay estaciones, nos habíamos visto cuando nuestro otoño de mentiras todavía no había desplazado a nuestro verano de verdad; en París, en cambio, estábamos en un otoño frío y desangelado, que había alfombrado de hojas secas nuestro breve itinerario del Pont des Arts a L'Hôtel.

Cuando yo habría querido tomarme otro kirsch o un trago más fuerte, ella, en un descuido mío, se me adelantó a pagar la cuenta. Me quedé apenado y con sed, pero sólo por poco tiempo. Sin que yo entonces lo supiera, ella tenía muy bien planeado apagármela a lo largo del recorrido que, para corresponder a mi hospitalidad mexicana y en honor a Cortázar, emprendimos por el Quartier Latin. Caminamos por Beux Arts, por la Rue de la Seine, llegamos al Jardin du Luxembourg, regresamos creo que por la Avenue de L'Observatoire, pero no lo sé de cierto porque para entonces sólo había estado una vez en París; seguimos por Saint-Germain, por Saint-Michel..., poniendo alfileres en un mapa imaginario de los recorridos cotidianos de Cortázar, que ella conocía muy bien: sus quioscos, sus esquinas, sus estaciones del metro... Y, sobre todo, sus bares y sus cafés, donde recalábamos de tanto en tanto para tomar un trago y seguir la marcha. Varias copas después, ya de noche, cuando ya la Madame Françoise de ahora le había permitido a la Mademoiselle Françoise de antes asomar la cabeza, abrazarme y soltar unas cuantas risas, nos detuvimos delante de una reja que cercaba un patio. En el centro del patio, un árbol torcido. Atrás del árbol torcido, las espaldas de un edificio de tres o cuatro pisos. En el último piso del edificio, una ventana iluminada.

—¿La ves? —me preguntó.

—¿Qué?

—Esa ventana.

—¿La que está iluminada?

—Sí.

—¿Qué tiene?

—Ahí, en esa habitación, Julio escribió *Rayuela.*

Estuve a punto de llorar de la emoción, pero me contuve. No me dio el aliento. Y, además, todavía no era la hora de llorar. Pero en cambio le di un beso entusiasta y agradecido. El primero de nuestro reencuentro.

Renovamos nuestra caminata de un modo diferente, abrazándonos de vez en cuando, tomándonos las manos a ratos, sonriendo. Con muchos tragos adentro (kirsch, champán, chartreuse, coñac) y muchas risas afuera, de pronto nos topamos, o yo me topé, con un letrero de nomenclatura urbana que sobre fondo azul y con letras blancas decía: RUE DE LA HUCHETTE. Y entonces sí lloré. Y, junto con más de una lágrima, se me salió de la boca un trecho del capítulo 73 de *Rayuela,* que tenía almacenado en la memoria sin habérmelo aprendido nunca y sin saber que un día, una noche más bien, se me escaparía como una certidumbre y no como la interrogación que Cortázar se formula: «Sí, pero quién nos curará del fuego sordo, del fuego sin color que corre al anochecer por la Rue de la Huchette, saliendo de los portales carcomidos, de los parvos zaguanes, del fuego sin imagen que lame las piedras y acecha en los vanos de las puertas, cómo haremos para lavarnos de su quemadura dulce que prosigue, que se aposenta para durar aliada al tiempo y al recuerdo, a las sustancias pegajosas que nos retienen de este lado, y que nos arderá dulcemente hasta calcinarnos».

En ese momento supe que el fuego de mi casa de Mixcoac, diez mil kilómetros lejos y tres años después, se propagaría por esta calle otoñal del barrio de Saint-Michel. Si el fuego del circo romano en los tiempos del Imperio provocó un incendio en el París de los años sesenta del siglo XX en el cuento «Todos los fuegos el fuego» (¿o fue al revés?), cómo no pensar que el fuego elemental igualmente pasaría de noviembre de 1984 a noviembre de 1987, y de México a París para incendiarnos.

Fue entonces cuando le dije que estaba hospedado en Le Pavillon de la Reine, al lado de la casa de Victor Hugo, y le propuse que nos dirigiéramos hacia la Place des Vosges a tomar la última copa en uno de los bares de por ahí. No quería desperdiciar el escenario de mi habitación y ya estaba seguro de que, por debajo de las mangas largas de mi camisa y de su abrigo, nuestros vellos volvían a temblar, ansiosos y táctiles. Pero ella rechazó mi oferta de manera categórica. Tenía otros planes, como los que yo había elaborado cuando, en México, hablé del martini para propiciar su llegada a mi casa y, sobre todo, cuando al día siguiente la invité a almorzar un *Vuelve a la vida* en el mercado de Mixcoac y a dormir la siesta correspondiente y bienhechora y después, ya en la noche, a cenar en el bar Alfonso de Cinco de Mayo y a tomarnos unas copas en el Bar León a un costado de la catedral y a recorrer los resquicios, los sustratos, los sedimentos de nuestra historia en el centro de la ciudad de México. De modo que, en París, me subordiné al programa de su deseo.

Françoise me condujo entonces a un edificio de la Rue de Savoie, entre Saint-Michel y Odéon. Tocó unas teclas de un aparato electrónico para mí entonces desconocido, apostado en una de las jambas del portal, y me hizo entrar. Pasé la puerta de acceso al edificio. Subí las escaleras hasta el tercer piso, apoyándome en el barandal. Françoise, llave en mano, abrió la puerta de roble del departamento, como la del cuento «Casa tomada» de *Bestiario*. Me recibió un perro grande, blanco y lanudo, que me ladró con la beligerancia del vigilante de la casa, pero que, al reconocer detrás de mí a Françoise, se sometió a la tranquilidad que su voz le impuso. Recorrí un pasillo de tablones de madera. Desemboqué en un salón de techos altos. Y me encontré a varios cronopios, inmóviles y silenciosos, sentados cómodamente sobre los sillones de la sala. Fue entonces cuando caí en la cuenta de que el número 19, que había visto al entrar, de la Rue de Savoie era precisamente la dirección a la que le remitía mis cartas a Ugné y que figuraba como membrete en todas las que ella me enviaba: «19 Rue de Savoie 75006 París». ¡Estaba en el departamento en que Julio Cortázar había vivido con ella entre 1967 y 1978!

Ugné no estaba entonces en Francia. Cuando le anuncié desde México que viajaría a París y que podríamos aprovechar mi visita para hablar de la Asociación, me respondió que lamentablemente en esas fechas estaría en la India. No me dijo entonces que Françoise, su amiga y colaboradora, se había comprometido a cuidar de la casa en su ausencia y, sobre todo, a *Ramsés Doguito*, el perro, así bautizado por Cortázar, que el escritor le había regalado tiempo atrás a Ugné, o más bien al hijo de ella, Christian, a quien Cortázar, según me dijo Philippe Ollé-Laprune, trató como si fuera hijo suyo.

Cuando Françoise me confirmó que, efectivamente, en esa casa había vivido Cortázar, le supliqué que volviéramos a entrar. Que recorriéramos el camino inverso hasta un punto en que empezáramos de nueva cuenta nuestro itinerario para llegar otra vez a ese número 19 de la Rue de Savoie. Françoise me concedió el obsceno deseo de mi fetichismo y toleró la terquedad de mi embriaguez, debida a las escalas del itinerario que había programado para nuestro encuentro. Como quien no quiere la cosa, volví a llegar al edificio, ya sabiendo que por esa misma acera Cortázar había arribado infinidad de veces a su casa. Volví a atravesar la puerta de entrada, a subir los tres pisos repasando con los dedos el pasamanos de la escalera, a entrar por la puerta de roble, a acariciar a *Ramsés* (que ya no me ladró), a recorrer el pasillo, a desembocar en el salón donde se aposentaban los cronopios diseñados por Alberto Gironella, Juan Soriano, Julio Silva, Antonio Saura..., sabiendo que, por esos pisos, por esos espacios, por esos aires había paseado Julio Cortázar su estatura de un metro y noventa y tres centímetros que justificaba la altura de los techos.

Cuatro

La cama en la que durmió Julio Cortázar por espacio de una década era una cama grande, pegada a la pared por uno de sus costados, igual que la cabecera, adosada a la otra pared, con la que la primera hacía ángulo. En esa recámara se encontraban sus libros. No los de su propiedad, que se había llevado a su departamento de la Rue Martel número 10, sino los de su autoría, en todas las ediciones de lengua española y de las otras lenguas a las que se había traducido.

Tantas veces he dicho que yo dormí en la cama de Julio Cortázar, que me lo he acabado por creer. Es muy posible que así haya sido, pero, sinceramente, no lo sé de cierto. Yo, que recuerdo tantos detalles de esta historia, no sé bien a bien qué pasó esa noche del Quartier Latin, regada por tantos vinos y licores de secuencia acelerada; de besos callejeros, de irrupciones textuales que no salieron de la memoria, sino del plexo solar o del patrimonio verbal involuntario. No sé bien a bien si me quedé con Françoise ahí, en el tercer piso del número 19 de la Rue de Savoie esa noche del 18 de noviembre de 1987, o si regresé al Pavillon de la Reine a dormir solo, o ambas cosas, sucesivamente. Lo que sí sé es que mi declaración de que yo dormí en la cama de Julio Cortázar no procede de la arrogancia, de la presunción o de la falsedad. Si no fue así y, sin embargo, lo he dicho tantas veces, es porque el deseo —el erótico y el fetichista— se ha adueñado de mi recuerdo, obnubilado por la borrachera y por las exageraciones de la emoción.

Lo que sí recuerdo con precisión es que, a la mañana siguiente, Françoise y yo fuimos a visitar el último domicilio de Julio Cortázar: el número 17 oeste de la tercera línea norte de la segunda sección de la tercera división del Cementerio de Montparnasse, en cuya barda, por cierto, Marie-Claude, el personaje de «Manuscrito hallado en un bolsillo», retenida por la frase «No puede ser que nos separemos así, antes de habernos encontrado», recibe la confesión de que hay que seguir jugando aunque ya no haya una segunda oportunidad sobre la tierra, como diría Gabriel García Márquez en la última página de su novela.

Julio Cortázar comparte esa su última cama, *tálamo* convertido en *túmulo,* con Carol Dunlop. Tiene por vecino a Eugène Ionesco. Un cronopio verde y sonriente, de la autoría de Julio Silva, los cuida. A su cama definitiva, le llevamos Françoise y yo una flor amarilla. Poca cosa para la inmortalidad.

5
Rulfos

Uno

En una de las cartas que se sucedieron a nuestro encuentro en México, fechada en París en noviembre de 1984, Ugné Karvelis me solicitó con apremio que visitara a Juan Rulfo para que, en su nombre, lo invitara a ser miembro honorario de la Asociación Julio Cortázar. Debía lograr que el maestro firmara un documento, que yo habría de redactar, en que aceptara formalmente su designación.

Yo no conocía personalmente a Rulfo. Lo había visto algunas veces en la cafetería de la librería El Ágora, pero nunca había tenido el arrojo de saludarlo. Su timidez era contagiosa y, al menos a mí, me paralizaba. Sabía que trabajaba en el Instituto Nacional Indigenista, en el que ejercía, no sé qué tan eficazmente, el puesto de jefe del Departamento de Difusión y Publicaciones. Como todo mundo decía que nunca concedía una entrevista y que rehuía cualquier conato de socialización, pensé que, si yo hablaba a su oficina, jamás daría con él. Le pedí entonces a mi amigo Eraclio Zepeda, quien tenía un trato cercano y amistoso con el maestro —afincado en los numerosos viajes que según él habían hecho juntos por la vasta geografía nacional—, que me sirviera de intermediario. Laco aceptó sin ningún reparo mi solicitud. Un domingo en la noche me dijo que ya había puesto a Rulfo en antecedentes; que en ese momento le hablara por teléfono a su casa. Así lo hice, venciendo la inhibición que su inhibición me provocaba. Me dijo en escuetas palabras que agradecía la invitación y que suscribiría la membresía honoraria que Ugné le proponía. Me citó para el jueves siguiente a las doce en su oficina de avenida Revolución. Buena hora, porque yo no tenía ese día ningún otro compromiso que comer a las dos y media de la tarde en el restaurante Rafaello's de San Ángel con Teresa Weisman, una colega de la Facultad de Filosofía y Letras, que había sido sinodal en mi examen profesional.

Llegué puntualmente al Instituto Nacional Indigenista. Subí al segundo piso, como me lo indicó el conserje. La oficina de Rulfo tenía una vidriera grande, detrás de la cual, una secretaria hacía las veces de recepcionista. A sus espaldas, se abría otra vidriera paralela, que dejaba divisar la figura del escritor, sentado a su escritorio. Le dije a la secretaria que tenía una cita con él. Me preguntó mi nombre. Se lo di. Entró a la oficina y le avisó a su jefe de mi llegada. Rulfo me miró, extrañado, y algo le susurró a la secretaria. Ella salió con mala cara. Por un instante pensé que me diría que el maestro no estaba. No me habría sorprendido. Se trataba de alguien que tenía relación cotidiana con fantasmas, y él mismo algo tenía de fantasmal. Antes de que me dijera nada, mencioné el nombre de Julio Cortázar... y ábrete sésamo. Seguramente a Rulfo se le había olvidado la cita pactada por teléfono en su casa un domingo por la noche, y mi nombre, por supuesto, nada le decía.

Salió entonces de su pecera, lentamente, y me dijo, con voz muy baja, mordiendo las palabras, porque Rulfo movía los labios, pero no separaba los dientes:

—Vengan esos cinco. —Y me tendió la mano.

Me decepcionó un poco la manera tan coloquial de saludarme, igual que la palabra *chamba,* que utilizó después para referirse a su trabajo. Pero qué importancia tenían esos modos y esas voces, si estaba delante del escritor de dos grandísimas obras de la literatura mexicana, que habían elevado a cimas poéticas el lenguaje popular y que, a pesar de su brevedad, habían renovado por completo nuestra tradición narrativa. A través de la ficción, nos habían hecho conocer con mucha mayor hondura nuestra realidad en un sentido amplio, no limitado a lo que los seres humanos hacen, dicen o piensan, sino incluyendo también lo que sueñan, lo que inventan, lo que recuerdan; sus historias, sus atavismos, sus muertos; aquello en lo que creen y que constituye su sistema de comprensión del mundo y del universo.

Para mi sorpresa, me dijo en tono susurrante que nos fuéramos a tomar un *cafecito*. Y sí; bajamos al sótano del edificio, a un pequeño salón desangelado, de paredes de cemento y sillas anaranjadas de plástico, a tomarnos un Nescafé instantáneo.

Yo sabía que Rulfo no hablaba mucho. Que era reservado, taciturno, silencioso y hasta mudo, como aquel profesor que va a San Juan Luvina y que no puede articular palabra ante quien lo antecedió en el cargo y le hace una descripción espectral de ese pueblo dejado de la mano de Dios. Pero ocurrió todo lo contrario. El nombre de Cortázar le desató una verborrea, lenta y pausada, pero verborrea al fin. Nescafé tras Nescafé, cigarrito tras cigarrito, Rulfo me habló de su aprecio por los cuentos de Cortázar, el escritor que más admiraba del llamado *boom* de la novela latinoamericana. Y a partir de Cortázar, me habló largo, no de la literatura argentina, como yo lo habría esperado, sino de la brasileña, muy en particular de la obra de Clarice Lispector, por quien tenía particular devoción. Dicho sea de paso y por razones que no vienen a cuento, tengo en mi poder copia del pasaporte de Juan Nepomuceno Carlos Pérez Rulfo Vizcaíno en el que se consigna, por el sello de la Embaixada da República Federativa do Brasil, su llegada a ese país el 17 de noviembre de 1982, exactamente dos años antes de nuestro encuentro.

Después de la brasileña, se refirió a la novela escandinava —en particular a las obras del noruego Knut Hamsun y del islandés Halldór Laxness—, a la que consideraba la madre de la literatura europea, como si de esos países fríos y brumosos hubiera descendido, deshielada, al resto del continente. Después me habló de la influencia que los escritores norteamericanos William Faulkner y John Steinbeck habían ejercido en los italianos Alberto Moravia, Dino Buzzati, Natalia Ginzburg, Italo Calvino, Cesare Pavese, Pier Paolo Pasolini. Y de ahí pasó a los franceses Michel Butor y Alain Robbe-Grillet, a quien tachó de antinovelista. Se acercaba la hora de mi comida con Tere Weisman, y Rulfo seguía hablando lentamente de literatura. Me parecía extraordinario que de sus labios apretados salieran nombres que jamás hubiera relacionado con su mundo literario, como los de la generación *beatnik* de Estados Unidos, Jack Kerouac y Allen Ginsberg. Cuando pensé que ya había terminado y que apenas llegaría a mi cita, me preguntó si yo había leído al suizo Charles Ferdinand Ramuz. Como le dije que no, me habló con largueza de su novela *El espanto en la montaña,* con la que su propia obra sentía cierta afinidad. No pude interrumpirlo.

No omitió, al término de su conversación, algunas descalificaciones insidiosas enderezadas contra ciertos escritores mexicanos, cuyos nombres yo sí omitiré en esta rememoración de mi primer y último encuentro con Juan Rulfo. Lo que sí puedo decir, a juzgar por el tiempo que me dedicó, es que era un hombre terriblemente solitario, necesitado de compañía y de interlocución, pero impuesto a no hacer ninguna concesión a la avidez noticiosa de los interlocutores profesionales, que invariablemente le preguntaban por *La cordillera,* la novela que nunca escribió. El tema Cortázar era otra cosa.

Al final, Rulfo firmó el texto que yo había mecanografiado la víspera, en el que aceptaba ser miembro honorario de la Asociación Internacional Julio Cortázar. Salí del Instituto entre triunfante y conmovido. Y muy preocupado por la hora. El verbo de Rulfo no había tenido tregua hasta cerca de las tres de la tarde y, cuando llegué al Rafaello's, Tere Weisman, por supuesto, ya se había ido. Cuando tuve oportunidad de excusarme con ella, me dijo, con la mano en el pecho, acariciando su identitario collar de perlas, que nunca nadie en su vida la había dejado plantada. Y yo no tuve entonces el coraje de decirle que mi retraso se había debido a la incontenible verbosidad de Juan Rulfo. No me lo habría creído.

Dos

Desde que fui designado director del Fondo de Cultura Económica el día de la Virgen de Guadalupe del último año del siglo XX, abrigué la esperanza de devolver la obra de Juan Rulfo a su casa primigenia. Me parecía una pena que el gran escritor mexicano no estuviera incluido en el catálogo vivo de la editorial que había publicado por primera vez *El llano en llamas* (1953) y *Pedro Páramo* (1955) en la colección Letras Mexicanas.

Con el ferviente deseo de recuperar para el Fondo tan valiosas obras, Hernán Lara Zavala, que había asumido el cargo de gerente editorial, y yo hicimos las dilatadas gestiones del caso para conseguir una entrevista con Clara Aparicio, viuda de Rulfo y heredera de sus derechos de autor.

A la cita, que se llevó a cabo en su casa, concurrieron los hijos del escritor: Claudia Berenice y los tres juanes —Juan Francisco, Juan Pablo y Juan Carlos—. También estuvo presente el arquitecto Víctor Jiménez, presidente de la Fundación Juan Rulfo, quien no sólo velaba por los derechos de autor que usufructuaba la familia, sino que sancionaba, hasta donde le era posible, las publicaciones referidas a la vida y a la obra del escritor.

El ambiente no favoreció nuestra petición. Se respiraba un aire enrarecido, como si nos hubiéramos adentrado en alguno de los cuentos de Rulfo. Las palabras no lograban abrirse paso entre el recelo y la desconfianza que percibíamos en nuestros interlocutores. De la mejor manera que pudimos, Hernán y yo expusimos el interés del Fondo en que la obra de Rulfo volviera a la casa que la vio nacer, pero no obtuvimos ninguna respuesta. La viuda pasaba de un silencio embarazoso a unas frases evasivas, que postergaban la respuesta. Acabó por delegar en sus hijos la posición de la familia al respecto, pero ellos fueron tan esquivos como lo había sido la madre. Quien finalmente atendió nuestra solicitud, aunque de manera muy desconcertante para nosotros, pues no se pronunció ni en favor ni en contra de ella, fue el arquitecto Jiménez.

Dos años antes de nuestra visita, el propio Fondo de Cultura Económica había sacado a la luz el título *Juan Rulfo, los caminos de la fama pública,* en el que Leonardo Martínez Carrizales recoge los comentarios que suscitaron los libros de Rulfo en los medios literarios periódicos. Quedaron reunidas en ese volumen tanto las críticas escritas inmediatamente después del nacimiento de cada una de las dos obras, como las publicadas durante la década siguiente. La mayoría fueron muy elogiosas.

En relación con *El llano en llamas,* Edmundo Valadés saludó con entusiasmo la aparición de ese libro que «quema las manos» y que pone al descubierto, a través de «una literatura precisa, fluida y auténtica» el fanatismo y la miseria de las poblaciones campesinas mexicanas; Arturo Souto Alabarce no vaciló en considerar a su autor como «el mejor cuentista de México y uno de los escritores más originales y vigorosos que hemos conocido», y Sergio Fernández lo consideró «entre los mejor logrados de nuestras últimas generaciones», aunque erró seriamente al señalar la capacidad del escritor jalisciense para adentrarse en el alma de los indios de México, cuando los personajes de Rulfo no son indios, sino mestizos.

Por lo que hace a *Pedro Páramo,* ocurrió algo similar: Francisco Zendejas, en tono encomiástico, dijo que «estamos aquí, tal vez, frente al primer caso de novela poética mexicana»; Mariana Frenk, que se apresuró a traducir la obra al alemán, la inscribió en la modernidad y no tuvo empacho en relacionarla con las producciones literarias de Proust, Faulkner, Joyce y Kafka, y aun equipararla con ellas; Juan García Ponce la catalogó como «una cima definitiva de la narración contemporánea de México».

Carlos Fuentes y Mariana Frenk advirtieron que la modernidad y la valía de la novela de Rulfo residían en su estructura: «un desorden intencional» que «obedece a la acumulación desordenada de la memoria mexicana», dijo él; «un universo ordenado en que el orden temporal se ha sustituido por un orden espiritual», dijo ella. Las críticas adversas a *Pedro Páramo* —que también las hubo— reconocieron ciertos valores literarios en la obra, como la hondura y la amplitud con que Rulfo recrea el ámbito rural mexicano o la dimensión poética que el lenguaje popular cobra en su discurso narrativo, pero se centraron precisamente en las supuestas deficiencias de su estructura. Para Archibaldo Burns o para Alí Chumacero, que la comentaron inmediatamente después de que vio la luz a principios de 1955, la novela adolecía de severas fallas estructurales, si no es que, de plano, carecía de estructura.

Burns dijo:

Rulfo dice, calla, omite y brinca. Hace una revoltura de elementos que produce confusión [...]. Le falta estructuración como arquitectura al relato. El ritmo progresivo, «majestuoso» que requiere la novela, se interrumpe constantemente, impidiendo que tome cuerpo, con cambios bruscos de atmósfera, de lugar y de tiempo, que, si bien son intencionados, contribuyen a romper y fragmentar el tono del relato, y el ambiente, que tiene una densidad, queda en cierto modo sólo apuntado, aunque magistralmente.

Alí Chumacero, por su parte, señaló:

En el esquema en el que Rulfo se basó para escribir esta novela se contiene la falla principal. Primordialmente, *Pedro Páramo* intenta ser una obra fantástica, pero la fantasía empieza donde lo real aún no termina [...]. Se advierte, entonces, una desordenada composición que no ayuda a hacer de la novela la unidad que, ante tantos ejemplos que la novelística moderna nos proporciona, se ha de exigir de una obra de esta naturaleza. Sin núcleo, sin un pasaje central en que concurran los demás, su lectura nos deja a la postre una serie de escenas hiladas solamente por el valor aislado de cada una.

Muchos rumores habían corrido a propósito de la estructuración de la novela. Hubo quienes dijeron que otros escritores, como Juan José Arreola, o los editores del Fondo de Cultura Económica, como Alí Chumacero, habían metido mano para armar el rompecabezas final con las piezas sueltas e inconexas que Rulfo había escrito, algunas de las cuales, por cierto, se habían publicado antes en varias revistas literarias. También hubo quienes atribuyeron la estructuración de la obra directamente al azar.

Tengo para mí que la familia y el arquitecto Jiménez quisieron acreditar la total y absoluta autoría de Rulfo tanto de los cuentos como de la novela y desmentir las habladurías que sobre la estructuración de *Pedro Páramo* habían circulado. Para ello, necesitaban recuperar los mecanoscritos originales que el Fondo de Cultura Económica tenía en su poder. La intervención de Víctor Jiménez nos confundió a Hernán y a mí. En lugar de contestar afirmativa o negativamente a la solicitud que le planteamos a la señora Aparicio, condicionó la respuesta a que el Fondo le devolviera a la familia los originales de ambas obras que Rulfo le había entregado. En el caso de la novela, lo había hecho, según el propio autor dijo después, en calidad de borrador y no de texto definitivo. La devolución de los originales, pues, sería condición necesaria para estudiar la posibilidad de que la obra de Rulfo pudiera eventualmente ser restituida al catálogo de la editorial.

La reticencia de la familia Rulfo y del arquitecto Jiménez a negociar el regreso de las obras del escritor al Fondo seguramente obedecía a razones económicas, pero desde aquel primer acercamiento a ellos percibí que, con independencia de las desventajas pecuniarias que pudiera tener la recontratación de la obra rulfiana por la editorial del Estado, había un resentimiento de larga data contra el Fondo. No sé si la reciente publicación, por la propia casa editora, del libro de Martínez Carrizales, que incluye varias críticas adversas, incidió en este resentimiento. Ahora me parece que, si dejaron abierta la posibilidad del retorno, fue por su interés en recuperar esos originales que, sin duda, tenían un enorme valor histórico e incluso monetario. Pero además del resentimiento, advertí en ellos el temor de que personas físicas o morales ajenas a la familia y a la Fundación —investigadores, editores, estudiosos, instituciones académicas o culturales— pudieran afectar el nombre de Juan Rulfo, que debía preservarse ante la crítica y ante las versiones no autorizadas ni oficiales de su vida y de su obra.

Para entonces, ya se había publicado la edición crítica de las obras de Rulfo coordinada por Claude Fell en la Colección Archivos de la Unesco. El título que ostenta el volumen, *Toda la obra*, no es del todo exacto porque, como lo señala Sergio López Mena, que realizó el arduo trabajo filológico de la edición, quienes detentaban los derechos de la obra de Rulfo no le permitieron incluir la totalidad de los textos que él encontró dispersos en revistas, periódicos y programas de mano.

López Mena había cotejado esos mecanoscritos con las versiones previas de algunos cuentos de *El llano en llamas* y de algunos pasajes de *Pedro Páramo* que Rulfo había publicado en diversas revistas literarias antes de entregar sus originales al Fondo. También los había compulsado con las primeras ediciones de ambas obras y con las que se siguieron publicando hasta la edición definitiva de 1987, tras la muerte del escritor en 1986. Lo que queda claro es que las obras sufrieron varios cambios a lo largo del tiempo y de sus sucesivas ediciones.

En la edición crítica de Archivos, López Mena da minuciosa cuenta de todas estas alteraciones, que evidencian la poética de Rulfo: su deseo, quizá nunca satisfecho, de arrancarle al lenguaje su mayor expresividad, llevarlo a los límites de la perfección formal y potenciar su dimensión poética.

Pongo a continuación varios ejemplos de las modificaciones aplicadas a *El llano en llamas* que consigna López Mena, algunas de ellas ciertamente trascendentes.

- «El hombre», que es el título del cuento que abre el volumen, tenía otro nombre en el original. Se llamaba «Donde el río da vueltas». Tan importante cambio confirmó la dimensión universal de un cuento que, a partir de una sucesión de actos criminales específicos ejecutados por quienes en el texto desempeñan los contrarios papeles de perseguido y de perseguidor, se llega a la revelación de la condición humana, que nos hace igualmente víctimas que victimarios.
- López Mena señala una modificación de particular relevancia en el cuento «Luvina», pues cambia sustancialmente el significado. El original decía, para referirse al abandono en que el gobierno mantiene a esa población, lo siguiente:

> El señor ese [el gobierno] sólo se acuerda de ellos [los habitantes de Luvina] cuando alguno de sus muchachos ha hecho alguna fechoría acá abajo. Entonces manda por él hasta Luvina y se lo matan. De ahí en más no saben si existe.

Así dicho, los habitantes de Luvina son los que no saben de la existencia del gobierno. Para la primera edición se modificó la flexión del verbo final: «De ahí en más, no saben si existen», con lo cual, es el gobierno el que ignora la existencia de los luvinenses.
- Es interesante el caso del malogrado cuento «Paso del Norte», que Rulfo había añadido a última hora en su mecanoscrito, según consta en el recorrido que su inclusión tardía obligó a hacer en la numeración de las páginas. El cuento fue eliminado en la edición de 1970.
- Se registra un cambio muy significativo en el último párrafo del cuento «No oyes ladrar los perros». En el original, el padre, que ha cargado en hombros a su hijo moribundo para llevarlo por la noche a campo traviesa hasta Tonaya, un pueblo en el que se sabe que vive un doctor,

le dice al joven, en términos afirmativos, que no ha oído ladrar a los perros para saber si ya estaban cerca del lugar al que se dirigían: «—Y tú no los oías, Ignacio». Esa afirmación, que da por sentado que el hijo ya ha muerto cuando el padre lo descarga en el primer tejabán que ve al entrar a Tonaya, se vuelve una interrogante en la primera edición: «—¿Y tú no los oías, Ignacio?», con lo cual se abren las posibilidades interpretativas del desenlace del cuento, pues lo mismo puede ser que el hijo aún no haya muerto o que el padre siga hablando con él, muy rulfianamente, después de su fallecimiento.

- En el original del cuento «Anacleto Morones» que cierra el volumen, una de las mujeres que van a ver a Lucas Lucatero, decía: «Eso de tener cincuenta años y ser virgen es un pecado». En la primera edición, la palabra *virgen* fue sustituida por el adjetivo *nueva*, más propio del habla campesina.

En el caso de *Pedro Páramo*, López Mena dice que «no existen diferencias importantes entre el borrador llevado al Fondo de Cultura Económica y la primera edición de la novela».

Recuerdo haber tenido ese mecanoscrito en mis manos y conservo una copia de la última página. Efectivamente, no eran muchas las enmiendas que los editores habían marcado. Una supresión, sin embargo, me parece de enorme relevancia y, curiosamente, no aparece consignada por López Mena. Me refiero al final de la novela. En la versión entregada al Fondo, la novela terminaba con estas palabras:

Y junto a la Media Luna quedó siempre aquel desparramadero de piedras que fue Pedro Páramo.

Ese párrafo está tachado en el original. Qué bueno, pues en él se explicaba el símil entre Pedro Páramo y el montón de piedras, con lo cual se debilitaba la contundencia del párrafo anterior, que quedó como final definitivo:

Se apoyó en los brazos de Damiana Cisneros e hizo intento de caminar. Después de unos cuantos pasos cayó, suplicando por dentro; pero sin decir una sola palabra. Dio un golpe seco contra la tierra y se fue desmoronando como si fuera un montón de piedras.

No sé quién eliminó el párrafo final, si el editor del Fondo, tal vez Alí Chumacero, o el propio Rulfo. Si no lo consigna López Mena, me inclino a pensar que fue el autor quien lo descartó, pues en ese caso no habría sido, en rigor, parte del original. Quienquiera que haya suprimido ese final, lo hizo con muy buen juicio, para bien de la novela.

Hernán y yo salimos de la casa de Clara Aparicio desconcertados y escépticos. No sólo no habíamos conseguido lo que queríamos, sino que nos veíamos compelidos a regresar los originales de Rulfo si queríamos llegar a un punto de acuerdo. Al tratarse de una editorial del Estado mexicano, yo no sabía si me era dable devolver esos mecanoscritos, pues consideré que podrían constituir parte del patrimonio nacional y que, si se los entregaba a la familia, podría ser acusado de enajenar un bien del Estado. Consulté al abogado Fernando Serrano Migallón, experto en la legislación mexicana concerniente a los derechos de autor. Su dictamen fue claro: en el caso de las obras literarias, como en el de las composiciones musicales, los originales son propiedad del autor, pues lo que se vende o se contrata es el contenido y no el continente, es decir el discurso literario o la composición musical y no el soporte en que estos se entregan, a diferencia de lo que sucede en las artes plásticas —una pintura o una escultura, por ejemplo—, en las que el soporte es el contenido mismo de la obra.

Liberados de esa posible taxativa, decidimos hacer la entrega formal de los mecanoscritos y, para que así constara ante la opinión pública, aprovechamos la inauguración de una exposición de fotografías de Juan Rulfo en el Palacio de Bellas Artes para devolver esas páginas salidas de la máquina de escribir del autor. En el teatro principal del palacio, hicimos que bajaran de la tramoya dos cajas traslúcidas, en cada una de las cuales depositamos los originales de las dos obras narrativas de Juan Rulfo.

Una vez cubierto este requisito, tratamos de volver a plantearle a la familia, como lo habíamos convenido, la posibilidad de editar de nueva cuenta, con el sello del Fondo, *El llano en llamas* y *Pedro Páramo*, pero no lo logramos. Se confirmó mi temor de que la condición que nos habían puesto para negociar los derechos sólo había sido una estrategia para que la familia recuperara los originales de Rulfo. La esperanza que había abrigado desde que fui designado director del Fondo de Cultura Económica se marchitó. Por más que lo intentamos, no hubo manera de volver a tocar el tema con la viuda ni con los hijos ni con el presidente de la Fundación. Siempre nos topamos con un montón de piedras.

Tres

A escasos dos días de que fue difundida en la prensa internacional la noticia de que Tomás Segovia se había hecho acreedor, por decisión unánime del jurado, al Premio de Literatura Latinoamericana y del Caribe Juan Rulfo correspondiente al año 2005, tuve la ocasión de felicitar al poeta en el país de su origen y de su destino. De España salió a efectos de la Guerra Civil siendo un niño todavía, y a ella volvió después de un largo exilio en Francia, en África del Norte y en México, su patria de adopción, donde su voz no perdió el acento, pero sí cobró una nueva tonalidad y generó inéditas resonancias. Yo me encontraba de paso por Madrid, adonde él acababa de regresar de México. María Luisa Capella —su mujer y casi mi hermana—, el poeta y yo festejamos su premio en una de esas terrazas en las que los madrileños mitigan con frescura las crueldades del verano.

Vestida de blanco su proverbial apostura y apenas calzado con unas sandalias carmelitas, Tomás traslucía una felicidad serena, casi resignada. Le alegraba el premio, sí, pero sobre todo la felicidad que su concesión había despertado en los otros, a los que quiere. El Premio Juan Rulfo nunca había estado entre sus objetivos ni entre sus esperanzas, porque el poeta no buscaba otro reconocimiento que la lectura especular de su poesía, así que su adjudicación lo tomó totalmente desprevenido. Quizá el signo distintivo de este premio es que los catorce que lo recibieron antes que Tomás han sido más fieles a la literatura que a la vida literaria y se han afanado más en la creación de su obra que en su difusión y su reconocimiento: Nicanor Parra, Juan José Arreola, Eliseo Diego, Julio Ramón Ribeyro, Nélida Piñon, Augusto Monterroso, Juan Marsé, Olga Orozco, Sergio Pitol, Juan Gelman, Juan García Ponce, Cintio Vitier, Rubem Fonseca, Juan Goytisolo.

Ajeno, pues, al premio, a sus antecedentes y a sus implicaciones, Tomás ignoraba los protocolos y las ceremonias que su entrega traía aparejados, así que me sentí obligado a explicarle, en mi condición de asesor literario de la Feria, los compromisos que había contraído al aceptarlo, desde sentarse en un presídium kilométrico el día de la inauguración y pronunciar un discurso de agradecimiento, hasta asistir a las comidas y las cenas ofrecidas en su honor, conceder decenas de entrevistas a los medios de comunicación, presidir las mesas redondas en las que diversos intelectuales hablarían sobre su obra y departir con una multitud de jóvenes lectores. Conforme le iba exponiendo los rituales propios de la entrega del premio, Tomás se iba poniendo del color de su camisa al tiempo que un mohín de pesadumbre, de agobio, de nerviosismo le torcía la boca.

Tomás, que durante tantos años acudió, morral al hombro, a su cubículo de El Colegio de México, primero en su sede de Guanajuato 125 en la colonia Roma, y después en las instalaciones de la carretera Picacho-Ajusco en el Pedregal de San Ángel, ataviado con su saco de pana y unos zapatos de gamuza; Tomás, que sólo se transportaba en bicicleta cuando pasó una buena temporada en Perpiñán, alternando sus tareas académicas con la traducción literaria y la creación poética; Tomás, que un buen día decidió alejarse del mundanal ruido y se instaló con María Luisa en una casa campestre de Murcia, en la que no había energía eléctrica y las faenas cotidianas implicaban el acarreo del agua y el cultivo de patatas; Tomás, que todas las mañanas escribía en la mesa anónima del café El Comercial de Madrid; Tomás, que imprimía sus poemas en un tórculo rudimentario de su taller casero, El Taller del Poeta, para enviárselos de regalo a sus amigos al final de cada año; Tomás, que abría su corazón a sus hijos y sus nietos y a los hijos y los nietos de María Luisa en coplas domésticas y familiares..., de buenas a primeras se vería inmerso en el mundo de la fama y de la sonoridad que tanto contravenían su natural modesto y la sencillez que había venido construyendo a lo largo de los años con el mismo rigor con el que se eliminan los ripios y se borran los adjetivos inútiles de un poema.

Al final de mis explicaciones, le informé que su efigie, fundida en bronce, sería develada en el vestíbulo del Paraninfo de la Universidad de Guadalajara, donde se reuniría, en una suerte de asamblea familiar, con las de todos aquellos que han recibido el mismo galardón, entre los que se cuentan tantos amigos suyos. Tomás pensó que se trataba de una broma. Y como tal la celebró.

Cuando comprendió que hablaba en serio, dijo:

—¡¿Pero quién puede escribir una sola línea cuando su cabeza ha sido fundida en bronce?!

Quizá pensó que la solemnidad, la gelidez, la permanencia que suscita la imagen de un busto de bronce contravenían la libertad, la calidez y la constante mutación que el ejercicio de la poesía conlleva. No obstante, el resultado de los esfuerzos del poeta no dista mucho del que un busto de bronce representa: a fin de cuentas, la palabra poética fija las transformaciones que le dieron origen, les da permanencia a los fatigosos avatares del alma y arropa la frialdad del espíritu, para hablar con los términos que Gaston Bachelard —tan caro a Segovia— utiliza al referirse a la fenomenología de la imagen poética.

Al finalizar el año 2004, Tomás envió a sus amigos un poema de Navidad, impreso por él mismo en El Taller del Poeta. En ese poema logra el milagro de darle vitalidad al congelamiento. Acaso esa imagen puede hacerse extensiva al frío bronce de su busto:

LUCERO

La noche alza su frío irreprochable
Sin flaqueza y sin grieta
Íntimo y desolado como un deber altivo
Con nostalgia tal vez del tiempo del origen
Unánime desierto terminal
Donde aún no pululaban las miradas

Pero nos pone así en su centro mismo
El regio brillo gélido
Remotísimamente autoritario
Del gran lucero solo de las noches sin nadie
Para que comprendamos abrumados
En nuestra poquedad friolenta
Cuán vivo puede estar un hielo vivo.

Cuatro

Durante veinte años fungí como asesor literario de la Feria Internacional del Libro de Guadalajara. En varias ocasiones también fui miembro del jurado del Premio de Literatura Latinoamericana y del Caribe Juan Rulfo, que otorgó la Feria año con año a partir de 1999 y hasta 2005, cuando Juan Francisco Pérez Rulfo, hijo mayor del escritor, interpuso una demanda para quitarle su denominación al prestigioso reconocimiento, haciendo valer la condición de marca registrada del nombre Juan Rulfo, que la familia había tramitado a su favor.

Uno de los motivos que llevó a Juan Francisco Pérez Rulfo a tomar semejante decisión, seguramente impulsado por Víctor Jiménez, fueron ciertas declaraciones del poeta y ensayista hispano-mexicano Tomás Segovia.

Cuando el primero de agosto de ese año 2005, casi cuatro meses antes de la entrega formal del premio en la ceremonia inaugural de la Feria, se dio a conocer ante la prensa la decisión del jurado, Tomás Segovia se encontraba en España (donde yo me reuní con él para felicitarlo). Entrevistado en Madrid vía telefónica por los medios que asistieron a la rueda de prensa en Guadalajara, el poeta y ensayista elogió la figura de Rulfo, a quien no vaciló en considerar «un genio» y «uno de los más grandes cuentistas y novelistas del mundo». A la admiración que le profesaba, sumó su asombro ante el talento natural del escritor, que había florecido sin el cultivo de la formación intelectual y académica. Recordó que lo había conocido muchos años atrás en el Centro Mexicano de Escritores y dijo:

Para entonces tenía una idea vaga de quién era Rulfo, pero, al leerlo, me quedé deslumbrado. Siempre he pensado que él es un tipo de escritor muy peculiar, creo que es el tipo de escritor que tiene el puro don, es decir un escritor misterioso. Nadie sabe por qué Rulfo tenía este talento, porque en otros escritores uno puede rastrear el trabajo, la cultura, la influencia, incluso la biografía, pero Rulfo es un puro milagro. No tuvo una vida muy deslumbrante, no fue un gran estudioso ni un gran conocedor, él simplemente nació con el don.

Lo que para Segovia venía siendo un elogio —ciertamente ambivalente, pues al tiempo que reconocía el portentoso talento natural del escritor, señalaba las carencias de su preparación—, para la familia, y para Víctor Jiménez, fue una afrenta inequívoca e imperdonable: Tomás había despreciado a Rulfo, lo había tildado de ignorante y, en la interpretación que hicieron de sus palabras, no sería raro que hubieran pensado que indirectamente había puesto en entredicho la cabal autoría de sus obras, pues cómo un hombre tan poco preparado como él podría haber escrito, sólo amparado en sus dones naturales, *El llano en llamas* y *Pedro Páramo,* glorias de la literatura nacional.

Es significativa la similitud entre las declaraciones de Tomás Segovia a propósito de Rulfo y la opinión que del escritor tenía Octavio Paz, de quien Tomás fue un cercano colaborador en la fundación y en la redacción de la revista *Plural* del diario *Excelsior.* En una larga entrevista que le hizo Julián Ríos en 1972, el autor de *El laberinto de la soledad* dijo: «Yo creo que la novela de Rulfo es una de las novelas perfectas de la literatura hispanoamericana». Ríos acotó: «Es la gran novela mexicana», pero Paz volvió sobre lo dicho: «Yo diría que es la gran novela hispanoamericana». No obstante, en su vastísima obra apenas le dedicó una página, en la que señaló, como cualidad, la seca presencia del paisaje en *Pedro Páramo,* que contrasta con las luminosas descripciones que de la campiña mexicana hicieron dos escritores de lengua inglesa que peregrinaron por el país, D.H. Lawrence y Malcolm Lowry. El laconismo de Paz sobre la obra de Rulfo tal vez obedezca a una apreciación semejante a la que expresó Segovia en sus controvertidos comentarios, pues, si bien la consideraba «perfecta», no despertaba en él la pasión crítica intelectual que le suscitaron tantos escritores mexicanos. El paralelismo entre las respectivas apreciaciones de Paz y Segovia con respecto a Rulfo quizá influyó en la familia, que no sólo enderezó su virulencia contra Segovia, sino también, indirectamente, contra Paz, pues arremetió contra sus seguidores.

A lo largo de casi cuatro meses, los herederos de Rulfo y el arquitecto Jiménez fueron rumiando la estrategia que seguirían para manifestar su inconformidad por las declaraciones de Segovia y reivindicar la imagen de Rulfo, denigrada, en su opinión, por el galardonado. En vísperas de la inauguración de la Feria dieron a conocer a los medios informativos su decisión irrevocable de retirar del premio el nombre *Juan Rulfo*.

En la ceremonia de inauguración de la Feria y de entrega del premio, los numerosos oradores de aquel presídium gigantesco, que año con año había venido creciendo hasta parecerse a los del Soviet Supremo, procuraron no pronunciar en sus discursos el nombre de Rulfo para no dar pie a las posibles impugnaciones de la familia y para restarle importancia a la demanda, cuya noticia había llegado el día anterior a las primeras planas de los diarios.

Vanos fueron los esfuerzos de Tomás por aclarar, asediado por los reporteros después de la ceremonia, que sus comentarios sobre Rulfo no habían sido ofensivos sino encomiásticos, que se trataba de una mala interpretación de sus palabras, que había habido una confusión..., hasta que, al final, harto de reiterar sus justificaciones y de matizar sus comentarios, infortunadamente descargó la responsabilidad en «la inmoralidad de los periodistas que inventan escándalos en lugar de aclararlos», con lo cual sólo le echó leña al fuego. El conflicto, diríamos hoy, se hizo viral en los medios.

Empero, los comentarios que hizo Tomás cuando se dio a conocer el fallo del jurado, por ofensivos que les parecieran a la familia Rulfo y al arquitecto Jiménez, sólo fueron la gota que derramó el vaso. Otras causas movieron la interposición de la demanda de marras.

En una carta dirigida a la Asociación Civil del Premio Latinoamericano y del Caribe Juan Rulfo, fechada el 24 de noviembre de 2005, dos días antes de la inauguración de la FIL, Clara Aparicio manifestó su absoluta inconformidad con los dos últimos fallos del jurado, que habían favorecido a Juan Goytisolo y a Tomás Segovia, ambos recipiendarios, en ediciones inmediatamente anteriores, del Premio Octavio Paz de Poesía y Ensayo. Adujo que por dos años consecutivos había sido miembro del jurado el crítico literario Christopher Domínguez, quien pertenecía a un grupo que, según ella, se había apoderado del galardón. Se refería, por supuesto, al grupo de *Letras*

83

Libres, revista sucesora de *Vuelta,* cuya figura tutelar era Octavio Paz y en cuyos consejos de redacción se incluía el nombre de Domínguez. Exigía, por tanto, retirar del reconocimiento de la FIL de Guadalajara el nombre de su marido.

Víctor Jiménez extremó ante la prensa lo que la carta de Clara Aparicio decía: «El premio se ha convertido en botín de grupúsculos que sólo buscan el beneficio de sus propios intereses».

En una segunda carta, fechada tres semanas después, el 19 de diciembre, además de mantener su decisión, la señora Aparicio se quejó de que la FIL no la hubiera tratado con los cuidados y las atenciones que ella, por ser viuda de Rulfo, merecía, lo que la había orillado a dejar de asistir a Guadalajara en las últimas ediciones de la Feria.

No valieron las justificaciones ni las excusas que en carta del 27 de febrero de 2006 le envió Dulce María Zúñiga, directora de la Asociación Civil, una vez que sus miembros se reunieron para tratar el delicado asunto. Le aclaró que, por disposiciones estatutarias, el jurado se renovaba parcialmente cada año y ninguno de sus integrantes podía permanecer en su seno más tiempo, lo que legitimaba la reincidencia de Christopher Domínguez en ese cuerpo colegiado y al mismo tiempo aseguraba que no volvería a participar en él, al menos de manera consecutiva. Desmintió, además, que el reconocimiento se hubiera convertido en «plato de segunda mesa», como la viuda decía, por el solo hecho de que algunos de los galardonados hubieran obtenido antes el Premio Octavio Paz, como habían ganado tantos otros, naturalmente, pues se trataba de escritores de excelencia.

Raúl Padilla, presidente de la Asociación Civil, me pidió que intercediera con la familia, en mi condición de asesor literario de la FIL, para tratar de revertir la decisión de Clara Aparicio. Yo sabía de antemano que mi mediación sería inútil, pues pesaba sobre mí el fracaso que había sufrido cuando intenté devolver la obra de Rulfo al Fondo de Cultura Económica. Aun así, hablé con Juan Pablo Rulfo, el talentoso hijo del escritor, con quien tenía cierta relación de afecto y mucha admiración. Es un extraordinario artista plástico, muy cercano, por cierto, a mi entrañable amigo Vicente Rojo. Él me remitió a su familia, gobernada por Víctor Jiménez, y no logré cumplir mi cometido. Fracasé de nueva cuenta.

El caso es que, ante la demanda formal, que involucraba a las cinco entidades que auspiciaban el premio (el Consejo Nacional para la Cultura y las Artes, el Gobierno del estado de Jalisco, la Universidad de Guadalajara, el Municipio de Guadalajara y el Fondo de Cultura Económica), la Asociación Civil se vio obligada a retirar, para pesar de todos sus miembros, el nombre de Juan Rulfo.

Cuánto lamentamos este despojo —así lo consideramos— quienes de una u otra manera estábamos involucrados en la organización de la Feria. Era deplorable, sobre todo, porque pensábamos que la denominación original del premio no sólo prestigiaba al propio galardón, sino también ensalzaba al escritor. Cómo era posible que la familia y quien administraba los derechos de autor de Juan Rulfo cometieran semejante atentado no sólo contra la FIL, sino contra su presunto defendido.

Muchas propuestas de denominación alternativas surgieron entre los organizadores de la Feria para suplir la de Juan Rulfo. Yo sugerí, entre veras y burlas, que el premio se llamara «Juan». Sí, simplemente «Juan», pues todo mundo sabría que se referiría al autor de *Pedro Páramo,* «de todos modos Juan te llamas». Además, curiosamente, muchos de los que han recibido el premio ostentan ese nombre: Juan José Arreola, Juan Marsé, Juan Gelman, Juan García Ponce, Juan Goytisolo.

En el año 2007, el Instituto Mexicano de la Propiedad Industrial anuló la marca registrada Juan Rulfo, de modo que la FIL recuperó el derecho de imponer el nombre del escritor jalisciense al premio, pero la Asociación Civil decidió no hacerlo. Ya se le había entregado el reconocimiento sin el nombre del escritor a Carlos Monsiváis en 2006 y, de la misma manera, se le adjudicó en 2007 a Fernando del Paso, quien, por cierto, dijo en su discurso de agradecimiento que, para él, el premio se seguía llamando Rulfo. La Asociación Civil consideró que la Feria estaba por encima de semejantes mezquindades injustificadas y contraproducentes para el propio escritor y determinó no reincidir en la pugna que había sostenido con la familia. A partir de ese año, el galardón amplió su convocatoria y adoptó el nombre de Premio FIL de Literatura en Lenguas Romances.

Visita a dos poetas cubanos. Eliseo Diego y Dulce María Loynaz

Cuando Eliseo Diego recibió en la ciudad de Guadalajara el Premio Juan Rulfo a finales de 1993, leyó un texto agradecido y testamentario en el que pedía que, de morir en México, lo sepultaran cerca del escritor mexicano que tanto sabía de la conversación con los difuntos:

> Hay dos lugares cruciales en la vida de un hombre. El lugar donde nace y aquel en que debe esperar a que le caiga encima toda la enormidad del tiempo. Nací yo en Cuba, y en Cuba desearía acabar. Pero si por azar me tocase hacerlo en esta tierra de México a la que tanto amo por tantas razones, ponedme, hermanos y hermanas, cerca de donde está Juan Rulfo. Porque él, que sabía mucho de estas cosas, afirma que los muertos cuando están solos platican muy a gusto entre ellos y cuentan cosas; se cuentan sus historias.

Al poco tiempo, como lo había intuido —¿o decidido?—, Eliseo Diego murió en México. Su petición, tal vez sólo retórica, no fue atendida, y sus restos mortales fueron trasladados a su isla natal, donde reposan muy cerca de los de Lezama Lima en el cementerio Colón. El día de su muerte dejó escrito un poema titulado «Olmeca», en el que manifiesta su última alegría:

> Aquí estoy, muerto de risa.
> Muerto de risa por las muecas que me está haciendo el
> Maestro Escultor para tenerme muerto de risa mientras me

hace el retrato.

Hasta ha sacado la lengua. ¡A mí, que soy el Hijo del Rey!

Y desde el copito de su cabeza me saca otra lengua que
ciertamente no tiene en el copito de su cabeza.

Yo estoy muerto de risa.

Mi hermanita, en cambio, se ha enojado mucho. Y con
sus brazos bien abiertos lo regaña que da miedo.

Yo no. Yo estoy muerto de risa.

Me da risa el Jaguar y me da risa la Serpiente y hasta la
Muerte me da risa.

Ustedes, los Nuevos, no saben lo que es bueno.

Tan serios y con las caras llenas de pelos como los monos.

Pero como feísimos monos blancos. Feos monos blancuzcos,
lívidos, con las carotas llenas de pelos.

No puedo evitarlo. Es descortés, pero ustedes me dan
más risa que nada.

Es cierto que estoy muerto y que ustedes me miran y
están vivos.

Pero yo estoy muerto de risa.

La gracia y el regocijo que campean por ese poema me hacen pensar que pudo burlar a la muerte, como Rulfo, que tanto
vivió con ella, y que independientemente del lugar que ocupan
sus cuerpos, Eliseo Diego y Juan Rulfo «se cuentan sus cosas, sus
penas, sus alegrías, todo».

Como lector de poesía, pero sobre todo en su aromática
y sabrosa tarea de traductor de la lengua inglesa —porque para
él traducir un poema era cosa de sabores y de aromas—, Eliseo
Diego supo conversar con los difuntos:

No sólo son nuestros amigos aquellos a quienes vemos casi a diario, o en un de cuando en cuando que es el siempre de toda una
vida. Si la amistad, más que presencia es compañía, también lo
serán aquellos otros con quienes jamás pudimos conversar porque nos separan abismos de tiempo inexorable.

Así, con ese nombre quevediano, *Conversación con los difuntos,* tituló la antología de sus traducciones, que aparecen precedidas, en cada caso, de una nota cálida a propósito del autor y de las dificultades de su arte, siempre vacilante entre la fidelidad al original y la belleza que debe alcanzar en la lengua a la que se vierte. Marguerite Yourcenar dijo que la traducción de la poesía era como las mujeres: entre más bellas, más infieles.

Precisamente acababa de ser publicado ese libro en México por Ediciones del Equilibrista, así llamada en homenaje a uno de sus poemas, cuando Hernán Lara Zavala y yo lo visitamos en La Habana una tarde apacible de febrero de 1992. Vivía entonces en El Vedado, en los bajos de un edificio de la antigua avenida de Los Presidentes, con Bella, su mujer, su hija Fefé —hermana gemela de Lichi— y quizá con alguien más, pues en el vestíbulo se fueron sobreponiendo, con sonoridad muchacha, varias bicicletas a lo largo de la tarde. Habíamos comprado dos botellas de whisky, una para él y otra para que la compartiera con nosotros durante nuestra visita, que se prolongó hasta el anochecer. La casa de los Diego, como lo cuenta Lichi, siempre estuvo abierta a todo mundo, quizá en herencia de la costumbre de la casa paterna de Bella García Marruz, la mujer de Eliseo: «Músicos, poetas, trapecistas, ginecólogos apasionados, barítonos, tenores, dibujantes, escultores, empresarios de circo, cinéfilos, buscavidas, artistas de vodevil y hasta un campeón de charlestón en patines animaban un universo familiar donde no había cabida para el eclipse de la tristeza o la borrasca de la desilusión». Así que el poeta nos recibió con una amabilidad acostumbrada por generaciones a la recepción, mas no por ello rutinaria. Yo había conocido a Eliseo Diego desde el primer viaje que hice a La Habana en el 74 y lo había vuelto a ver en México, cuando vino, invitado por Difusión Cultural de la UNAM, a impartir un cursillo en la Facultad de Filosofía y Letras, pero esa fue la primera vez que conversé con él en la intimidad de su propio espacio y al margen de la vida protocolaria, a la que era tan esquivo. Lo recordaba más corpulento y más sonoro. Quizá el tiempo, que era su única posesión al final de la vida, lo había enjutado un poco. O tal vez era la cercanía con la que lo trataba por primera vez la que me lo presentaba más pequeño. Su voz, apagada por el tabaco y por una respiración dificultosa, ahora concordaba más con las tonalidades serenas y pausadas de su poesía. La inteligencia, la ironía, el whisky le abrillantaban la mirada, que a veces se perdía entre las volutas del humo de la pipa y los recuerdos. Habló largamente de la poesía de lengua inglesa —Marvell, Blanco White, Chesterton, Yeats— con la sencillez de quien, gracias al ejercicio del difícil arte de la traducción, viene de regreso de sus complejidades. Bella fumaba y leía sentada al escritorio que se encontraba en la misma sala de la casa, Fefé entraba y salía de la habitación con discreción de ángel y nosotros conversábamos como si fuéramos parte de la familia, mientras los muchachos saludaban y se despedían sucesivamente sin alterar la tranquilidad de la tarde.

Al final, cuando empezaba a anochecer, Eliseo le pidió a Fefé que trajera el juego de mesa que él mismo había inventado y construido cuando niño. Era un tablero de cartoncillo sobre el que había dibujado, en colores antaño distintivos y ahora igualados por el tiempo, las figuras de guerreros pertenecientes a dos bandos enemigos. Durante un rato, jugamos a la guerra en la santa paz de la vida doméstica.

No me sorprende que Lichi se refiera a su padre, aun por escrito, con el simple nombre de *papá*.

Si el poema «Olmeca» con el que puso punto final a su escritura denota la pareja alegría de vivir y de morir, su testamento poético nos deja todo el tiempo para recordarlo y para quererlo:

> no poseyendo más
> entre cielo y tierra que
> mi memoria, que este tiempo;
> decido hacer mi testamento.
> Es éste:

les dejo
el tiempo, todo el tiempo.

Una tarde de febrero de 1995, Hernán Lara y yo tuvimos el privilegio de visitar a Dulce María Loynaz en su emblemática casa de la calle 19 de El Vedado, que hace esquina con E, calle originalmente llamada de los Baños, una de las más literarias de La Habana, pues en ella habían vivido Eliseo Diego (E y 21), Alejo Carpentier (E y 11) y seguía viviendo, apartada del mundo, Dulce María Loynaz (E y 19).

Nuestro pasaporte era una pequeña antología de la poesía de Dulce María que Hernán y yo habíamos editado en 1991, por iniciativa de Alejandro González Acosta, académico cubano avecindado en México, quien obtuvo el permiso de la autora para publicarla, hizo la selección de los poemas y redactó la nota introductoria. Ese fue el primer libro de la escritora cubana que salió a la luz en México. Su mérito editorial consistía en que se había publicado con anterioridad a que Dulce María recibiera de manos del rey Juan Carlos I de España, en 1992, el Premio Cervantes —mayor galardón de la lengua española, otorgado antes que a ella a Alejo Carpentier y después a Guillermo Cabrera Infante—. A partir de esa fecha, se multiplicaron las ediciones de las obras de la autora, que sólo así pudo salir del anonimato casi total que tenía fuera de Cuba y aun dentro de su patria.

Dulce María, al principio, tenía reticencias para publicar en México esa pequeña antología de la serie Material de Lectura de la UNAM. En una de las cartas que le dirigió a González Acosta y que este publicó póstumamente, le dice sin ambages: «Respecto a lo que me propone sobre incluir mi obra en esa colección —un poema que no sea muy extenso, «Últimos días de una casa», «Carta de amor», etcétera—, le agradezco su interés, pero preferiría que no incluyese ninguno. Ese país me ha ignorado año tras año y para los que faltan, bien puede seguir

91

ignorándome». Sin embargo, una vez publicado el librito, Dulce María matiza su comentario y les echa la culpa de la falta de difusión de sus obras en el extranjero a las autoridades culturales cubanas, que tuvieron que esperar a que recibiera el Premio Cervantes para publicarla en Cuba: «Por supuesto, me agrada la noticia que me da sobre la publicación de obras mías en esa Universidad Nacional. México es un país donde mi palabra no ha tenido mucho eco, no por falta de sensibilidad de sus moradores, sino por otra cosa de aquí, que la han, seguramente, desviado».

Si en La Habana parece que el tiempo se ha detenido desde 1959, la casa de Dulce María Loynaz, una isla dentro de la isla, es un reducto de los tiempos anteriores a la Revolución. Una casona señorial, como la mayoría de las que sobreviven en El Vedado, con verja de hierro, jardín delantero, portal cercado por balaustradas y espacioso y fresco recibidor.

La maleza había cubierto las rejas y desde la calle no se alcanzaba a ver casi nada de la mansión. Llegamos a la hora convenida con la sobrina de la escritora, que la cuidaba y atendía. La casa no contaba con timbre ni aldabón, así que tuvimos que acudir, no sin vergüenza, a la práctica habanera de gritar para anunciar nuestra llegada. Inmediatamente se oyeron los ladridos de los perros, que salieron a recibirnos antes de que la sobrina se apersonara en la puerta. Eran perros plebeyos, que contrastaban notablemente con la aristocracia de la casona. Pasamos al recibidor. Piso de mármol, candiles de cristal, cortinajes, tibores chinos, candelabros de bronce y figuras de porcelana sobre las mesas, bodegones flamencos en las paredes, mecedoras de bejuco y un gran sillón de tapiz floreado con garras de león a manera de patas y carpetas de encaje de Bruselas en los brazos y el espaldar. La sobrina se ausentó por unos momentos y a la comitiva canina que nos recibió en la puerta de la calle se sumaron otros perros del mismo linaje callejero, que nos husmeaban sin dar tregua a la excitación que nuestra visita les provocaba.

Al cabo de un rato, hizo su aparición Dulce María, acompañada de su sobrina. Tenía a la sazón noventa y tres años.

Vestía un batón azul y calzaba, sobre unas medias de un blanco inmaculado, unos zapatos negros que se hubieran antojado masculinos a no ser por sus dimensiones diminutas. Se apoyaba en un bastón y tenía puestos unos anteojos redondos de carey que al parecer de muy poco le servían. Prácticamente estaba ciega. Sus manos, blanquísimas y muy delgadas, se correspondían con una cabellera rala y blanca que se recogía en un chongo de abuelita. Nos ofreció las mecedoras y ella se sentó en el sillón, con el bastón en el regazo. Los perros se arremolinaron a su derredor y alguno de ellos se orinó tranquilamente a los pies de la poeta, sin que ella se inmutara. Pidió disculpas por su ceguera y muy pronto identificó nuestras respectivas voces para dirigirse a cada uno de nosotros de manera diferenciada.

Me impresionó su deslumbrante lucidez. Con palabras comedidas y en perfecta ilación, agradeció nuestra visita, la caja de chocolates que le llevábamos de regalo, y la publicación de otro libro suyo, *Fe de vida*, que habíamos coeditado con la Editorial Letras Cubanas.

Fe de vida es una biografía de su esposo, Pablo Álvarez de Cañas, un destacado cronista de sociales de los tiempos anteriores a la Revolución. En él, Dulce María cuenta, efectivamente, la vida de su marido, pero también es una autobiografía indirecta, que le permite decir de sí misma lo que quiere y al mismo tiempo ocultar lo que no desea que se sepa de su propia vida. En todo caso, es una riquísima historia de la sociedad y de la cultura habaneras de la primera mitad del siglo XX, centrada en los opulentos rituales de la aristocracia criolla. También habla de su familia, una de las más conspicuas de la isla. Su padre, el general Enrique Loynaz del Castillo, fue combatiente en la Guerra de Independencia y escribió un himno a la patria que, según me dicen, aún se entona en las escuelas y en algunas ceremonias oficiales. Ya anciana, Dulce María compiló los escritos del general y los dio a la imprenta bajo el título de *Memorias de la guerra*, libro que tuvo que esperar mucho tiempo para ver la luz, como ella misma le confiesa, no sin amargura, a González Acosta al quejarse de que sus propias obras no se editan en Cuba: «La misma obra de mi padre, bien escrita y útil a la historia del país, aún sigue engavetada al cabo de once años de entregada». Sus hermanos, Carlos Manuel, Enrique y Flor, también eran poetas y, a diferencia de Dulce María, que al parecer fue la única cuerda de la familia, llevaban una vida iconoclasta, concordante con el espíritu de las vanguardias europeas de entreguerras: entre otras extravagancias suyas, se cuenta que alteraban radicalmente los horarios convencionales, pues vivían de noche y dormían de día, como ciertos personajes de Alejo Carpentier. Dicen que en ellos se inspiró el novelista para escribir *El siglo de las luces*. Federico García Lorca trabó amistad con los hermanos Loynaz en sus visitas a La Habana, y a la casa familiar llegaban poetas de renombre internacional, como Gabriela Mistral o Juan Ramón Jiménez —quien pasó buena parte de la Guerra Civil española en Cuba.

Al triunfo de la Revolución, Dulce María Loynaz, que durante su juventud había viajado por todo el mundo —Siria, Egipto, Turquía, Europa, Estados Unidos, Sudamérica—, no dejó su país natal, como lo hicieron muchos de su clase y condición, entre ellos, familiares cercanos y su propio esposo, Pablo Álvarez de Cañas. Nara Araújo, entendida como nadie en la obra de Loynaz y persona muy cercana a la escritora, cuenta que un poeta de dimensión nacional y de la vieja militancia en la izquierda, del que no da el nombre, había comentado que Dulce María debía marcharse de Cuba, pues en el nuevo orden de cosas, la vieja y solitaria aristócrata no tenía cabida. Cuando ella se enteró de tal desiderátum político, dijo, categórica: «Que se vayan ellos, yo llegué primero». Ciertamente, ella había llegado antes. Nació en 1902, el mismo año en que se instaura la República de Cuba y que se construyen las primeras casas de El Vedado, del que ella, quizá, haya sido la mayor conocedora, aunque lamentablemente la ceguera no le permitió escribir, como se lo había propuesto, la historia de ese reparto de La Habana. Por fortuna, nos dejó, al respecto, muchos testimonios vívidos en su libro *Fe de vida*.

Dulce María Loynaz fue la directora de la Academia Cubana de la Lengua y, en condiciones muy adversas después de la Revolución, sin presupuesto y sin sede propia, mantuvo la institución en vilo y abrió su propia casa al concurso de los académicos. Esa tarde de nuestra visita, nos condujo al salón donde tenían lugar las sesiones. Pasamos por un corredor presidido por una gigantesca águila de bronce, flanqueada por dos pedestales de mármol sobre los cuales se asentaban las figuras de Fernando de Aragón e Isabel de Castilla —reina a la que Dulce María dedicó un estudio que la hizo acreedora al premio de periodismo que con el nombre de la soberana otorga España—. También había obtenido en ese país la Cruz de Alfonso X el Sabio. En Cuba, muy tardíamente, el gobierno revolucionario le otorgó el Premio Nacional y la Distinción por la Cultura Nacional, y la Universidad de La Habana le confirió el doctorado *honoris causa* en una ceremonia, por cierto, muy engorrosa para ella, como le confesó a Nara Araújo, porque se celebró a las tres de la tarde, hora sagrada de su siesta.

Pasamos al salón de sesiones de la Academia y lo que más me llamó la atención fue un piano de cola, cubierto por un mantón de Manila, en el que de seguro García Lorca había tocado arrebatadamente sus composiciones populares.

No recuerdo los temas de la conversación que sostuvimos con Dulce María Loynaz aquella tarde, pero sí las cualidades de sus palabras, que revelaban el raro equilibrio entre la firmeza y la bondad, la inteligencia y la sencillez, la reciedumbre y la dulzura de esta mujer de otro tiempo, que había decidido permanecer en Cuba a pesar del cambio radical que con la Revolución se había operado en el país. Nara Araújo también cuenta que en alguna ocasión un periodista le preguntó sobre su tenacidad de permanecer en Cuba, y ella, con palabras lapidarias, le respondió: «La hija de un general del Ejército Libertador muere en su patria». En Cuba, en La Habana, en su casona de El Vedado, en su cama, murió poco tiempo después de nuestra visita.

Descanse en paz. En Cuba.

Gracia y desgracia
de Alfredo Bryce Echenique

Uno

Lo vi en junio de 1991 en el bar inglés del hotel Wellington
de Madrid, donde Augusto Monterroso y Barbarita Jacobs se
hospedaban. Y preví que su conversación y la ingesta de alcohol
serían tan intensas y extensas como en ocasiones anteriores.

A principios de los ochenta, había conocido en México al
escritor peruano Alfredo Bryce Echenique. La prolongación
de los digestivos (o mejor dicho *bajativos)* tras una comida en el
restaurante de la Sociedad General de Escritores de México, de
donde no lo pude sustraer, le impidió asistir a la mesa redonda
que yo tendría que moderar en el Congreso de Escritores Latinoamericanos que tuvo lugar en el Palacio de Minería durante
la Feria Internacional del Libro de 1981. Sin la presencia del
peruano, participaron en ella el chileno Fernando Alegría, el español Carlos Barral, el brasileño Eric Nepomuceno y el mexicano Carlos Monsiváis, muy mal moderados por mi inexperien-
cia. Después supe, por el propio Bryce, que la víspera se había
emborrachado con Tania Libertad, Luis Rius y Ángel González
en un antro en el que cantaban las legendarias Hermanitas Navarro, y que, sin saber cómo, había acabado durmiendo en la
casa de Maricarmen y Paco Ignacio Taibo I. A la mañana siguiente, con una cruda, resaca o perseguidora atroz que su anfitriona no pudo curar, se fue a la casa de Gabriel García Márquez en el Pedregal de San Ángel para ayudarlo a corregir, según
se lo había solicitado el colombiano, un manifiesto a favor de

Fidel Castro, que Bryce fue tachando párrafo a párrafo hasta aniquilarlo por completo.

Varios años más tarde, la vehemencia de su plática y la sed de su garganta nos habían encerrado a Hernán Lara Zavala y a mí en el lastimoso bar del hotel Bauen de la avenida Callao de Buenos Aires, donde nos quedamos toda la tarde y buena parte de la noche oyéndolo y bebiendo con él —y con el poeta peruano Antonio Cisneros—, en lugar de recorrer por primera vez la ciudad porteña que ni Hernán ni yo conocíamos y que tanto habíamos ansiado visitar; en lugar de caminar por Corrientes o por San Martín y montarnos en la cartografía de Borges; en lugar de pasear por Recoleta y solazarnos con la belleza de esas minas de cintura tan improbable como las historias que Alfredo nos contaba. Así de poderosos fueron su magnetismo verbal, su capacidad de fabular: un río que nos hizo posponer el de La Plata. A nosotros y al propio Bryce, porque, como lo supe después, ese también era el primer viaje de Alfredo a Buenos Aires, donde le siguió el rastro a su abuelo materno, don Francisco Echenique Bryce, que en esa ciudad había dejado parte de su familia.

Aquellos días de junio de 1991, yo también me alojaba en el Wellington, convocado por Beatriz de Moura y Antonio López Lamadrid, mis editores, que estaban por publicar mi novela *Amor propio* en Tusquets Editores.

Era la sacrosanta hora madrileña del *vermouth* —la una de la tarde—. Tito, Barbarita y yo nos habíamos reunido en el bar para recibir a Bryce, quien entonces vivía en Madrid y quería saludar a Monterroso. Llegó puntualmente. Saludos, abrazos, aposentamiento en los mullidos butacones del bar, petición al camarero de las dispares bebidas que tomaríamos, risas, recuerdos de amigos comunes, precisión de la fecha y del lugar donde ellos se habían encontrado la última vez... Porque de la primera, ambos se acordaban perfectamente. Había sido en 1974, cuando coincidieron en Windsor, una pequeña ciudad fronteriza de Canadá, donde se celebró un congreso de escritores latinoamericanos —el primero al que Bryce acudió en su vida—.

Aunque organizado por la Universidad de Michigan en Ann Arbor, se tuvo que realizar en una localidad canadiense porque varios de los invitados, entre ellos Monterroso, figuraban en la lista negra de la CIA y no podían entrar a los Estados Unidos. Cumplidos los rituales introductorios y servidas las bebidas solicitadas, sobrevino el despegue de la palabra de Bryce, que previsiblemente venía dispuesto a conversar largo, a pesar de la parquedad proverbial de Tito, su verdadero y único interlocutor, porque Barbarita y yo quedaríamos relegados a la condición de meros oyentes. Bueno, Tito de algún modo también, porque Bryce apenas estaba dispuesto a intercalar uno que otro silencio en su proliferante discurso para escuchar la brevedad de las palabras de Monterroso. Recordó que, cuando lo conoció en aquel congreso, Tito había viajado desde México con un voluminoso diccionario de filosofía, gracias al cual, abierto al azar en cualquier página, podía dormir a pierna suelta en el avión durante sus viajes largos. Nos habló también de ciertas desavenencias con Mario Vargas Llosa, quien por esos días se había postulado como candidato a la presidencia del Perú y cuya experiencia política narraría después en su libro *El pez en el agua,* publicado en abril de 1993. En ese hotel madrileño, donde suelen hospedarse afamados toreros y gente potentada de la afición a la fiesta brava y en cuyo bar estaba de cuerpo entero, quieto, pero a punto de embestir, un toro de lidia disecado, Bryce nos contó lo que ocurrió una tarde de toros en Lima. Vargas Llosa y él estaban sentados en barrera de sombra, muy próximos entre sí, cuando el matador brindó el primer toro de la tarde al mejor escritor del Perú. Apenas oídas estas palabras, Mario empezó a levantarse de su asiento para agradecer el gesto. Pero el suyo se le desfiguró cuando el torero remató la frase que había dejado inconclusa para decir: Alfredo Bryce Echenique.

Entonces ni Tito ni Barbarita tomaban una sola gota de alcohol, y Bryce, en cambio, no ingería ningún líquido que no estuviera bautizado por Joseph-Louis Gay-Lussac, así que la conversación, por llamar de algún modo al soliloquio, pronto pasó del gusto recíproco del encuentro a la asimetría disuasoria. Después de casi una hora de oír a Bryce, a quien no le paraba la boca (ni por lo que hablaba ni por lo que bebía), Tito y Barbarita se despidieron para acudir a una comida que les ofrecía el Instituto de Cooperación Iberoamericana, a la que asistiría Carmen Romero, esposa del presidente del Gobierno, Felipe González, y gran admiradora de la obra de Tito. Como Bryce no sabía de ese compromiso y pensaba que la reunión se prolongaría por tiempo indefinido, sufrió una decepción cuando los Monterroso le dijeron que tenían que retirarse. Yo, que no estaba en ninguno de los dos extremos —ni el del alcoholismo de Bryce ni el de la abstinencia de Tito y Barbarita—, me quedé con él, que necesitaba con quién hablar y, sobre todo, con quién brindar, pero me propuse beber cuando más un par de tragos y dar por terminada la reunión a las tres de la tarde con el pretexto de una cita para comer, que no tenía. Aunque me interesaba mucho la plática de Bryce, no quería que se reprodujera la situación que Hernán y yo habíamos vivido en Buenos Aires, entre otras cosas porque, si bien no tenía ningún compromiso para comer, quería pasear por Madrid esa tarde luminosa de verano en lugar de quedarme confinado en el bar del hotel Wellington.

No sé cuántas horas me pasé escuchando a Bryce, embobado, sin siquiera pensar en la comida, que distrajeron unas tapas que nos sirvieron con cada uno de los muchos tragos que pedimos. Ni en la comida, ni en la soleada tarde madrileña. El ferrocarril de sus palabras no paraba en ninguna estación, seguía a todo vapor por la vía, recorriendo historias increíbles, fascinantes, desmesuradas. Yo no podía bajarme con el tren en marcha, como no había podido suspender, años atrás, la lectura de *Un mundo para Julius,* su primera novela, que me atrapó no sólo porque me interesó su trama, sino porque me metió en su mundo y me cerró la puerta de salida. La recuerdo no como cosa leída, sino como cosa vivida: conozco esa casa, ese balneario, esa escuela, ese club deportivo, estuve en esa fiesta, hice ese viaje. A tal grado me involucré con la familia y particularmente con Susan, Susan *darling,* la madre de Julius, que una vez un perfume me recordó al que ella usaba; un perfume que yo, por supuesto, nunca pude haber olido, y que no nada más olí, sino que me transportó de inmediato a mi relación con esa mujer de la que me enamoré y con quien sostuve una relación necesariamente platónica y unilateral, semejante a la que tuvo el personaje narrador de *La invención de Morel,* la novela de Adolfo Bioy Casares, con Faustine, una mujer virtual, proyectada reiteradamente en tres dimensiones por el aparato que inventó Morel en su afán de alcanzar nada menos que la inmortalidad. Tanto me fascinó ese mundo, que no me percaté de la dimensión crítica de la novela. El Gobierno Revolucionario de las Fuerzas Armadas del Perú distinguió a su autor con el Premio Nacional de Literatura por denunciar en ella a la oligarquía limeña, cosa que Bryce no se propuso, según confiesa en *Permiso para vivir,* el primer volumen de sus *antimemorias,* pero que tampoco desmintió. Yo, la verdad, no detecté en mi lectura esta condición revolucionaria y antioligárquica que se le adjudicó, transido como estaba por la nostalgia del paraíso perdido que el escritor voluntaria o involuntariamente transmitía.

Con una voz cascada pero sonora, propia de cantaor de peteneras, Bryce me contó, con una rara gravedad interrumpida por sus espasmódicas risas socarronas y caballunas, la increíble historia de su familia. Me habló de su padre, inglés, escocés o irlandés de origen —ya no lo sé—, que prosperó en el gran negocio de los negocios, en la gran industria de las industrias, la banca; me habló de sus tres hermanos mayores, que fueron sordomudos de nacimiento, y de sus dos hermanas, quienes se casaron con sendos sinvergüenzas que se aprovecharon de la fortuna que ellas habían heredado. Ante la incapacidad articulatoria de los tres mayores de sus hijos, el padre abrigó la esperanza de que, a su muerte, Alfredo, el benjamín, se encargara de la administración de sus negocios fiduciarios. Precisamente por el irreversible mutismo de sus hermanos, Bryce, una vez convertido en abogado por exigencias de su progenitor, rechazó la imposición del destino que su padre trataba de imponerle, renunció a la privilegiada condición de la que gozaba en Lima como hijo del dueño del Banco Internacional del Perú, nieto de un presidente de la república y descendiente de un virrey, se trasladó a vivir a París con el propósito de «estudiar para bohemio», como decían en tono burlón sus amigos de colegio, y se dedicó a desarrollar al máximo el don del que sus hermanos carecían, la palabra. A hablar, hablar, hablar desaforadamente, en la cátedra, en el foro, en la tertulia, en la fiesta, en el café, en el bar. Y a escribir, escribir, escribir sin tregua, sobre todo novelas, muchas novelas torrenciales. Y a vivir de la palabra dicha y de la palabra escrita. Por algo, el bardo popular Nicomedes Santa Cruz remató así una décima que le escribió utilizando los apellidos inglés y vasco de su nombre (aunque ninguna de las dos familias era pobre, como ahí se dice. ¡Qué va!):

De ingleses sin un penique
y vascos sin una pela
nació para la novela
Alfredo Bryce Echenique.

No por mis palabras, que fueron mínimas, sino por mis oídos, que se abrieron al máximo, Bryce agradeció mi compañía. Al anochecer, liquidó la totalidad de la cuenta y abandonó el bar sin perder, milagrosamente, la verticalidad de su paso, al menos desde mi doble y desenfocado punto de vista.

Dos

Al leer ahora el primer tomo de sus *antimemorias,* así subtituladas en honor a André Malraux, me percato de que las historias que Alfredo Bryce Echenique contó en el bar inglés del hotel Wellington fueron, si no rotundas mentiras, sí, al menos, grandes exageraciones. También hay omisiones que limitan la veracidad de su discurso.

No nos dijo en la conversación con los Monterroso cuál había sido su desavenencia con Mario Vargas Llosa, aunque sí mencionó que alguna hubo. Quizá se debió al papel político que asumió el autor de *Conversación en la Catedral* al postularse como candidato a la presidencia de la república, en detrimento, dado el caso de haber sido elegido, de la continuidad de su gran obra literaria. Como dijo Carlos Fuentes, muchos pueden ser presidentes del Perú, pero nadie más que Mario Vargas Llosa puede escribir las novelas de Mario Vargas Llosa. O quizá a que el futuro premio Nobel, quien en su momento se había entusiasmado con la Revolución cubana, como tantos intelectuales, y que incluso había firmado un beligerante manifiesto a favor de las guerrillas en América Latina, se había distanciado de ella. Bryce, en cambio, había realizado, aunque tardíamente y más por motivos literarios, festivos y amistosos que ideológicos o políticos, cinco viajes a La Habana entre 1981 y 1989. Ahí se había ganado, gracias a su gracia, a su verbosidad, a sus borracheras, a su desfachatez para cantar «peteneras limeñas» —y también a la intercesión de Gabriel García Márquez—, la amistad del mismísimo Fidel Castro y su hermano Raúl y de altos miembros de la nomenclatura del régimen. En el país caribeño, además, se había enamorado de la vicedirectora de Casa de las Américas, con quien convivió durante meses en una residencia oficial de protocolo de Guanabo. Lo cierto es que en sus *antimemorias* siempre habla bien de Vargas Llosa, a quien admira por su obra y le agradece su apoyo, su impulso y su consejo. Para Bryce, Vargas Llosa siempre fue un ejemplo de disciplina frente al cual él siempre se sintió, como lo dice, muy mal ejemplo.

Si bien a lo largo de los tres volúmenes de sus *antimemorias (Permiso para vivir, Permiso para sentir y Permiso para retirarme)* se refiere reiteradamente a la incomprensión de su padre ante la firmeza de su vocación literaria, no deja de reconocerle sus buenas intenciones con respecto al porvenir de sus hijos y de entenderlo en su condición de «anglosajón perdido en las Indias». Con respecto a sus hermanos varones, sólo menciona a dos, Eduardo y Paquito. Este último, el primogénito, realmente fue el único que nació sordomudo, y esa discapacidad la atendieron primero las maestras de una escuela especial en Estados Unidos y después su propia madre, que le enseñó a leer y escribir rudimentariamente. De las hermanas que menciona, Clementina y Elena, la primera aparece casada con un tal Paco Igartua, periodista, a quien se dirige con el mismo apelativo cariñoso que le aplica a su hermano, Paquito; y la segunda, con Nelson Bértoli, un ingeniero petrolero. A ninguno de los dos trata de sinvergüenzas; antes bien afirma, categórico, que lo mejor de su familia fueron los cuñados.

A pesar de estas discrepancias, aquel discurso del bar inglés, por falaz o hiperbólico que hubiese sido, cobró legitimidad y verosimilitud merced a la enorme capacidad inventiva —y narrativa también— de quien lo articuló. Un brillante ejercicio de literatura oral.

En *Permiso para vivir*, Bryce recuerda el diálogo que sostienen los personajes Cyril y Vivian en *La decadencia de la mentira* de Oscar Wilde, quien abjura de los escritores realistas de su época, con la sola excepción de Balzac, y define y justifica la mentira como un arte, una ciencia y un gran placer social. Parafraseando a Wilde, Bryce dice que los buenos mentirosos se caracterizan «por el profundo desprecio que sienten por la chata realidad o por la necesidad de probar lo que están diciendo». Y añade: «lo que busca un buen mentiroso es simple y llanamente causar placer, deleitar, encantar». Y, como buen mentiroso, se siente autorizado a denigrar a quienes lo interrumpen en lo mejor de su historia exigiéndole pruebas fehacientes de lo que dice. A mí, su relato de aquella tarde me sedujo, me encantó, y nunca lo puse en tela de juicio ni lo interrumpí. Quizá por eso desde ese momento nos hicimos amigos. Y ahora que las leo, tantos años después, pienso que sus *antimemorias* tampoco se apegan necesariamente a la verdad (de ahí su título adversativo), y por tanto no sirven para confrontarlas con lo que me contó en el bar inglés del hotel Wellington. Están escritas con un aliento ficcional semejante al de su discurso verbal y, por ello, también me seducen y me encantan, sobre todo las más hiperbólicas, las más presumiblemente mentirosas; las más literarias, pues.

Tanto en su articulación oral como en su expresión escrita, el discurso literario de Bryce borra las fronteras entre la realidad y la ficción. Novelas como *La vida exagerada de Martín Romaña, Tantas veces Pedro* o *El hombre que hablaba de Octavia de Cádiz* son trasposiciones literarias de su propia biografía, mientras que sus memorias son elaboraciones igualmente literarias de su vida. Dice en *Permiso para vivir:* «Ahora me hace mucha gracia contar historias y que la gente me diga que me las he inventado. Luego, cuando las escribo, me dicen que son autobiográficas».

Tres

A finales de 1990 había terminado de escribir *Amor propio,* mi primera novela, acaso un poco tardía, porque para entonces ya tenía cuarenta y dos años. Muchos intentos la precedieron. Si no prosperaron, seguramente fue porque mis proyectos eran demasiado pretenciosos y por tanto imposibles de cumplir. Tal vez la madurez de un escritor no sea otra que la de renunciar a la desmesurada ambición de sus aspiraciones literarias de juventud.

Durante aquella estancia mía en Madrid de junio de 1991, conocí en persona, en el mismo bar inglés del hotel Wellington donde la víspera estuve con Bryce y los Monterroso, a Beatriz de Moura, la directora de la editorial Tusquets, que había aceptado publicar mi novela. Antes de ese encuentro, había sostenido con ella, en muy poco tiempo, una correspondencia kilométrica. Así de largos eran los rollos de fax en que me exponía sus comentarios sobre los originales que temerariamente le había enviado. Se referían, más que a otra cosa, a las diferencias lingüísticas entre México y España. Tuve que hacer valer, tras arduas negociaciones, que en México lo que se pone de gallina es la carne y no la piel, que las naranjas no tienen piel sino cáscara, que la extracción de su pulpa no es zumo, sino jugo, o que aquí se toca la puerta y no se llama a ella, pues nadie espera que la puerta acuda al llamado de quien la llama, y cosas así. Eran todavía los tiempos en que la norma peninsular, sobre todo en el ámbito editorial, se imponía sobre las normas «periféricas», que se veían como variantes más o menos corrompidas del castellano, aunque la población de Hispanoamérica constituyera más del noventa por ciento de la totalidad de los hispanohablantes. Las cosas han cambiado, y hoy, al menos en teoría, se suponen igualmente respetables las normas de cada región del orbe hispanoparlante, y aun la Real Academia Española ha admitido como *españolismos* aquellas voces o acepciones que sólo se usan en España, cuando antes eran consideradas propias del español general, aunque no se utilizaran de este lado del Atlántico. Ahora los españolismos se suman, en pie de igualdad, a los mexicanismos, peruanismos, cubanismos, argentinismos que enriquecen la lengua.

Me emocionó mucho conocer en persona a Beatriz de Moura, la brasileña que en medio de la noche franquista había fundado en Barcelona una editorial de vanguardia, que acogió a escritores tan prominentes como Czesław Miłosz, Milan Kundera (traducido al español por la propia Beatriz), Italo Calvino, Marguerite Duras o Sergio Pitol. Todavía no podía creer que le hubiera gustado mi novela y que estuviera dispuesta a publicarla en la colección Andanzas. Mi encuentro con ella y con Toni López Lamadrid, su marido y administrador, no sólo fue afortunado, sino promisorio, pues a lo largo de mi carrera literaria he publicado prácticamente todos mis libros bajo ese prestigioso sello editorial, que ha podido mantener, a pesar de su adscripción al gigantesco consorcio editorial Planeta, los criterios de calidad y pertinencia que adoptó Beatriz desde que lo fundó hace más de cincuenta años y que, como ella misma dice, nunca le ha dado al lector gato por liebre.

Cuando apareció *Amor propio* en enero de 1992, Bryce escribió una reseña muy gozosa titulada «Los mejores años de la vida», que publicó tanto en España como en México. Sus comentarios me resultaron muy halagüeños. Sentí que mi gusto por leerlo y escucharlo había encontrado una correspondencia que, sin llegar a la simetría, por supuesto, equilibraba un poco nuestra relación. Él ahora me había escuchado en la voz de mis páginas sin interrumpirme y sin someter a ninguna prueba mis mentiras literarias.

Dos años después, publiqué bajo el mismo sello editorial un libro de varia invención, titulado *El viaje sedentario,* que reúne varios textos breves a propósito de la ciudad de México, dispuestos de manera centrífuga. Empiezo por la descripción literaria de mi escritorio, sigo con la de la casa, continúo con la de mi barrio y sus personajes y acabo por hablar de la ciudad entera. A diferencia de la novela, que se publicó en España y en México al mismo tiempo, este libro sólo se publicó en México, explicablemente: su condición es fragmentaria y su temática, local. Cuando se lo entregué a Bryce en una de sus visitas a mi país, le hice esta aclaración, y él, que había celebrado la aparición de mi novela en Barcelona, lamentó que mi nuevo libro no pudiera circular en España. Se llevó el ejemplar a Madrid, con la promesa de leerlo en el avión. Antes de instalarse de regreso en su *piso* (un absoluto españolismo, por cierto, todavía no reconocido como tal en su acepción de 'apartamento'), pasó unos días en Gran Canaria, donde, según me había dicho, sus hermanas tenían un lujoso hotel.

Un domingo en la mañana estaba yo desayunando en mi nueva casa de San Nicolás Totolapan, cuando sonó el teléfono. Era Bryce, que me hablaba desde la Playa del Inglés al sur de la isla. Me aseguró que había leído mi libro en el avión, como me lo había prometido, y que tenía muchos comentarios que hacerme. Me pidió que me sirviera un trago para acompañarlo. Le dije que para mí apenas eran las diez de la mañana, demasiado temprano para tomar. Para él eran las cuatro de la tarde. Se estaba dando un baño de tina en la lujosa habitación del hotel Eugenia Victoria, frente a un gran cuadro de Botero (me preocupé de que el vapor pudiera dañarlo) y ya tenía dispuesto al lado de la bañera el servicio de una botella de Buchanan's y una hielera. Me conminó a que me sirviera un whisky para brindar con él. Debo confesar que tenía particular interés en conocer sus opiniones sobre mi libro. Podría haber simulado que me servía el whisky y hacer como que brindaba a cada trago, según la costumbre latinoamericana a la que no le basta con un solo brindis, como a los europeos. Pero me pareció deshonesto. Qué hacer. No tenía la menor gana de tomarme un trago a esas horas más propias del jugo de naranja y del café con leche. Traté de disuadirlo con el argumento de que la llamada telefónica de larga distancia le saldría carísima; eran los tiempos anteriores a la telefonía celular en que las llamadas internacionales tenían un altísimo costo. Me repitió entonces la falaz historia de los dos sinvergüenzas que se habían casado con sus hermanas doña Inés y doña Sol y que se habían apropiado del hotel canario que ellas habían heredado, en el que ahora se hospedaba y gozaba de un *jacuzzi* de agua reciclable permanentemente caliente y de un servicio de whisky a su vera, así que lo del costo de la llamada telefónica no era ningún impedimento para que él me hablara largo y tendido de mi libro. No me quedó otra alternativa que servirme a esas tempranas horas de mi domingo un Johnnie Walker etiqueta roja, cuyos hielos, obligado por Alfredo para constatar mi ingesta, hacía sonar contra el auricular a cada trago.

Bryce empezó sus comentarios por la página once y, cuatro tragos míos después y seguramente siete suyos, los terminó, dos o tres horas más tarde, en la ciento ochenta y cinco. Además de hacerme sus observaciones puntuales, me fue adelantando, como si estuviera pergeñando un borrador, la reseña que publicaría después en su columna periódica *Zapatos vagabundos,* con el título «Lo local y otras sandeces»: que lo local, en la literatura latinoamericana, entrecruzada de tantas culturas, podía cobrar una dimensión universal, y que el texto titulado «El velorio de mi casa», incluido en el libro, relataba, como hiperbólicamente lo escribiría después, «un acontecimiento tierno, irónico, conmovedor, tan intimista como puede serlo Rulfo en sus momentos más universales y tan universal como García Márquez en sus momentos más pintorescos». Remató sus comentarios con la promesa de que le recomendaría a Marie-Ange Brillaud, antigua alumna suya en Montpellier, que tradujera mi obra al francés, como en efecto habría de ocurrir, y de manera exitosa, pues *Le voyage sédentaire* obtuvo en 1997 el Prix des deux Océans que otorga el Festival Internacional de Biarritz a la mejor traducción al francés de una obra literaria. Si Bryce esa mañana mía y esa tarde suya celebró mi escritura tanto como yo su lectura, con creciente euforia, fue porque, para el final de nuestra conversación, los dos ya estábamos borrachos.

A pesar de mi embriaguez, la pequeña dosis de sobriedad que me quedaba seguía azuzando mi pena por el costo de esa llamada telefónica de larga distancia que tanto se había dilatado. Así se lo volví a manifestar:

—Que se jodan —dijo, y colgó.

Cuatro

—¡Que se jodan!

Esas mismas palabras fueron las que años después utilizó Alfredo Bryce Echenique para denostar a los intelectuales mexicanos que habían manifestado su protesta cuando la Feria Internacional del Libro de Guadalajara le confirió el Premio de Literatura en Lenguas Romances en el año 2012.

Bryce había sido acusado en los últimos años por la comisión de varios plagios: en el año 2007 había firmado con su nombre once artículos del periodista José María Pérez Álvarez —quien curiosamente se sintió orgulloso de que el gran escritor peruano le hubiera robado sus textos— y en el 2009 fue obligado por el Indecopi (Instituto Nacional de Defensa de la Competencia y de la Protección de la Propiedad Intelectual de Perú) a pagar en soles peruanos una multa equivalente a 54,000 euros por haber plagiado dieciséis artículos de diferentes autores.

Yo fui invitado, en mi condición de asesor literario de la FIL, a la conferencia de prensa, que tendría lugar en el hotel Hilton de Guadalajara, en la que se daría a conocer, con suficiente antelación —tres meses antes de la inauguración de la Feria y de la entrega formal del premio— el nombre del ganador de ese año. Desde que me enteré del veredicto, antes de que se hiciera público, me preocupé mucho, pues sabía de las acusaciones de plagio y de la multa que pesaban sobre Bryce. Pero cuando me encontré con los miembros del jurado en el vestíbulo del hotel, poco antes de la rueda de prensa, no sentí que compartieran mi inquietud.

El jurado estaba integrado por el rumano-canadiense Calin-Andrei Mihailescu, el mexicano Jorge Volpi, el peruano Julio Ortega, la argentina Leila Guerriero, la colombiana Margarita Valencia, el británico Mark Millington y la puertorriqueña Mayra Santos-Febres.

Julio Ortega, con quien había mantenido estrecha relación académica a lo largo de los años por la participación de la UNAM en varios proyectos que él auspiciaba desde la Brown University, advirtió mi preocupación y se acercó a mí con el manifiesto propósito de tranquilizarme. Me dijo con absoluta seguridad que lo de los plagios era falso y calumnioso y adujo como argumento irrebatible el hecho de que a Bryce las autoridades judiciales de su país le hubieran devuelto el dinero con el que lo habían multado injustamente. No se me quitó del todo la preocupación, pero consideré que el jurado había sopesado esta información y que se había sentido libre de valorar la obra de Bryce haciendo caso omiso de unas acusaciones presuntamente infundadas. Ortega podría ser parcial en tanto que era amigo y coterráneo de Bryce y, además, había editado, junto con María Fernanda Lander, la novela *La vida exagerada de Martín Romaña* de su paisano en la editorial española Cátedra, el sello que ha publicado, profusamente anotadas, las obras de la literatura hispánica que ha considerado canónicas. Pero también, por eso mismo, era quien más podría saber si las acusaciones de plagio tenían o no fundamento.

Entramos a la sala de prensa, oímos la lectura del acta del jurado y escuchamos la entrevista telefónica que se le hizo a Bryce, quien para entonces ya había vuelto definitivamente a Perú y se encontraba en Lima.

El escritor premiado agradeció con mucha emoción el gran reconocimiento de que había sido objeto y después se dispuso a responder las preguntas de los periodistas. Obviamente salió a colación el tema de los plagios. Bryce reiteró lo que me había dicho Ortega: que él nunca había plagiado a nadie y que incluso le habían devuelto la plata de la multa que injustamente le habían impuesto.

Una vez dada a conocer en los medios la adjudicación del Premio FIL de Literatura en Lenguas Romances al escritor peruano Alfredo Bryce Echenique, las críticas al fallo del jurado no se hicieron esperar. Un grupo de intelectuales mexicanos expresaron en un manifiesto recogido por la revista *Nexos* (en la cual, por cierto, Bryce publicaba sus artículos, a la vez que en revistas similares de otros países) su absoluto desacuerdo con que se entregara a un plagiario el galardón, cuyo alto monto —150,000 dólares— procedía en buena medida de dineros públicos. En la propia revista se documentaron diecinueve plagios, presentando el original seguido de la «versión» de Bryce, que eran prácticamente idénticos. Héctor Aguilar Camín, director de la revista y amigo de Bryce, tuvo que asumir una posición clara al respecto y no le quedó más remedio que hacer esta declaración general, aunque omitió mencionar el nombre particular del plagiario: «El plagio propiamente dicho, el robo intelectual, es inaceptable». Más adelante, don Santiago de Mora-Figueroa y Williams, marqués de Tamarón, denunció que su discurso de ingreso a la Real Academia de Ciencias Exactas, Físicas y Naturales había sufrido el latrocinio de Bryce, quien tuvo el cinismo, dijo, de presentar una de sus partes, referidas al castellano, como ponencia en uno de los congresos de la Lengua Española.

Ante las demandas de que el premio no se entregara, la Asociación Civil que lo administra tuvo que revisar el caso y emitir un pronunciamiento. No encontró ninguna posibilidad de revocar el fallo, pues una de las bases de la convocatoria decía textualmente que «la decisión del jurado es inapelable». Su determinación, como era de esperarse, no satisfizo las demandas de los críticos.

Así que, a pesar de sus plagios comprobados, Bryce cobró los 150,000 dólares del premio. No acudió a Guadalajara a recibirlo, puesto que ahí, según sus propias palabras, «lo lincharían», sino que, excepcionalmente, la directora del premio, Dulce María Zúñiga, se trasladó a Lima semanas antes de la inauguración de la FIL para entregárselo en persona.

Qué lejos quedaron aquellas palabras con las que Bryce se refiere a los premios en sus *antimemorias:*

Prefiero [...] comprar y ganar la lotería primitiva al privilegio de aquella lotería babilónica que son los premios y distinciones literarias. Veamos por qué: 1) da mucho más dinero y no hay que pronunciar discurso de agradecimiento, 2) produce mucha menos envidia, 3) no pone en funcionamiento vanidad alguna, 4) le permite a uno seguir siendo una joven promesa de la literatura y no lo obliga a declarar tanto sobre política nacional como internacional, 5) los premios que no se ganan a los veinticinco o treinta años y sirven para enamorar y escribir más, producen sensación de vejez, de no tener ya nada más que hacer en la vida que laurearse con frases para la «inmortalidad» y la televisión, mientras vamos pasando muy rápidamente de la categoría mosca a la de pesos demasiado pesados o, lo que es lo mismo, reverendos hijos de la chingada.

En su edición del 7 de noviembre de ese año de 2012, el diario español *El País* publicó la entrevista que Winston Manrique Sabogal le hizo a Bryce Echenique. En ella, el escritor premiado insiste en que nunca ha plagiado y acude al fácil y gastado recurso de acusar a sus acusadores de pertenecer a un grupo de extrema derecha y asegurar que «todo ha sido por la maldad de alguien. Por envidia». Y, como colofón, les lanzó su tremenda frase:

—¡Que se jodan!

Cinco

¿Qué le pasó a Alfredo Bryce Echenique? ¿Cómo un escritor tan imaginativo y tan fecundo pudo perder, si se me permite la alegoría, todo su capital por unos cuantos centavos? ¿Cómo pudo cometer el fraude de publicar con su nombre artículos periodísticos ajenos empañando retroactivamente toda su obra, poniendo en tela de juicio la autoría de sus grandes novelas, lastimando su imagen y su credibilidad?

Algunos miembros del jurado se sintieron conminados a defender su veredicto, basados en el hecho de que los plagios registrados sólo se habían dado en el terreno del periodismo y no en el de la ficción literaria. Sus argumentos se toparon con el rechazo de varios escritores que también ejercían el periodismo y consideraron que tal escisión iba en detrimento del oficio. Además, violaba las bases de la convocatoria, que claramente establecían que el premio se adjudicaría por la trayectoria completa del escritor y por el conjunto de su obra. Vanas también fueron las firmas de escritores tan notables como Almudena Grandes, Diamela Eltit, William Ospina, Santiago Gamboa, Alonso Cueto, que se sumaron a otras muchas hasta llegar a cien, en defensa y apoyo del escritor premiado. El daño estaba hecho y el autor del daño no era otro que el propio Alfredo Bryce Echenique.

¿Qué le pasó?

Muchas veces estuve con Bryce en diferentes años y países y puedo decir que soy su amigo, y no sólo eso, sino que me he sentido orgulloso y privilegiado de serlo. Estuve con él en mi casa de Mixcoac, donde una tarde habló de larga distancia con un amor clandestino que tenía en Puerto Rico (seguramente Tere Llenza, de quien habla en el tercer volumen de sus *antimemorias, Permiso para retirarme)* y que figuraba con nombre de hombre en su libreta de direcciones; donde una noche me dedicó, uno tras otro, doce libros suyos y otra se pegó una borrachera que duró hasta el amanecer, cuando su amigo y coterráneo Germán Carnero se lo llevó a la fuerza porque, si por su gusto fuera, Bryce ahí se habría quedado hasta resucitar al tercer día y pedir una cervecita por amor de Dios. Estuve con él en casa de Héctor Aguilar Camín —¿o fue en la de Sealtiel Alatriste?— cuando, para poder echarse unos tragos con nosotros, se extrajo dolorosamente las pastillas subcutáneas de Antabus —un medicamento que provoca un rechazo violento al alcohol e incluso puede causar la muerte si se toma una sola copa—, que le había implantado en Madrid, bajo la piel de la barriga, el doctor Colondrón para que dejara de beber. Estuve con él en casa del propio Germán, que a la sazón se desempeñaba como director de la oficina de la Unesco en México, donde nos entretuvo a mi hermana Rosa, a Tania Libertad y a mí ocho horas con sus increíbles historias monológicas. En la Feria del Libro de Guadalajara, cuando en 1994 su queridísimo amigo Julio Ramón Ribeyro (tan fumador él como bebedor Bryce) fue galardonado precisamente con el Premio Juan Rulfo, y no lo pudo recibir porque se le atravesó la muerte en el camino, y también al año siguiente, cuando en 1995 se cumplieron veinticinco años de la publicación de *Un mundo para Julius* y se hizo un homenaje en el que me invitó a participar. En México otra vez, en la Sala Manuel M. Ponce del Palacio de Bellas Artes, donde presenté su novela *La amigdalitis de Tarzán,* mientras él se tomaba un vaso completo de vodka Absolut que frente al público hizo pasar por agua. En el campus de la Brown University en Providence, Rhode Island, donde coincidimos, invitados por Julio Ortega, Hernán Lara y yo con él y denostó a un profesor que hablaba de la Patagonia y tenía el descaro —como, sin fundamento, se lo señaló Bryce reiteradas veces— de sólo haber pasado tres semanas en aquellas lejanías antárticas y vivir cómodamente en La Florida.

Pero nuestro encuentro más importante fue en su piso de Madrid en noviembre de 1991, cinco meses después de habernos visto con Tito y Barbarita en el bar inglés del hotel Wellington. Me citó ahí una noche, temprano, para tomar un aperitivo antes de irnos a un restaurante, porque, según me dijo, él no invitaba a cenar a casa más que a sus enemigos. Pero, para mi sorpresa, por esos días Bryce se había impuesto la ley seca, como lo hacía de cuando en cuando, y sólo tomaba, como sucedáneo, unas espantosas cervezas sin alcohol que no engañan ni a los niños y que él calificó como «cervezas con tristeza». Durante nuestro asimétrico brindis, la prolongada cena y el largo tiempo que tardamos en encontrar un taxi a las tres de la mañana, Bryce me contó de sus insomnios. Eran atroces. Tiempo atrás, cuando vivía en París, había ingresado a la clínica psiquiátrica Rech, en la que no lograron que recuperara la normalidad del sueño durante los siete meses que ahí estuvo internado hasta que, para darlo de alta, lo declararon insomne «rebelde a toda terapia». Ahora tomaba una ingente cantidad de pastillas para dormir sin lograr siquiera un pedacito de sueño. Con inusitada sobriedad me contó cómo, reo de nocturnidad (como se titula uno de sus libros), se metía debajo de la cama, como niño jugando a las escondidas, sin poder dormir, y permanecía ahí toda la noche, acostado en el suelo, y no encima de la cama, para soportar, ovillado en un simulacro de claustro materno, el vacío enorme de la habitación, esa «sensación de vacío que, cuando se llenaba, o era de alcohol o era de temblores y sudores de agonía tan estéticos como generadores de la más negra conciencia», según lo recuerda en *Permiso para sentir,* el segundo volumen de sus *antimemorias.* Un vacío sólo comparable a la página blanca que tenía que llenar compulsivamente; una página y otra y otra más, decenas de páginas, cientos de páginas, miles de páginas escritas para colmar ese vacío angustioso que es el universo sin la palabra que lo nombra. ¿Será por eso, Bryce, que siempre te imaginé desgarrándote, matándote un poco para escribir, como si la escritura estuviera hecha de ti mismo, de jirones de ti mismo, como si te fueras trocando por palabras para darnos un mundo que pudiéramos habitar en la lectura de tus obras y acompañarte en tu honda soledad y quererte?

Después de enterarme de los plagios, empecé a imaginarte de otro modo, Bryce querido. Con la misma angustia, pero abatido por el alcohol por más treguas que le diste y que él te dio a ti. Te veo llegar a casa ebrio, con el compromiso de entregar un artículo a las numerosas revistas donde los publicabas simultáneamente y no tener nada que decir o más bien no tener la lucidez y la sobriedad necesarias para decirlo. Y te veo acudiendo a los buenos oficios (o tolerándolos, que para el caso es igualmente siniestro que solicitarlos) de alguien que te ayudara por amor o por solidaridad o por interés, qué sé yo, a encontrar en el universo digital ese texto que tú tenías que haber escrito y que no pudiste escribir, pero que salió publicado con tu nombre.

La mentira, como lo dijiste en *Permiso para vivir* apoyado en Oscar Wilde, es un recurso propio de la ficción, legítimo en tanto que inherente a la obra literaria por realista que esta sea; un recurso que incluso permite conocer con mayor profundidad la realidad que sirvió de referente a la escritura. Así también lo sostiene Vargas Llosa en su libro *La verdad de las mentiras,* en el que analiza con gran lucidez la profunda veracidad de las fantasiosas ficciones de novelistas universales como Thomas Mann, James Joyce, Virginia Woolf, William Faulkner, Albert Camus, Vladimir Nabokov, Yasunari Kawabata o Ernest Hemingway. Pero, como tú mismo afirmas en *Permiso para sentir,* refiriéndote al propio Wilde que legitimó la mentira, una cosa es mentir y otra cosa muy distinta es engañar: «El engaño defrauda, incumple, da gato por liebre, estafa. La mentira, en cambio, es autónoma, y creo que puede ser considerada como una de las bellas artes, ya que, como el arte, no expresa nada que no sea a sí mismo. El engaño corre veloz hasta sobrepasar a la realidad, convirtiéndola en una estafa; la mentira, en cambio, está siempre por delante de la realidad, y de la vida misma».

Si tu obra literaria ha acudido con gran fecundidad a la mentira creativa y reveladora de la verdad profunda de la realidad, los artículos que publicaste como propios sin ser de tu autoría son un engaño.

Qué pena, amigo querido. Mi imaginación y mi amistad me alcanzan de sobra para comprenderte y para apiadarme de ti, pero no para justificar tus plagios ni para avalar tu rechazo a reconocerlos y tu descalificación a quienes te los señalaron.

No se jodieron los que te incriminaron. Tampoco se jodieron del todo los que te defendieron, aunque los jurados pasaron un mal rato y algunos de ellos se sintieron engañados. El que realmente se jodió fuiste tú. Y no me cabe en el corazón, amigo querido.

Augusto Monterroso
y la fábula del académico y el pescadero

Nunca me imaginé que esa sería la última vez que habría de ver a Augusto Monterroso. El 23 de enero de 2003, Tito y Barbarita me invitaron a comer en su apacible casa de Chimalistac. Tito lucía bien: afable, cálido, sonriente. Conservaba incólume el sentido del humor con el que siempre engañó el paso de los años y se reía hasta las lágrimas de las ocurrencias verbales que su propia conversación suscitaba. Sin embargo, a menudo su risa se resolvía en un acceso de tos que acababa por incendiarle el rostro. Quizá ese era el único indicio de que su salud estaba amenazada.

Durante la sobremesa, me pidió que le recordara la fábula del académico y el pescadero, que yo le había contado tiempo atrás, en casa de Albita y Vicente Rojo, adonde también había acudido Gabriel García Márquez. A solicitud de parte, le volví a relatar, pues, esa historia que yo conocía de boca del escritor colombiano R.H. Moreno Durán y que con frecuencia les contaba a mis alumnos para que no incurrieran en el uso de palabras inútiles y, sobre todo, en el abuso de adjetivos, al cual son tan propensos los escritores incipientes.

La fábula es esta:

Un gramático bogotano, miembro de la Academia Colombiana de la Lengua o del Instituto Caro y Cuervo, pasó una mañana por un establecimiento que ostentaba este letrero: AQUÍ SE VENDE PESCADO FRESCO. El académico consideró que al anuncio le sobraba la palabra «aquí», pues el pescado estaba a la vista de todos los que por ahí transitaban y obviamente era en ese lugar, y no en otro, donde se ofrecía a la venta. Así que entró en la pescadería y, con las palabras más sencillas que eligió de su riquísimo vocabulario, le hizo ver al pescadero la redundancia que el letrero contenía. El comerciante no pudo menos que aceptar las razones que con tanta claridad le expuso el académico y prometió que eliminaría cuanto antes la palabra que sobraba.

A la semana siguiente, el académico pasó de nuevo por ahí y observó con satisfacción que aquella palabra innecesaria había sido suprimida: el letrero se restringía a decir SE VENDE PESCADO FRESCO. Quiso felicitar al pescadero por haber acatado tan expeditamente su sugerencia y entró en la tienda para agradecerle, en el nombre del idioma, su diligente actitud. Tuvo la sospecha, sin embargo, de que al letrero todavía le seguía sobrando una palabra, y sin más le preguntó al pescadero:

—¿Usted conoce algún lugar en el cual el pescado que se vende esté podrido?

Desconcertado, el comerciante negó con la cabeza. El académico, en consecuencia, lo instó a que quitara la palabra «fresco» del letrero, que sólo infundiría recelo en la clientela. Arguyó que, si se decía expresamente que estaba fresco, no dejaría de haber quien maliciara, ante tal aclaración no pedida, la acusación manifiesta de que el pescado estaba al borde de la putrefacción. Frente a semejante argumento, al pescadero no le quedó más remedio que borrar del letrero, tan pronto como el académico se hubo marchado, el peligroso adjetivo.

Al pasar nuevamente por ahí, el académico vio que el letrero había sido modificado según su dictamen, pues ya sólo decía SE VENDE PESCADO. Muy ufano, entró en el local para felicitar al pescadero. Así lo hizo, pero no pudo evitar lanzarle esta pregunta:

—¿Sabe usted de algún lugar en el que regalen el pescado?

Como el comerciante no sabía de ningún establecimiento que tal cosa hiciere, el académico le hizo ver que en el letrero sobraban las palabras «se vende», pues era obvio que, en ese expendio, como en todos los de su tipo, el pescado no se regalaba, sino se vendía.

Orgulloso de que su labor en pro de la pureza del lenguaje había tenido efecto, el académico vio, a la semana siguiente, que el letrero se había reducido a una sola palabra: PESCADO. Al entrar en el lugar para manifestarle al comerciante su beneplácito, advirtió que en el ambiente se respiraba un intenso olor a pescado, así que le dijo a su aquiescente interlocutor:

—Oiga, aquí huele a pescado; quite de inmediato ese letrero.

Tito habría podido adoptar esta historia como su propia poética. Si tanto regocijo le causaba era porque, en efecto, muy bien se avenía con la brevedad y el rigor estilístico de su escritura, que encuentran sus mejores expresiones en el título de uno de sus libros, *Lo demás es silencio,* y en su paradigmático cuento de siete palabras, «El dinosaurio». Se dice que una vez alguien, al citar de memoria el famoso cuento, le antepuso sin querer una «Y», que obviamente el original no contenía: «Y cuando despertó, el dinosaurio todavía estaba ahí». Tito protestó diciendo que habían hecho de su cuento una novela tan larga como *En busca del tiempo perdido* de Proust.

Muy poco tiempo después de aquella comida de Chimalistac, me sorprendió, en Barcelona, la noticia de la muerte de Augusto Monterroso. Intenté hablar desde allá con Barbarita para darle todos mis pésames, pero quien me respondió el teléfono, para mi estupor, fue Tito. O mejor dicho su voz, pregrabada en la contestadora automática. Sentí un escalofrío. Quizá a él le habría gustado que yo correspondiera a esa especie de broma póstuma con un mensaje, que necesariamente habría estado destinado al más allá, pero no pude pronunciar palabra y, desolado, colgué el auricular. Pensé que el silencio inexorable al que Tito había sido reducido por la muerte y que la grabación telefónica había tratado de burlar, era el último y luminoso estadio de su estilo, empeñado siempre en quitarle al texto original las palabras que sobraban, según las sabias enseñanzas de la fábula del académico y el vendedor de pescado.

Lo demás es silencio.

9
Natasha

Uno

Sólo la vi una vez.

A mediados del año 2004, Carlos Fuentes y Silvia Lemus, padres de Natasha, le ofrecieron una cena dominguera a Juan Goytisolo en el restaurante San Ángel Inn.

El escritor hispano-catalán-marroquí estaba de paso por México tras una estancia en Oaxaca. La Cátedra Alfonso Reyes del Tecnológico de Monterrey, que dirigía Silvia Garza, mi mujer, y cuyo consejo consultivo presidía Carlos Fuentes, lo había convocado a dictar en esa ciudad sureña de México una conferencia sobre literatura medieval, que incluía, además del castellano, las lenguas árabe y sefardí. La prensa nacional no dio cuenta de su charla, pero sí arropó la propuesta que Goytisolo expresó entonces, al margen de su plática: que la Unesco declarara la comida oaxaqueña como patrimonio intangible de la humanidad.

También fuimos invitados a la cena del San Ángel Inn, con nuestras respectivas esposas, los cuatro amigos que nos habíamos erigido, a instancias de Sealtiel Alatriste —a la sazón editor de Fuentes en Alfaguara—, en una especie de interlocutor plural del escritor: el propio Sealtiel, Hernán Lara Zavala, Ignacio Solares y yo. La obra y el pensamiento del autor de *Tiempo mexicano* nos había unido retroactivamente como generación muchos años después de que el movimiento estudiantil del 68 y la matanza del 2 de octubre dispersaran a los potenciales escritores de nuestra edad juvenil antes de que hubiéramos podido conocernos, compartir ideas, lecturas, afinidades electivas y exponer nuestro ideario en una revista literaria. Nos vinimos a encontrar cuando ya habíamos rebasado los cuarenta, peinábamos canas y el vientre se nos había desbordado sobre el cinturón.

Ya estábamos todos reunidos en el restaurante cuando llegaron los Fuentes y Goytisolo. Antes de saludarnos de manera individual, Carlos determinó que nos cambiáramos de mesa, pues la redonda que yo había reservado sería insuficiente. También asistirían a cenar su hija Natasha y un amigo suyo, nos anunció.

Nos cambiamos a una mesa rectangular, larguísima y distante del hogareño fuego de la chimenea, que respaldaba el lugar que yo había seleccionado cuando hice la reservación.

Diez minutos después, llegaron Natasha y su amigo.

Del acompañante de Natasha sólo recuerdo su juventud y su sonrisa ausente. Entiendo que era hijo de Ricardo García Sainz. De Natasha, recuerdo su tez blanca en la que persistía un ligero acné adolescente y su mirada, que todavía tengo presente, pero no puedo determinar si era ingenua o desafiante, distraída o mordaz. Quizá en su ambigüedad residía su carácter, igual que en la gestualidad de su boca, que podía pasar sin solución de continuidad del mohín a la sonrisa franca que rebasa el mero despliegue de las comisuras de la boca y muestra todos los dientes. Pero más allá de sus rasgos fisonómicos y la ambivalencia de su expresión, lo que se me quedó grabado en la memoria fue su personal modo de hablar la lengua española, en la que irrumpían constantemente el inglés y el francés, no sólo en el vocabulario o en ciertas frases hechas, sino incluso en su estructura gramatical. No se trataba, pues, de la mera alternancia de las lenguas que hablaba y con las que había crecido. Se trataba de algo que entonces me inquietó y que apenas ahora que lo escribo, dieciséis años después, se me revela con cierta claridad: la lengua materna de Natasha Fuentes Lemus tenía la amplitud del mundo que había vivido y al mismo tiempo las restricciones que ese mismo mundo le había impuesto.

De los cuatro amigos que constituíamos ese *yo plural* para dialogar con Fuentes, el que menos sabía de Natasha era yo. Una vez, sin embargo, fui testigo indirecto de su fragilidad y de la preocupación que su precaria salud suscitaba en su madre. Los días 23 de diciembre solíamos comer los cuatro amigos y nuestras esposas con Carlos y Silvia en la casa de Hernán y Aída. Pero una noche fuera de ese calendario, los Fuentes honraron mi casa con su presencia. Después de cenar, Silvia Lemus me preguntó si podía utilizar mi teléfono para hablar a Nueva York. Por supuesto. Le alcancé el aparato y marcó el número del hotel Plaza de Nueva York. En su impecable inglés, le dijo a la operadora que la comunicara con el *room service*. Pidió por teléfono, desde México, pero como si hubiera estado hospedada en el hotel, que a las nueve de la mañana del día siguiente le subieran a la habitación 407 un jugo de naranja, un plato de fruta con yogur y cereal, unas tostadas con mantequilla y mermelada y un café con leche. De no ser por ese pedido, Natasha, que en esa habitación pernoctaba, seguramente no desayunaría. O se quedaría dormida hasta quién sabe qué horas.

Dos

La mañana del 25 de agosto de 2005 velamos a Natasha en la casa de Silvia Lemus y Carlos Fuentes de la calle de Santiago en San Jerónimo.

No sé cuántas personas podrían caber en esa espaciosa sala proyectada por Luis Barragán, ¿treinta?, ¿cuarenta? No más. Se habían dispuesto dos filas de sillas por cada uno de los cuatro costados del salón. Sealtiel y Nacho, acompañados de sus respectivas esposas, Edna y Myrna, se instalaron en el fondo de la sala; Hernán y Aída, Silvia y yo, en el frente. Quizá ese fue el primer indicio de que ese grupo de amigos sufriría una escisión.

En el centro de la estancia estaba el féretro de madera, rodeado de arreglos florales. A su lado, de pie, Silvia y Carlos, de riguroso luto.

El padre Julián Pablo Fernández, dominico, amigo de Carlos Fuentes y de Luis Buñuel, ofició una misa. Sus grandes dotes oratorias hablaron de la muerte con un sentido más humanista que religioso. Siempre he sospechado que Julián Pablo era un cura cristiano —muy cristiano, sí—, pero quizá ateo. Veneraba la filosofía amorosa de Cristo, pero no estoy seguro de que creyera en la condición divina de su naturaleza.

En el momento climático de la homilía, *Vali*, el perrito chihuahueño de Natasha, empezó a ladrar con una sonoridad potente que no se correspondía con las diminutas proporciones de su anatomía. Julián Pablo siguió con su sermón sin perder ilación, pero los asistentes empezamos a sentir un nerviosismo incómodo ante los ladridos incesantes. Yo estaba muy cerca de los dos deudos. Cuando los ladridos llegaron a su momento más intenso, vi cómo Fuentes instó con un gesto a Silvia a que callara a *Vali*.

Y también oí la respuesta adolorida y suspirante de Silvia, que parecía otorgarle a *Vali* la condición de nahual que les atribuían los mexicas a ciertos animales tutelares, que persisten como *alter ego* del difunto más allá de la muerte.

—¡Ay, Carlos, es lo único que nos queda de Natasha! —dijo Silvia, al tiempo que levantaba al perrito del suelo y lo acallaba cariñosamente entre sus brazos.

Tres

El miércoles 31 de agosto, días después de la muerte de Natasha, el mismo padre Julián Pablo ofició una misa en la iglesia de Santo Domingo, de la que era capellán, en el centro histórico de la ciudad; una misa de difuntos para depositar las cenizas de la joven en la cripta del templo, donde se habían colocado seis años atrás las de Carlos Fuentes Lemus, el hermano mayor de Natasha.

La ceremonia fue muy concurrida. Hasta adelante de la nave, al pie del presbiterio, Carlos y Silvia. A sus espaldas, los numerosos amigos que los acompañábamos, muchos de los cuales no habían asistido al velorio, que se había llevado a cabo de manera muy íntima y doméstica en la casa de San Jerónimo.

Al final de la misa, Carlos y Silvia, que habían permanecido atentos al ritual que se celebraba en el altar, se volvieron hacia la nutrida concurrencia. Se hizo una fila larga, civilizada y cabizbaja. De pie, estoicos, incólumes por fuera y deshechos por dentro, los padres de Natasha fueron recibiendo los abrazos de los asistentes, que nos formamos a lo largo de la nave para darles el pésame.

Cuando Silvia, mi mujer, y yo nos acercamos, Carlos me dijo al oído:

—Gonzalo, tú que conoces el centro, convoca a los amigos para que, de aquí, nos vayamos a cenar. Tú sabrás dónde y a quiénes debes invitar.

No necesité preguntar nada.

Dos días antes, se había inaugurado en Monterrey el Encuentro Latinoamericano de Periodismo, convocado por la Fundación Gabriel García Márquez para el Nuevo Periodismo. Los más conspicuos participantes se habían trasladado esa tarde de miércoles a México para asistir a las honras fúnebres de la hija de Fuentes. Ahí, en las bancas de la iglesia, estaban sentados o de pie Gabriel García Márquez y Mercedes, Sergio Ramírez y Tulita, Tomás Eloy Martínez y su nueva esposa, de cuyo nombre ahora no me acuerdo.

Pensé que el lugar más apropiado sería El Cardenal. Me hubiera gustado que fuera el tradicional de la calle de Palma, tan cercano, pero no abría en las noches, como casi ningún restaurante del centro histórico. En cambio, el de la Alameda, hospedado en el entonces hotel Sheraton de avenida Juárez, estaba abierto.

Tras haber hecho la reservación del caso, les fui avisando con toda discreción, en la intimidad del templo, al lado de los confesionarios y las capillas laterales, a quienes yo sabía que Carlos quería tener cerca esa noche dolorosa. Le ayudarían a paliar, así fuera por un rato, el insoportable dolor de la muerte de su hija Natasha, que se venía a sumar, trágicamente, a la de su hijo Carlitos, ocurrida en Puerto Vallarte el 5 de mayo de 1999.

También convoqué a Chema Pérez Gay, que había sido el mensajero de la tragedia. Apenas seis años atrás, él le había informado a Carlos de la muerte de su hijo, y ahora, como si su destino fuera el de anunciar los malhadados destinos de los otros, le dio la noticia de la muerte de Natasha, cuando la pareja se encontraba en Londres. En la tragedia griega, habría sido sacrificado por ser portador de tan funestas nuevas.

El restaurante tiene un salón reservado al fondo, pero es demasiado grande y desangelado. Ahí nos habríamos sentido peor de lo que todos nos sentíamos. Solicité, cuando hice la reservación, una mesa larga, pegada al ventanal que da a avenida Juárez, lo más aislada posible de las otras mesas.

Por una inercia atávica, nos fuimos sentando espontáneamente los hombres de un lado de la mesa y las mujeres del otro. En una cabecera, quedó Carlos, y, a su derecha, García Márquez. Yo quedé enfrente de Gabo.

No había manera de romper el silencio con el que nos fuimos acomodando en nuestros imprevistos lugares. De ninguna de las dos alas de la mesa, la femenina y la masculina, salió una palabra, ni siquiera una tos o un carraspeo. El mundo de la palabra ahí reunido enmudeció. Nadie se atrevía a decir nada. Y entre más ángeles pasaban, el silencio se hacía más terrenal. Fue entonces cuando Gabriel García Márquez, a la llegada del capitán, pronunció las palabras más sabias, oportunas y liberadoras que nunca le oí:

—¡Capitán —dijo con fuerza conminatoria—: traiga dos botellas de champán porque aquí no tenemos nada que celebrar!

Gabriel García Márquez
en el Bar Siqueiros

Me cuesta trabajo escribir el segundo apellido del pintor David Alfaro Siqueiros así, como debe ser: *Siqueiros*. Siempre que lo pronuncio, la ley de la gravedad de la memoria me deja caer el recuerdo de una alumna que me dijo, en respuesta a una pregunta mía, que los tres grandes muralistas mexicanos eran Rivera, Orozco y Psiqueiros. Esa «P», que sin querer hacía derivar el apellido del pintor revolucionario de las raíces griegas *psique* o *psico,* que se refieren a la actividad mental o directamente al alma, me pareció un hallazgo involuntario, originado en la ignorancia, pero feliz y afortunado. Pensé en el escorzo de la mano del famoso autorretrato de Siqueiros, digna de un psicodrama, que revela la personalidad, acaso psicopática, de un pintor exaltado, vehemente y radical. Y ni qué decir de las manos igualmente sobreactuadas del hombre de cabeza pétrea que encarna *La marcha de la humanidad* en el polifacético y gigantesco mural del Polyforum que lleva el nombre del pintor.

Como quiera que sea, Siqueiros no es, para mí, el mayor de los muralistas mexicanos. Rivera consideraba que pintaba con mierda, aunque tampoco Rivera es, de los tres, mi preferido. Luis Cardoza y Aragón decía que los tres muralistas mexicanos eran dos: Orozco. Suscribo su aforismo.

Independientemente de su advocación, debida más a su asiento domiciliario que a un homenaje, me encantaba el Bar Siqueiros, instalado precisamente al lado del World Trade Center de México, en un meandro del laberinto del Polyforum.

La dueña, ama y artífice del bar era Magdalena Rodríguez —amiga de mis amigos Pepe y Ángeles Díaz—. Era, a su vez, amiga de un colombiano de nombre Carlos Arboleda, que sabía lo mismo de boleros que de cocteles. Seguramente él incidió en la determinación de lo que se ha dado en llamar pretenciosamente *la filosofía* o *el concepto* del lugar, y que yo prefiero llamar *su perfil*, aunque, bien mirado, el Siqueiros siempre fue un bar *de frente*.

En sus paredes se exhibían las caricaturas de Luis Carreño, hijo de Jorge Carreño —quien durante un cuarto de siglo ilustró las portadas de la revista *Siempre...!* y elaboró una serie gráfica de las hazañas de don Quijote de La Mancha—. Así como el viejo restaurante Prendes del centro histórico de la ciudad de México ostentaba en sus muros los retratos, pintados al fresco, de grandes personalidades de México y del extranjero, todas las paredes del Siqueiros estaban tapizadas con las caricaturas que Luis Carreño había hecho de escritores, cantantes, artistas de cine y de televisión, bailarinas, cineastas: García Márquez, Vicente Fernández, Celia Cruz, Armando Manzanero, Luis Miguel, Angélica María, Juan Gabriel, La Doña, Pedro Infante, Jorge Negrete, Tin Tan, Cantinflas, Joaquín Pardavé, Chabelo, Chespirito, Tongolele, Luis Buñuel...

De martes a sábado, todas las noches, acompañados al piano, fluían a caudales los boleros: desde los más conocidos como *Reloj, no marques las horas* o *Bésame mucho* hasta los más insospechados, como aquel que suscita un diálogo totalmente inesperado y rompe con la poética fundamental del bolero, que consiste en cantar a la mujer ausente, a *La que se fue,* al *Amor perdido*. En él, la voz masculina que lo canta invoca con desolados timbres a la amada, que lo ha echado en el abandono:

—¿Qué te pasa que no se te ve? ¿Estás enferma o es que quieres amargar mi vida?

Y de repente, quien así pregunta se topa de bruces con otra voz, que sale de la nada, del empíreo celestial, de la esquina de la sorpresa, de la ouija de una sesión espiritista: la voz de la mujer, que le responde con incontestable contundencia:

—No; no estoy enferma. Y sí: te quiero amargar tu vida.

En las mesas del Siqueiros se sentaban bohemios trasnochados, inmigrantes colombianos y residentes entonces defeños que ahora vagamos por las calles de Ciudad de México en busca de un gentilicio que nos dé identidad y sustento; un gentilicio que no sea un apodo despectivo o reivindicatorio como *chilango,* ni indiferenciado o inocuo, como *capitalino,* ni polisémico como *mexicano* ni forzado como *mexiqueño.*

No era un karaoke lo que ahí se realizaba noche a noche, pero en algo se le parecía. A disposición de todo mundo, sobre la caja del piano descansaba un álbum con las letras de las canciones que cualquier comensal, o mejor dicho *bebensal,* podía cantar, acompañado por la pianista —o el pianista— de turno.

Al lugar acudían, como digo, muchos colombianos. Y aunque lo que más se escuchaba eran boleros mexicanos, igual que en Cali, Medellín o Bogotá, también se dejaban oír cumbias y vallenatos.

La primera vez que Silvia y yo fuimos al Siqueiros, fue para asistir a la develación de la caricatura de Carlos Fuentes, realizada por Luis Carreño. ¡Una caricatura perfecta! La cabeza enorme, el semblante sonriente y malicioso, un libro en la mano izquierda y una emblemática pluma de ave en la derecha, y el cuerpo diminuto, como tantas caricaturas que les dan a la singularidad del rostro y al atributo del personaje, por la vía de la sinécdoque, la representación de su completa identidad.

Lo que más me impresionó de aquella fiesta en honor de Fuentes fue que, como él, muchos de los concurrentes colgaban caricaturizados de las paredes del bar, y en algunos casos era difícil saber cuál de los dos era la caricatura del otro, por aquello de que el mejor caricaturista del mundo —¡ay!— es el tiempo.

Silvia y yo volvimos muchas veces al Siqueiros. Con frecuencia nos encontrábamos ahí a Pepe y Ángeles Díaz en compañía de Gabriel García Márquez y Mercedes Barcha. Gabo invariablemente se levantaba de su asiento, desplegaba una sonrisa digna de cualquier publicidad odontológica —como lo expresaba el retrato que le hizo Carreño y que Magdalena Rodríguez colocó justo sobre el lugar en que solía sentarse—, nos abrazaba y nos invitaba a sentarnos con ellos, en la mesa número seis que tenía permanentemente reservada. Era un privilegio estar al lado suyo, pero, la verdad, también era incómodo: todos los concurrentes al bar querían saludarlo y tomarse una fotografía o un trago con él. Y el afamado y querido escritor recibía las manifestaciones de admiración y de cariño con sencillez y cortesía.

Por esos tiempos, algunos cables de la prodigiosa memoria del memorioso memorialista empezaron a hacer cortocircuitos. Pero su invulnerable inteligencia llenaba con ingenio las oquedades de sus recuerdos. Cuando se enfrentaba a quienes presumían conocerlo e incluso ser amigos suyos, les decía, sonriente y dizque sorprendido:

—¡Mira nada más dónde venimos a encontrarnos!

Era una elegante manera de salir del paso. No quería ofender ni desenmascarar a los que, por ser sus lectores, creían con fervor que era correspondida la relación —realmente unilateral— que tenían con el enorme escritor de Aracataca.

Los decibeles de los parroquianos que se acercaban al piano, provistos de micrófono y del repertorio emplasticado de canciones, liquidaban cualquier posibilidad de conversación en el antro. La música, ahí, nunca fue de fondo; siempre de frente, como el bar mismo, omnímoda y avasallante. Así que muy pocas veces pude platicar en el Siqueiros con García Márquez.

Quizá nadie lo crea, pero tengo para mí que García Márquez era un hombre solitario a pesar de tanta compañía, como ocurre en la novela que incluye en su título la palabra que al parecer define la condición de su autor. Cada personaje de Macondo vive su propia soledad en medio de los multitudinarios acontecimientos épicos que se suceden entre el génesis y el apocalipsis de ese pueblo que, precisamente por su soledad, alcanzó la no pequeña compañía de la universalidad.

Una vez, Mercedes me preguntó por qué no iba a visitar a Gabo algún domingo por la tarde. Jamás se me hubiera ocurrido que un escritor de ese tamaño pudiera estar necesitado de compañía un fin de semana. Quizá lo aislaba su propia fama, que lo abrumaba cuando salía a pasear, a comer en un restaurante, a oír un concierto, a ver una película, una obra de teatro o una exposición. Todo mundo quería saludarlo, pedirle autógrafos, hablar con él. Y Gabo, que era un gran conversador formado en el periodismo —que le procuró actualidad, cobertura y vida social—, seguramente se agotó ante la demanda de palabras, declaraciones, pronunciamientos que, como periodista, él, en su momento, había solicitado. Su presencia en cada lugar público propiciaba una petición de entrevista que, después de haber recibido el Premio Nobel de Literatura, nunca concedió. Siempre dijo que escribía con dos propósitos: uno, para que lo quisieran; y dos, para ya no tener que hablar. Por eso acudía al Bar Siqueiros, un lugar que le permitía salir de su ínsula de la casa de la calle de Fuego en el Pedregal de San Ángel y al mismo tiempo guardar silencio, aunque nunca pasara desapercibido.

Sentados *tête-à-bête* una noche en su mesa, Gabo me confesó, con la mayor fuerza que le permitía su garganta para contrarrestar el falso karaoke, la razón de su asistencia al Bar Siqueiros:

—¡Lo bueno de este lugar es que aquí no se puede hablar!

Me sentí su confidente, su cómplice, su amigo. Pero inmediatamente después, me miró con cierta extrañeza, me pasó su brazo derecho por mi hombro izquierdo y me dijo, si es que oí bien en medio del barullo de boleros, cumbias, vallenatos:

—¡Mira nada más dónde venimos a encontrarnos!

11
Colombia.
El amor y la palabra

Uno

—Maestro Celorio —me dijo mi secretaria—, le habla el presidente de Colombia.

—¡¿Me habla a mí el presidente de Colombia?! —Pensé que se trataba de una broma, pero Gaby insistió:

—Sí, maestro. Es el presidente de Colombia y está personalmente en la línea.

—Ay, Gaby, cuándo se ha visto que un presidente esté en la línea antes que la persona con la que quiere hablar.

—Pues él está en la línea. Es el presidente Belisario Betancur. Y es muy amable.

—¡Gaby, por favor: el presidente de Colombia se llama Andrés Pastrana! Betancur fue presidente, sí, pero hace más de quince años.

—Pues yo no sé. Él me dijo que era el presidente Belisario Betancur, de Colombia. Si no va a hablar con él, nomás dígame qué quiere que le diga.

—A ver, pásemelo.

Para que los presidentes de la república no fueran vitalicios ni aun nominalmente una vez concluido el periodo para el cual habían sido elegidos, en México había estallado la Revolución, y quienes intentaron desacatar los nuevos preceptos revolucionarios fueron asesinados o acabaron en el exilio, así que no entendí, de entrada, la práctica colombiana de que los presidentes que habían terminado su mandato siguieran ostentando, como en

Estados Unidos, el enjundioso nombramiento en un país tan celoso de la palabra como Colombia, donde varios gramáticos, por cierto, habían llegado a la primera magistratura de la nación. Pero qué duda cabe de que ser presidente en aquel país imprime carácter. Y el carácter, como se sabe, es indeleble y permanente.

El presidente Betancur me convenció, en primer lugar y para mi sonrojo, de que sí era el presidente Betancur y no mi amigo Darío Jaramillo, como me lo había sospechado tan pronto lo oí hablar con esa cortesía sobria, propia de los colombianos de bien. Y después, de que yo aceptara la invitación que me hacía a asistir, en Bogotá, al Encuentro Iberoamericano de Escritores, convocado bajo el lema «El amor y la palabra». Su claro propósito, que los participantes provenientes de diversas partes del mundo manifestaran su solidaridad con un país en el que la violencia se había enseñoreado de la vida cotidiana y ponía en constante riesgo los valores que siempre lo habían caracterizado: su nobleza, su alegría, su imaginación, su belleza, su voz pulcra y respetuosa, su buen decir, su creatividad poética.

Era la primavera del año 2000. Yo me desempeñaba entonces como director de la Facultad de Filosofía y Letras de la Universidad Nacional Autónoma de México. Pero el presidente Betancur no me invitaba como autoridad universitaria, sino como escritor, según la convocatoria del encuentro. Su hija Beatriz y una su amiga, Gloria Correa, habían venido a la ciudad de México poco tiempo antes. Muy temerariamente, por sugerencia de Darío Jaramillo, habían tomado mi novela *Y retiemble en sus centros la tierra* como guía turística para adentrarse en las entrañas —léase en los antros— del centro histórico. Lo bueno es que habían salido ilesas de semejante periplo. Y, además, contentas, según lo supe por el propio presidente Betancur.

En términos muy generosos, don Belisario me formuló las condiciones de la invitación (vuelo en primera clase por Avianca para mí y para un acompañante, si así lo deseaba; alojamiento en el hotel Tequendama de cinco estrellas, asistencia personal de una edecán y de un chofer y, por si fuera poco, un emotivo cheque de cinco mil dólares). Pensé en la paradoja de que el propio narcotráfico estuviera patrocinando, indirectamente, el encuentro de sus denunciantes. Lo único que lamenté es que entonces me vi obligado a ir solo.

Una vez aceptada la invitación y sus espléndidas condiciones, el presidente Betancur cambió de tema y me preguntó con manifiesto entusiasmo:

—Doctor Celorio, ¿usted conoce a Dalita Navarro?

—¿Dalita Navarro? No sé, me suena el nombre, pero...

—Dalita Navarro es venezolana. Durante cuatro años fue agregada cultural en Bogotá y también directora del Instituto Venezolano de Cultura.

—Mmh. No la recuerdo.

—Si no la recuerda, es que no la conoce —sentenció. Y agregó—: Cuando llegó al poder el sátrapa de Hugo Chávez, Dalita tuvo que renunciar a su puesto diplomático en Bogotá y se vio conminada a pedir asilo.

—¿Y qué pasó con ella, señor presidente?

—Pues que Dalita Navarro encontró asilo, sí, pero ¿sabe dónde?

—Supongo que en Colombia, ¿no?

—Sí, pero no nada más.

—Pues, ¿en dónde más, señor presidente?

—¡En mi corazón!

Y remató su declaración con una frase tan contundente, que no la he podido descatalogar de mi acervo verbal:

—¡Me enamoré de ella como un cadete!

Acto seguido, me invitó a que fuera testigo, al lado de los otros escritores invitados al encuentro, de su unión matrimonial.

Pensé entonces que Gabriel García Márquez era un representante del más estricto realismo y no del tan llevado y traído realismo mágico y entendí, también, que el topónimo «Bogotá» hubiese estado precedido por dos palabras que se habían fundido en una sola: Santafé.

La ciudad capital de Colombia había sido designada por la Unesco Plaza Mayor de la Cultura Iberoamericana durante el postrer año del milenio. La Alcaldía de Bogotá y la Fundación Casa de Poesía Silva eligieron a don Belisario Betancur (destacado por la persistencia de su vocación literaria y su liderazgo cultural tras los brutales conflictos que tuvo que enfrentar durante su mandato presidencial) para que convocara a un centenar de escritores que participaran en ese encuentro. Acabamos siendo ciento dos: sesenta nacionales y cuarenta y dos extranjeros procedentes de diecinueve países. Los colombianos fueron nuestros anfitriones. Algunos, como Piedad Bonnett y R.H. Moreno-Durán, presentaron ponencias en el encuentro; otros —Héctor Abad Faciolince, Juan Gustavo Cobo Borda, Darío Jaramillo, William Ospina, Laura Restrepo— leyeron textos literarios de su autoría; otros más fungieron como moderadores en los conversatorios o como entrevistadores de los invitados.

Los extranjeros, como era de esperarse, manifestamos nuestro amor a un país que había sucumbido a las leyes sin ley del narcotráfico y que vivía constantemente amenazado por tres ejércitos —enemigos entre sí—, de los que tiempo después escribiría Evelio Rosero en una novela así titulada, *Los ejércitos:* el Ejército Nacional, las Fuerzas Armadas Revolucionarias de Colombia (FARC) y los paramilitares.

Y manifestamos ese amor nacido de palabras como *solidaridad, compromiso, fraternidad.* Y otras menos graves, más a tono con el espíritu que prevaleció en el encuentro: *alegría, gusto, entendimiento, cercanía, complicidad, conversación, similitud, confianza* y un fulgurante anhelo de paz. *Paz.* Como después escribiría Betancur en la memoria del encuentro: «Los llegados de fuera de Colombia creían encontrar un país enmudecido por la guerra y encontraban un país que cantaba por la paz».

Y la palabra, el único antídoto contra la violencia, aunque con dolorosa frecuencia fracase, pero que siempre será mejor que la derrota que el silencio presupone, voló libremente por los aires durante nuestra estancia en Bogotá entre el 22 y el 26 de agosto de 2000. Con una asistencia multitudinaria en teatros, galerías, bibliotecas, universidades, colegios, transcurrieron felices esos cinco días de conferencias, mesas redondas, lecturas públicas, recitales de poesía, entrevistas.

La actividad más conmovedora fue la lectura que los invitados extranjeros ofrecimos en el Parque Central de Bogotá, a razón de dos cuartillas por pluma, ante un público que se contaba por miles (al menos dos miles). Recuerdo, entre los participantes, al argentino César Aira, a la brasileña Nélida Piñon, a los nicaragüenses Ernesto Cardenal y Sergio Ramírez, a los chilenos Gonzalo Rojas, Jorge Edwards, Antonio Skármeta y Raúl Zurita, al uruguayo Eduardo Galeano, a los españoles Luis Goytisolo y Soledad Puértolas, a los mexicanos Elena Poniatowska, Vicente Quirarte y Carlos Monsiváis, al venezolano Eugenio Montejo. Todos alabamos al país hermano, agradecimos sus grandes aportaciones a la cultura de nuestro continente, nos condolimos de sus terribles problemas, proclamamos nuestros buenos deseos, confiamos en su destino. Fueron palabras amorosas, agradecidas, curativas, esperanzadoras.

Yo di gracias a Colombia por sus voces arcaicas y sus voces nuevas, por su inveterado amor a la lengua española, desde el rigor académico con que la estudió Rufino José Cuervo hasta la liberación que Gabriel García Márquez les otorgó a todas sus potencias, pasando por la maleabilidad con que la suavizó José Asunción Silva, quien reprodujo en su *Nocturno*, milagrosamente, la estructura inefable del sollozo:

Una noche,
una noche toda llena de murmullos, de perfumes y de músicas
    de alas,
una noche
en que ardían en la sombra nupcial y húmeda las luciérnagas
    fantásticas,
a mi lado, lentamente, contra mí ceñida toda,

muda y pálida como si un presentimiento de amarguras
    infinitas

hasta el más secreto fondo de tus fibras se agitara,
por la senda florecida que atraviesa la llanura,
caminabas;
y la luna llena
por los cielos azulosos, infinitos y profundos esparcía su luz
    blanca.

Y tu sombra,
fina y lánguida,
y mi sombra

por los rayos de la luna proyectadas,
sobre las arenas tristes

de la senda se juntaban
y eran una,
y eran una,

y eran una sola sombra larga!
y eran una sola sombra larga!
y eran una sola sombra larga!

Di gracias por el bogotano Antonio Nariño, que muy temprano, en 1793, realizó la primera traducción al español de la
Declaración de los derechos del Hombre y del Ciudadano, con lo que
los hizo extensivos a todos los nacidos de este lado del Mar
Océano, y la editó clandestinamente en hojas de papel volante
que, en efecto, volaron por todas partes e insuflaron los ánimos
independentistas de las colonias españolas de nuestra América.
Di gracias por el monte verde y la bruma de Bogotá, que aus-
pician la escapatoria de la urbe por el camino vertical de las
ensoñaciones; por los tejados de La Candelaria, que coronan
los edificios del barrio y hasta las cúpulas de la catedral; por los
retablos barrocos de sus iglesias y los balcones esquinados de
sus casas; por el ron viejo de Caldas y por el nombre de la
ciudad de Cartagena de Indias, que amuralló, con sus piratas

y sus bucaneros, mi corazón de niño; por los ladrillos de juguete con los que el arquitecto Rogelio Salmona construyó escuelas, archivos, bibliotecas, museos; por las navegaciones de Álvaro Mutis, renovado marinero en tierra; por las mujeres colombianas, que pueden preguntar, con un dativo ético que las involucra responsablemente en el estado de ánimo del preguntado: *¿Cómo me le va?*

Un discurso, el último, rompió con este tono de amor y de esperanza. Se desmoronó la Santa Fe, la toponímica, la teologal, pero sobre todo la otra: la que nos reunía, la que nos convocaba, la que nos esperanzaba. Lo pronunció Fernando Vallejo, quien, para mi desconcierto, estaba en la nómina de los escritores extranjeros. Había abjurado de la nacionalidad colombiana y había adquirido la mexicana tras una larga estancia en México. Reproduzco buena parte de su discurso, dirigido a los jóvenes colombianos, en el que campean las exhortaciones incendiarias:

Muchachitos de Colombia:
Ustedes que han tenido la mala suerte de nacer, y en el país más loco del planeta, no le sigan la corriente, no se dejen arrastrar por su locura.
El cielo y la felicidad no existen. Estos son cuentos de sus papás para justificar el crimen de haberlos traído a este mundo [...].
No se reproduzcan. No hagan con otros lo que hicieron con ustedes, no paguen en la misma moneda, el mal con el mal, que imponer la vida es el crimen máximo. Dejen tranquilo al que no existe, al que no está pidiendo venir, en la paz de la nada. Total, a esa es a la que tenemos que volver.
La patria que les cupo en suerte, que nos cupo en suerte, es un país en bancarrota, en desbandada. Unas pobres ruinas de lo poco que antes fue. Miles de secuestrados, miles y miles de ase-

141

sinados, millones de desempleados, millones de exiliados, millones de desplazados, el campo en ruinas, la industria en ruinas, la justicia en ruinas, el porvenir cerrado: eso es lo que les tocó a ustedes. Los compadezco. Les fue peor que a mí. Y como yo, que un día me tuve que ir y justo por eso hoy les estoy hablando (vivo, a lo que parece), probablemente también se tengan que ir ustedes, pero ya no los van a recibir en ninguna parte porque en ninguna parte nos necesitan ni nos quieren. Un pasaporte colombiano en un aeropuerto internacional causa terror; ¿Quién será? ¿A qué vendrá? ¿Qué traerá? ¿Coca? ¿Vendrá a quedarse?

No se reproduzcan que nadie les dio ese derecho. ¿Quién lo pudo dar? ¿Dios? ¿Dios que es tan bueno y se ocupa de los niños y los perros abandonados que llenan las calles de Colombia? ¡Qué se va a ocupar! Dios no trabaja.

Yo he vivido a la desesperada, y se me hace que a ustedes les va a tocar vivir igual, sin quererlo, y se me hace que a ustedes les va a tocar irse igual. El destino de los colombianos de hoy es irnos. Claro, si antes no nos matan. Pues los que se alcancen a ir no sueñen con que se han ido porque a donde quiera que vayan Colombia los seguirá. Los seguirá como me ha seguido a mí, día a día, noche a noche, adonde he ido, con su locura. Algún momento de dicha efímera vivido aquí e irrepetible en otras partes los va a acompañar hasta su muerte.

Conforme avanzaba en su pronunciamiento, expresado con una voz pausada y tranquila que contrastaba con la vehemencia de lo que decía, y con esa cara inofensiva de niño, Fernando Vallejo fue recibiendo los insultos de los jóvenes que lo escuchaban. Le aventaban latas de refrescos y todo género de objetos desechables, lo abucheaban, lo cuestionaban, ¿a qué viniste?, lo increpaban, vete de aquí, malnacido, traidor, apátrida, lárgate y no vuelvas nunca.

Fernando ya había escrito los corrosivos volúmenes autobiográficos de *El río del tiempo;* la novela apocalíptica *La Virgen de los Sicarios,* que recoge, del basurero de Medellín, a mendigos, ladrones, asesinos, drogadictos; *La puta de Babilonia,* que denuncia los crímenes cometidos por el cristianismo y el islam. Con semejante historial literario, que le curtió la piel y le taponeó los oídos ante las imprecaciones que su propia obra suscitó, pudo continuar su lectura sin inmutarse, serenamente, hasta el final.

La suya fue la última intervención, que no se subordinó a la arbitrariedad del orden alfabético, porque los participantes fuimos llamados al pódium por una voz ausente, emitida desde una cabina invisible, para leer nuestro ofertorio sin ningún orden descifrable, que yo supuse aleatorio hasta que, al final, fue convocado Fernando Vallejo.

Cuando terminó su explosiva lectura, los cuarenta y dos escritores que estábamos en el foro nos levantamos apesadumbrados de nuestras bancas y nos dirigimos a una carpa que se había montado al lado para ofrecernos un refrigerio antes de abordar los autobuses que nos llevarían de regreso a los respectivos hoteles en que nos alojaron.

Y ahí vi cómo Fernando Vallejo, una vez fuera del foro, se echó a llorar como un niño en los brazos del escenógrafo David Antón, su pareja. ¡Qué escena! El crítico de la colombianidad que sin miramientos expuso su cáustica denuncia, manifestaba enseguida su vulnerabilidad infantil y su dolor por el precio que había tenido que pagar por decir sin concesiones, aunque con provocación, lo que pensaba. Entendí entonces el apodo que le había endilgado Carlos Monsiváis: «El mazapán atómico».

Dos

Siete años antes del Encuentro Iberoamericano de Escritores sufrí en carne propia una modalidad *light* de la violencia colombiana. Por invitación de la historiadora Eugenia Meyer, entonces directora de Publicaciones del Consejo Nacional para la Cultura y las Artes, formé parte de la delegación mexicana, encabezada por ella, que asistió a unas jornadas culturales que se celebraron en Bogotá entre el 20 y el 23 de abril de 1993.

No recuerdo por qué aterricé en las alturas de Bogotá («2,600 metros más cerca de las estrellas») un par de días antes que mis compañeros. Llegué la noche del viernes 16 de abril al intransitable Aeropuerto Internacional El Dorado. Para salir de ahí, invertí —oh, sorpresa— tanto tiempo como el que había durado mi viaje desde México hasta Colombia. No sé si por burocracia o por paranoia o por ambas cosas, así de lentos eran los trámites aduanales y así de reiteradas las revisiones del equipaje por parte de distintos cuerpos policiacos y militares. Finalmente fui hospedado en las elegantes y muy bien ubicadas suites del hotel Tequendama.

Era mi primer viaje a Colombia y todo mundo me había prevenido sobre los peligros que acechaban a la ciudad capital. Que tuviera mucho cuidado al salir a la calle, me decían, porque los asaltos estaban a la orden del día. Que no llevara conmigo ninguna joya, ni anillos ni reloj y mucho menos dinero en efectivo: sólo lo estrictamente necesario. Que de preferencia me desplazara en automóvil, en taxis de sitio, y, si me aventuraba a caminar, lo que no era en absoluto recomendable, que lo hiciera acompañado y a la luz del día.

A la mañana siguiente, sábado 17, después de desayunar en el hotel, me dispuse a conocer el Museo del Oro, localizado a unas cuantas cuadras de las suites del Tequendama, según lo pude ver en el mapa de la ciudad. No había ninguna caja de seguridad en la habitación, aunque su frigobar estuviera lleno de botellitas de ron y de whisky, de jugos, cervezas y refrescos, y su baño, abigarrado de champús, acondicionadores capilares, jabones, cremas corporales y hasta un diminuto costurero. Acudí entonces a la recepción para guardar los dólares que llevaba. Ahí me topé con otra sorpresa: podían ofrecerme una caja de seguridad, por supuesto, pero no se responsabilizaban de su custodia. Según me dijeron, era lo primero que los delincuentes asaltaban. Así las cosas, volví a mi habitación muy desconcertado y escondí de la mejor manera que pude un billete de cincuenta dólares en el marco superior de la puerta del baño, y me arriesgué a llevar en mi cartera el resto del dinero, doscientos cincuenta dólares. Y también varios miles de pesos colombianos que habían sobrevivido a algún viaje de mi hermana Rosa a ese país. Para no desperdiciarlos, me los había dado como morralla; en total, esos miles de pesos colombianos no equivalían a más de quince o veinte dólares. Yo entonces sólo contaba con una tarjeta de crédito, la de American Express, que no era aceptada en todas partes, no por falta de prestigio de la compañía fiduciaria, sino porque las condiciones que les imponía a los comercios que las admitían no eran favorables para los establecimientos, de manera que no podía prescindir de llevar dinero en efectivo, aunque desde luego no la cantidad que portaba a falta de cajas de seguridad seguras en el hotel. Me guardé la billetera en el bolsillo delantero derecho del pantalón y no en la bolsa trasera como era mi costumbre, porque de ella más fácilmente podría extraerla un carterista. Lo mismo hice con mi reloj, que no me lo puse en la muñeca sino en el bolsillo izquierdo del pantalón. Así prevenido, empecé mi caminata por la carrera 7.ª hacia el sur, hacia La Candelaria, con la mano metida como tapón de mi cartera.

La avenida estaba congestionada por una inmensa cantidad de coches, autobuses, camiones y motocicletas que apenas podían avanzar bajo una espesa neblina que preludiaba una llovizna que no se decidió a caer. A pesar de encontrarme en una zona principal de Bogotá —altísimos edificios, museos, teatros, bibliotecas, hoteles, centros de convenciones—, sobre la urbe se imponía cierta degradación que el verdor de la omnipresente montaña contrastaba para dignificarla.

No había recorrido dos cuadras cuando, en una esquina, mientras esperaba a que el semáforo peatonal se pusiera en luz verde, se me acercó un hombre de aspecto modesto, cuarentón, medio calvo, que me preguntó con voz susurrante si yo sabía dónde estaba la embajada del Perú. Cometí el error de decirle que yo no era de Bogotá y por lo tanto no podía ayudarlo. Justamente en ese momento intervino un bogotano vestido de traje

gris acerado, corbata reluciente, dentadura desplegada y pelo negro embadurnado con mucha brillantina. Estaba parado al lado
nuestro y había alcanzado a oír que yo no era colombiano. Al
tiempo que me presentaba una identificación policiaca que de
inmediato retiró de mi vista, me preguntó si yo, como extranjero, había declarado al llegar al país las divisas que traía conmigo. Le dije ingenuamente que no, que nadie me había hecho
semejante solicitud durante los interminables trámites que tuve
que cumplimentar para salir libre de ese aeropuerto carcelario.
En ese momento vi pasar por la calle transversal una patrulla;
el policía vestido de paisano se giró para saludar a los que la
tripulaban llevándose la mano derecha a la sien y juntado sonoramente los talones. No alcancé a ver si tal saludo fue corres-
pondido. La misma pregunta que a mí, se la hizo a quien me
había inquirido por la embajada del Perú. El interfecto se confesó arequipeño y respondió más o menos igual que yo. El policía
nos pidió entonces que le mostrásemos nuestros documentos.
El peruano sacó con mucha naturalidad su pasaporte de un
morral artesano y yo me vi precisado a hacer lo mismo. Con
enfado y desconfianza, saqué el mío de la bolsa pectoral de mi
camisa. El policía revisó los documentos y acto seguido instó
al peruano a que le informara sobre los dineros que traía. El
peruanito le enseñó su cartera, donde se ahogaban dos billetes de veinte dólares. El policía los tomó con dos dedos ágiles
—el índice y el medio— y le dijo que lo acompañara a la oficina del fondo de la calle transversal para hacer la declaración
correspondiente o, si así lo prefería, que él lo haría en su lugar.
El peruano aceptó que lo hiciera el policía. Vi cómo las anchas
espaldas del traje acerado se fueron calle abajo con los cuarenta
dólares. Pobre cuate, me dije. Pensé entonces en huir de la escena del inminente crimen, pero no lo hice porque el policía no
me había devuelto mi pasaporte. Y cuando decidí perseguirlo, ya
había desaparecido de mi vista entre la muchedumbre peatonal.

—Hermano, creo que este cabrón ya te robó tus dólares.
A ver si no nos quedamos sin nuestros pasaportes. También se
llevó el tuyo, ¿verdad?

—Sí, pero no se preocupe, ya regresa —me dijo con una inocencia que me enterneció.

—Pobre pendejo —me dije, sin excluirme del todo.

Mientras esperábamos parados en la esquina al policía viendo cómo el verde y el rojo del semáforo se burlaban de nosotros, el peruano sacó de su morral una navaja de las que se abren automáticamente apenas se pulsa un botón de la empuñadura. Me la enseñó al tiempo que me manifestaba, con sumisa voz andina que descartaba cualquier actitud amenazante, su preocupación de que el policía, al regresar, la viera y quisiera imputarle alguna ilegalidad. Antes de que yo pudiera hacer ningún comentario al respecto, vi cómo avanzaban hacia nosotros la corbata reluciente y la amplia dentadura. El peruano se escondió de inmediato la navaja en el bolsillo del pantalón. Con mucha parsimonia, el policía le devolvió sus cuarenta dólares y su pasaporte y le entregó un papel con firmas, sellos y membretes que al parecer les conferían legitimidad a sus escasas divisas. Ah, caray, que trámite tan rápido, pensé, recordando las horas que había pasado en el Aeropuerto Internacional El Dorado. Me instó entonces a mí a que le informara sobre mis dineros. En su ausencia, podría haber sacado los dólares de mi cartera y guardármelos en el calcetín o en los calzoncillos, pero me contuvieron la presencia del peruano, que se daría cuenta del dinero que traía y del escondite donde colocaría los billetes, y su navaja. Para ese momento, yo ya sabía que todo era una *mise en scène,* pero tuve temor de perder mi pasaporte y me vi obligado a mostrar, con un terrible malestar que se me instaló en el hígado y en las comisuras de la boca, la existencia de los doscientos cincuenta dólares de los que dependía parte de mi subsistencia durante los días que pasaría en Bogotá. Él los tomó con la misma pinza de sus dedos paralelos, me devolvió el pasaporte en signo de confianza y se llevó mis dólares para hacer la supuesta declaración, sin invitarme a que lo acompañara, como había hecho con el peruano. De nueva cuenta lo vi caminar de espaldas, blandiendo los billetes en la mano derecha como si se tratara de una antorcha, de un trofeo. Ya me llevó la chingada, me dije. ¿Qué podía haber hecho para recuperar mi dinero, que se iba enhiesto, flamígero, burlón, calle abajo entre los dedos anillados del colombiano? ¿Gritar? Sí, tal vez: muchos pelotones integrados por cuatro o seis militares muy jóvenes, casi niños, patrullaban las calles con armas largas. Alguno de ellos acaso podría haber acudido en mi ayuda. ¿Emprender la persecución del policía? Sí, tal vez, aunque habría sido una temeridad, seguramente inútil. Lo cierto es que no tomé ni una ni otra decisión. Dado el caso, la tendría que haber tomado en una fracción de segundo, antes de sentir en mis riñones la filosa punta de la navaja automática.

En el mismo momento en que el atracador disfrazado de policía desapareció del horizonte confundido con la gente, desaparecieron también, con sincronía ensayada, la navaja y el peruano que la portaba. Había pagado doscientos cincuenta dólares para asistir, solo, a una obra de teatro callejera. Ni en Broadway, carajo.

¡Qué imbécil eres, Gonzalito de mi corazón! ¡Todo mundo te lo dijo! Y tú que te creías el rey de todo el mundo por vivir en la ciudad de México que dizque ya te había curado de espantos. ¡Qué lástima me das!

Lo más natural, después de semejante vejamen, habría sido regresar al hotel, pero no quise hacerlo; no quise que mi desistimiento engrandeciera el triunfo de mis asaltantes, que reconociera su audacia. Tenía que seguir adelante con mi plan matutino. Aquí no ha pasado nada.

Por fortuna, contaba con los miles de pesos colombianos que me había dado Rosa y que los dedos del impostor policiaco ni siquiera rozaron. Con ellos pude comprar *El Tiempo,* para que, con un periódico local en la mano, nadie pensara que era extranjero. Aunque ya qué importaba: estaba desfalcado. También me alcanzó para pagar mi boleto de acceso al Museo del Oro, donde me entretuve dos o tres horas, que se correspondían con tres o cuatro siglos de historia, tratando de conciliar la riqueza de la materia con la riqueza del diseño de collares, narigueras, colgantes, pectorales, alfileres, cuchillos ceremoniales y un zoológico áureo de jaguares, serpientes, sapos, patos y guacamayas. Además del periódico y el boleto de entrada al museo, pude pagar unas arepas y una cerveza Club Colombia en un puesto esquinero. Gracias, Rosa.

Regresé al hotel. Busqué los cincuenta dólares que había guardado en el marco de la puerta del baño. Y, ¡oh, sorpresa!, ahí estaban. Pensé que debería cuidarlos como piezas del Museo del Oro, así que decidí no salir del hotel. Me quedaría ahí, acompañado de mí y de los libros que había llevado, para no gastar ni un céntimo que no estuviera patrocinado por las condiciones de hospedaje de la invitación oficial a las jornadas culturales.

Le hablé a Yolanda para que me mandara trescientos dólares con Ignacio Solares, que llegaría a Bogotá a primera hora del lunes.

El domingo extendió sobre mi habitación su habitual velo de melancolía con el que suele cubrir la presunta e impostada alegría que se le atribuye a su condición festiva, familiar y holgazana. Tampoco salí del hotel, aunque tenía agendada, para esa noche, una cena de preinauguración de las jornadas, a la que me habían invitado en mi condición de coordinador de Difusión Cultural de la UNAM. Quizá, ahora que lo pienso, esa fue la razón por la que había viajado antes que mis compañeros escritores mexicanos.

No quiero ir. La verdad, no tengo ánimos, estoy deprimido. Le hablo por teléfono a Eugenia Meyer, que llegó anoche a Bogotá. Le relato mi vergonzante historia para que entienda y justifique mi inasistencia. Le suplico que no se la cuente a nadie. No quiero quedar como el imbécil al que han asaltado unos actores secundarios de un pésimo reparto.

—Por favor, Eugenia querida: que esto no se sepa. No, de veras, no necesito nada. Muchas gracias. Mañana llega Nacho Solares con un dinero que me envía mi esposa. En serio. No, no te preocupes. Todo bien. Sólo te pido que me disculpes. Sí me entiendes, ¿verdad? No es que no tenga para el taxi, sino que no tengo ánimos, francamente. Ya mañana, que llegue Nacho con el dinero, me incorporo a todas las actividades del encuentro, pero esta noche, por favor... ¿Sí? Gracias por tu comprensión. No me lo tomes a mal...

Me quedé, pues, en el hotel Tequendama, leyendo, utilizando los servicios cubiertos por las jornadas y esperando a que, el día siguiente, muy temprano, apenas llegara Nacho en ese vuelo nocturno de Avianca que aterrizaba en la madrugada, me entregara los trescientos dólares que Yolanda, según me lo confirmó vía telefónica, le había dado para sacarme de la inopia a la que me había sometido el asalto de la víspera.

Pero no pude dormir. Urgenia Meyer, como la apodó Eduardo Casar, le contó a todo mundo la historia de mi asalto, y todo mundo se sintió obligado a llamarme por teléfono al hotel para oír de mi propia voz lo que había ocurrido y manifestarme su apoyo irrestricto, su solidaridad, si algo se te ofrece, por favor, no dudes en llamarme, lo que quieras, de veras...

Al bajar a desayunar el lunes, me encuentro en el restaurante del hotel con David Martín del Campo, que forma parte de la comitiva de escritores mexicanos, quien vino en el mismo vuelo de Avianca procedente de México. Me pregunta si estoy enterado de lo que le pasó a Nacho. Él sabía que Solares me traía unos dólares de parte de Yolanda.

—No, no sé. ¿Qué le pasó?

—¿No sabes?

—Pues no, ¿qué le pasó?

—Pues nada —me dice David con voz y semblante compungidos—, que hace un rato, cuando salimos del aeropuerto, todavía de noche, lo asaltaron.

—¡¿Lo asaltaron?!

—Sí. Y ¿qué crees? Le robaron los dólares que te traía.

—¡Puta madre! —dije—. ¡No puede ser! ¡Estoy salado!

¿Quince minutos? ¿Veinte? ¿Media hora? ¿Una hora? No sé cuánto tiempo transcurrió antes de saber que se trataba de una broma. Nacho Solares siempre había dicho, con una peligrosísima sonrisa en su cerrada dentadura, que era preferible perder un amigo que una buena broma. No perdió un amigo entonces, pero casi.

La discreción de Eugenia Meyer llegó al Palacio de Nariño.

Después de la inauguración del encuentro, ya asumida con la mejor cara que pude la broma de Nacho y con 350 dólares en la cartera que no pude resguardar en ningún lugar y que me exponían a la repetición de la obra de teatro que había visto el sábado, el presidente César Gaviria ofreció un almuerzo en la sede oficial de la presidencia de la república.

No se trataba de un almuerzo dedicado a mí, por supuesto, pero, para mi sonrojo, el brindis del presidente Gaviria giró en torno a mi persona y a las lamentables circunstancias que habían rodeado el asalto perpetrado bla, bla, bla.

Lo único bueno de ese almuerzo en la sede presidencial de Colombia fue que conocí al gran poeta Darío Jaramillo, uno de los hombres de bien más hombres y más de bien que he conocido en mi vida. Sabíamos el uno del otro por nuestro común amigo Vicente Quirarte, pero no sospechamos entonces que la amistad que surgió ahí esa tarde —amistad a primera vista— llegaría a tener tal hondura y a perdurar, acrecida día con día, a lo largo de los años.

Cuando lo conocí en el Palacio de Nariño vestido de traje oscuro, camisa blanca y corbata de seda, Darío era el gerente cultural del Banco de la República, institución de la que dependen el Museo del Oro, la Biblioteca Luis Ángel Arango, las grandes colecciones de arte del país, como la de Fernando Botero, entre muchas otras de diferente índole, arqueológicas, numismáticas, filatélicas, de instrumentos musicales. Se desplazaba con dificultad por el muy alfombrado salón donde tomamos el aperitivo. Cojeaba, pero no utilizaba más bastón que el hombro de quien se le acercaba. Darío Jaramillo Agudelo había sido víctima de una bomba personal que no estaba destinada a su persona. Por su congénita amabilidad, había acudido a su encuentro sin saber que, al abrir el candado de una verja para que su amigo no tuviera que bajarse de la camioneta que conducía, una explosión le volaría un pie.

Semblante tan sorprendido como sereno, trato cálido y sobrio a un tiempo, conversación inteligente y sensible. Poeta del amor, cuyos cuantiosos lectores en los recitales donde se presenta le piden por número, cual mambos o danzones, sus poemas.

—¡El número 1, Darío! —Y Darío complace la petición con voz diáfana y modulación natural:

Ese otro que también me habita,
acaso propietario, invasor quizás o exiliado en este cuerpo
    ajeno o de ambos,
ese otro a quien temo e ignoro, felino o ángel,
ese otro que está solo siempre que estoy solo, ave o demonio,
esa sombra de piedra que ha crecido en mi adentro y en mi
    afuera,
eco o palabra, esa voz que responde cuando me preguntan
    algo,
el dueño de mi embrollo, el pesimista y el melancólico y el
    inmotivadamente alegre,
ese otro,
también te ama.

En alguna de mis frecuentes visitas a La Habana, quise contarles a Ambrosio Fornet y a los escritores que se habían *apiñado* bajo su tutela —Arturo Arango, Norberto Codina, Senel Paz, Francisco López Sacha, Leonardo Padura, «el Chino» Heras León— la historia del asalto que había sufrido en mi primer viaje a Colombia. Estábamos todos reunidos en el departamento de Ambrosio en El Vedado; para más precisión, en su terraza, una terraza desde la que se ve el mar y desde la cual Vargas Llosa pronunció, en los tiempos anteriores a su ruptura con la Revolución cubana, una frase enigmática que nadie hasta ahora ha podido descifrar. Con los ojos puestos en el mar, Mario le dijo a Ambrosio:

—Pocho, qué vista privilegiada, aquí se podría escribir *La montaña mágica.*

¿Cómo se le ocurrió a Vargas Llosa que, en una terraza caribeña, candente y bulliciosa, a sólo treinta metros sobre el nivel del mar que se corresponden con los trece pisos del departamento de Ambrosio, podría escribirse una novela cuya trama se ubica en las altas y frías montañas de Davos, Suiza, en las que reinan el silencio profiláctico y la reflexión metafísica? Un enigma digno de Zenón de Elea.

Apenas inicié mi relato, Ambrosio, gran conocedor de la narrativa y de la narratología, lo prosiguió como si hubiera sido testigo de los hechos. Describió en detalle —fisonomía, vestuario, discurso— al peruano y al presunto policía, reprodujo con fidelidad textual el diálogo que yo había sostenido con cada uno de ellos, reveló la trama del engaño. Él había sufrido exactamente el mismo conato de robo protagonizado por los mismos actores, pero con una diferencia que modificó el desenlace.

Como cubano, Ambrosio Fornet viajaba prácticamente con lo puesto y sin dinero, pues en los casos en que los cubanos salen al extranjero para asistir a un congreso o un encuentro literario o de otra índole, los gastos corren por cuenta de los organizadores del viaje o, mejor dicho, del comisario que los «acompaña». Así que el falso policía, cuando se percató de que Ambrosio no tenía ni un dólar en su cartera, lo dejó ir, no sin antes increparlo con un amplio y florido repertorio de insultos. Al menos algo bueno, y sólo por una vez, vio Ambrosio en la pobreza a la que el régimen castrista había sometido a la población cubana en ese terrible «Periodo especial en tiempos de paz», que abarcó por lo menos el primer quinquenio de la última década del siglo XX.

Nunca vi a Ambrosio reírse tanto como aquella tarde en la que, después de la historia de mi asalto, que él me asaltó a palabra armada, nos contó el otro cuento.

Y es que a finales de 2001 o principios de 2002, varios años después del fallido asalto colombiano y de iniciado el «Periodo especial», Ambrosio había encontrado que, por primera vez en la historia reciente, algunos hermanos latinoamericanos de las clases media y alta habían empezado a sufrir restricciones semejantes a las que Cuba había padecido durante cuarenta años.

Ambrosio fue el que contó el cuento y también quien, al final, más lo rio. Lo rio hasta las lágrimas, como si la justicia poética lo hubiera reivindicado de tantas penurias, de tanta escasez, de tantos esfuerzos de sobrevivencia. Se le desfiguró el rostro, siempre cordial y expresivo, pero nunca, hasta entonces, desgobernado.

La escena: una refinada casa de citas. A media noche, se apersona un hombre elegante. Traje color pizarra con delgadas rayas grises. Corbata de seda, que concuerda en textura y en color con el pañuelo que se asoma indiscreto por el bolsillo pectoral del saco.

La madama del establecimiento lo ve entrar y calcula, por su aspecto, que podrá pagar el servicio de una de las pupilas más jóvenes y bellas de la casa. Así que le asigna a Glafira, quien acude, solícita, al encuentro con el recién llegado. Empieza la conversación ritual que, como suele ocurrir, de inmediato es sustituida por los primeros escarceos eróticos. Desde el minarete de su caja registradora, la madama los observa, aunque no puede escucharlos. En un momento dado, el visitante le dice algo al oído a la muchacha, y ella, indignada, sale despavorida del lugar, diciendo pero por quién me ha tomado, pero quién se ha creído que soy... La madama no necesita preguntarle nada a Glafira. Supone que se asustó con alguna propuesta excesivamente perversa del distinguido cliente, y le encomienda la tarea a Yesiré, una mujer más experimentada. La escena se repite. Cuando Yesiré, tras oír la propuesta que el visitante le hace al oído, se aleja de él enardecida, farfullando maldiciones, la madama, que aún conserva su guapura, considera que es a ella a quien le corresponde enfrentar la situación y acude al lugar donde el hombre aguarda, con cierto gesto de fatiga y decepción. Surge la conversación, toman una copa y, apenas han brindado, el galán se le acerca a la madama y le dice al oído:

—¿Aceptás pesos argentinos?

Tres

Aquella invitación de la Alcaldía Mayor de Bogotá a una cuarentena de escritores procedentes de cerca de veinte países en el año 2000 había tenido la intención de contrarrestar la imagen negativa que Colombia proyectaba en el mundo. Con la sola excepción de Fernando Vallejo, todos los invitados expresaron su fundado amor por un país victimado por la violencia y destacaron aquellos atributos que la propia violencia había ocultado o proscrito. No se trataba de negar la realidad ciertamente crítica del país, sino de complementarla con lo maravilloso que también existía en ella y, sin embargo, quedaba desdibujado, omitido, relegado a un segundo plano, por una información que se ocupaba prioritaria y necesariamente de denunciar los males que la aquejaban. Fue un acto de fe en la palabra, en sus propiedades balsámicas y esperanzadoras, pues la palabra misma, con todo su poder indagatorio y comunicativo, había sido la responsable de conocer y difundir la descomposición social que el país había venido sufriendo en los últimos años.

La narrativa y el ejercicio periodístico habían puesto el dedo en la llaga y habían dado voces de alarma que tuvieron resonancia allende las fronteras nacionales. A pesar del deterioro y el desprestigio que le infligieron al país en la opinión pública internacional, los narradores y los periodistas cumplieron con su deber revelador e informativo. La literatura había ahondado en las causas más recónditas de la degradación social y el periodismo había reproducido fielmente la realidad cotidiana. Acusar a la una y al otro, como ocurrió por parte de ciertos sectores gubernamentales, de la mala imagen que Colombia proyectó en el mundo, y no a la realidad que la literatura y el periodismo recrearon, describieron y analizaron equivalía a culpar a Charles Francis Richter de los terremotos que sacuden el planeta.

En esos años finiseculares, Colombia era, a los ojos del mundo, un país acosado por la guerrilla, el narcotráfico, la corrupción, que dieron pie a la escritura de novelas tan estremecedoras como *Cartas cruzadas* (1995) de Darío Jaramillo, en la que se relata cómo el narcotráfico se infiltra en un espacio que siempre se había creído invulnerable a su penetración, la academia. A ellas sucedieron otras, publicadas en los primeros años del siglo XXI, que actualizaban el terrible diagnóstico: *Delirio* (2004) de Laura Restrepo, *El olvido que seremos* (2006) de Héctor Abad Faciolince, *Los ejércitos* (2007) de Evelio Rosero, *El ruido de las cosas al caer* (2011), de Juan Gabriel Vásquez. Todas ellas fueron reconocidas por la crítica y galardonadas con prestigiosos premios literarios.

México no tenía entonces una condición muy diferente a la de Colombia. No estaba a salvo de los peligros que acechaban al país hermano, ni era ajeno a los problemas de desigualdad social y de pobreza aguda que lo abatían. No se había librado de lacras como las que habían envilecido la vida colombiana y habían proyectado al mundo una imagen ominosa de su realidad nacional.

El narcotráfico había cundido en varios estados de la república mexicana y ostentaba su impunidad retadora, particularmente en la zona fronteriza con Estados Unidos. La corrupción había descompuesto todos los estratos de la trama social, y la clase política había llegado a la sima de su degradación.

Y, sin embargo, en esos años transmilenarios, todavía decíamos, con un dejo de superioridad jactanciosa —si bien no exenta de preocupación—, que México se estaba «colombiani-zando».

El escritor mexicano Juan Villoro, fiel cronista de la vida pú-blica y privada de México, escribió un artículo editorial titula-do «Nosotros, los colombianos», que publicó en el diario mexi-cano *Reforma* el 4 de julio de 2008, al día siguiente de que se diera la noticia de que Ingrid Betancourt y otros catorce rehe-nes secuestrados por las Fuerzas Armadas Revolucionarias de Colombia, habían sido liberados por la Operación Jaque sin que se disparara un solo tiro. En su artículo, Villoro contrastó esta noticia con dos de carácter local: el secuestro de empresarios en los estados de Oaxaca y Aguascalientes y las secuelas del desastroso operativo en la discoteca News Divine de México, en el que perecieron varios jóvenes a causa de la corrupción de los dueños del establecimiento y de la ineptitud homicida de las fuerzas policiacas. No quiso tomar más referentes que los que aparecían en las mismas páginas que reseñaban la liberación de Ingrid Betancourt. Podría haber hablado, para extremar este contraste, de las muertas de Ciudad Juárez, que había denun-ciado Sergio González Rodríguez en su libro *Huesos en el desier-to* (2006). O de las cabezas degolladas que fueron esparcidas por la pista de baile de una discoteca de la ciudad de Morelia en el estado de Michoacán y que habrían de ser tema de varias obras, como la novela *La voluntad y la fortuna* (2008) de Carlos Fuentes, narrada por la cabeza cercenada de Josué Nadal. O de las características de las casas incautadas al narcotráfico, como aquella del Desierto de los Leones del sur de la ciudad de Méxi-co en la que narcotraficantes mexicanos y colombianos celebra-ban fiestas exóticas y donde se encontraron no sólo armas de uso exclusivo del Ejército y montañas de cocaína, sino orangu-tanes, pavorreales, tigres blancos y un *jacuzzi* espectacular, que apartó para su solaz y esparcimiento el jefe policiaco que di-rigió el operativo, en un acto digno de la novela *La reina del*

157

sur (2002) de Arturo Pérez-Reverte, o de *Balas de plata* (2008) de Élmer Mendoza. O de otras tantas noticias que han convertido los periódicos impresos y los noticieros de televisión mexicanos en obligados diarios de nota roja. Pero no quiso sacrificar la eficacia puntual del periodista y se limitó a echar mano de las informaciones del día, para llegar a una rotunda conclusión: «La frase "México se está colombianizando"», dijo, «ha cambiado de signo: hoy es motivo de esperanza».

Cuatro

A mediados de 2009 recibí otra invitación del presidente Belisario Betancur. Su llamada ya no me sorprendió. Desde el año 2000 del encuentro de escritores hasta entonces, había realizado una decena de viajes a Colombia y en todos ellos había tenido la ocasión de saludar a don Belisario, con quien pude tejer una relación de amistad, prohijada por Darío Jaramillo. Era un hombre sencillo a pesar de la investidura que había tenido y de los numerosos reconocimientos de que había sido objeto; fresco a pesar de la experiencia y la sabiduría políticas que cargaba en sus espaldas. Gozaba de un magnífico sentido del humor y era un conversador de largo aliento, ameno, simpático y memorioso. Había incursionado en la poesía y era un importante promotor de la cultura hispánica, que participaba en numerosos foros internacionales y presidía varias instituciones, como la Fundación Santillana.

En esta ocasión me invitaba a que entregara los premios nacionales de periodismo Simón Bolívar. Fue muy honroso para mí aceptar este encargo que habían cumplido antes que yo personalidades tan importantes del periodismo como Mario Vargas Llosa, Tomás Eloy Martínez, Juan Luis Cebrián, Sergio Ramírez, Nélida Piñon, Álex Grijelmo, Juan Cruz, sobre todo porque yo no he ejercido el periodismo en un sentido estricto, aunque a lo largo de los años he publicado decenas de artículos en revistas periódicas de carácter cultural y particularmente literario.

Hice entonces el elogio del periodismo honesto en tiempos tan críticos como los que vivía Colombia, que no eran muy diferentes a los que vivía México:

> Que conste que hablo del periodismo honesto y responsable, comprometido con la conciencia, con el lector y con la verdad, las tres fidelidades de las que habló Tomás Eloy Martínez cuando le correspondió entregar el premio el año de 1996, y no del periodismo sensacionalista que sólo considera noticias las malas noticias y carga deliberadamente sus tintas rojas y amarillas con la aviesa intención de incrementar las ventas del periódico, explotando el morbo o la ignorancia del lector; ni del periodismo que viola aquel famoso apotegma según el cual los hechos son sagrados y la opinión es libre, e invierte sus términos, como lo señaló Juan Luis Cebrián en ese mismo foro al afirmar que «para muchos directores y columnistas de diarios, son sus opiniones las que resultan sagradas mientras los hechos se acomodan libremente para justificar aquellas».
>
> No hablo de ese periodismo, no; sino del que José Alejandro Cortés, presidente de Sociedades Bolívar, calificó, desde que se estatuyó el premio, con seis adjetivos que, bien mirados, acaban por ser sustantivos: un periodismo independiente, justo, exacto, honesto, responsable y digno. Un periodismo independiente, «capaz de enfrentar las amenazas, los halagos y las presiones de una sociedad, como la colombiana, influida por la violencia, la corrupción y los intereses económicos», según lo demandó Rodrigo Lloreda Caicedo al recibir el premio en 1998; un periodismo justo, esto es equilibrado, que no incurra ni en alarmismos gratuitos ni en frívolas edulcoraciones; un periodismo exacto, es decir objetivo, imparcial, transparente; un periodismo honesto, que se constituya, según el desiderátum de Álex Grijelmo, en referente ético de la sociedad; un periodismo responsable, que en el ejercicio de la libertad de expresión, y no en detrimento de ella, vele por el derecho del ciudadano a ser informado de manera veraz, oportu-

na y completa y defienda al lector de la mentira, la parcialidad o la distorsión de la noticia; un periodismo, en fin, digno, que no se doblegue al chantaje financiero de los grupos económicos ni ceda a las presiones o a las prebendas del poder político.

Como condición axiomática de estos atributos de la prensa y de los medios de comunicación en general, y aun por encima de ellos, hay que hablar, obviamente, de la libertad de expresión, que debe valorarse hoy más que nunca, cuando regímenes autoritarios de varios países latinoamericanos, con la argumentación de la estabilidad política, atentan abiertamente contra ella. Al entregar estos premios nacionales en 1994, Mario Vargas Llosa dijo que «... el periodismo es el mejor barómetro que tiene la sociedad para saber si es libre o si no lo es, también para medir el grado de libertad que hay en ella...» y remató su discurso con estas palabras: «Creo que el día que perdamos la batalla de la libre información habremos perdido la batalla de la libertad y la justicia social».

Pero la libertad de expresión no sólo está amenazada en los países gobernados por regímenes autoritarios en nuestro continente, sino también en aquellos que viven en democracia. Antonio Panesso, que se hizo acreedor a este galardón en 1993, dijo entonces que «la historia moderna demuestra que es generalmente más difícil y honrado sostener una democracia legítima que combatir una dictadura. Por definición», agregó, «los regímenes autoritarios no admiten la opinión y los tiene que tumbar la economía. Las comunidades abiertas [en cambio] se apoyan en la opinión libre». Y esta opinión libre, que es testimonio y garantía de la democracia, se ve constantemente amenazada, a veces por el propio gobierno, no obstante que en muchos honrosos casos este prefiera ser víctima que victimario de la prensa, pero sobre todo por la delincuencia, en cualquiera de sus múltiples manifestaciones, cuyas prácticas de intimidación, amenaza, terrorismo, asesinato, secuestro, atentan contra el libre ejercicio del periodismo. Por algo en Colombia, como en México, hay una nómina afrentosa de periodistas asesinados, secuestrados, desaparecidos, exiliados, detenidos ilegalmente, amenazados, heridos; verdaderos mártires, todos ellos, de la libertad de expresión.

El periodismo colombiano que hoy se reconoce y premia, con su actitud crítica, denunciatoria, valerosa, ha sido un factor determinante en el proceso de paz que ha seguido Colombia, proceso que no se improvisa ni se culmina ni se gana en un solo día. Aun desde antes de que Colombia existiera o de que América Latina cambiara, por esa su denominación de América Española, el periodismo colombiano y latinoamericano ha sido un factor determinante en la consolidación de los valores nacionales y continentales.

Anticipándose a las celebraciones del bicentenario de las revoluciones de Independencia de América Latina, Belisario Betancur se refirió a la importancia del periodismo colombiano en las luchas emancipatorias de la Nueva Granada. En efecto, ya Simón Bolívar había dicho: «la imprenta es tan útil como los pertrechos y ella es la artillería del pensamiento». Mucho tiene que ver la creación de Colombia en Angostura con *El Correo del Orinoco*. Los primeros sueños de los padres de la patria se gestan en *El Semanario* de Caldas y *La Bagatela* de Nariño. Lo mismo podríamos decir de los periódicos mexicanos de finales del siglo XVIII, como el *Mercurio Volante*, antecedente colonial de *El Pensador Mexicano*, que respondió con vigor a la declaración de la libertad de imprenta de las Cortes de Cádiz y que recoge ya los primeros balbuceos de la conciencia nacional.

Sí; el periodismo es, como lo vieron Pedro Henríquez Ureña y Alfonso Reyes, causa y efecto a un tiempo de nuestras luchas independentistas. Y lo mismo ocurre con la novela. No deja de ser significativo que, durante los siglos de dominación hispánica, no se haya producido en nuestro continente ninguna novela digna de ese nombre, cuando en los albores del siglo XVII España había alcanzado, con *El Quijote*, la cima de la expresión novelística de todos los tiempos. Cuando no se prohibió expresamente la creación de novelas en las colonias, se inhibió su escritura, lo que confirma el carácter subversivo de un género que tiene en

161

común con el periodismo la facultad de hacer la radiografía crítica de la sociedad de la que procede. Como nuestro periodismo, nuestra novela es signo de independencia. No sólo es un género literario; es un género libertario. La primera que vio la luz en América fue *El Periquillo Sarniento,* publicada en 1816, cuando ya se habían iniciado las revoluciones de independencia de nuestros países, y es del mismo autor, el «Pensador Mexicano» José Joaquín Fernández de Lizardi, que había padecido cárcel por sus artículos periodísticos en los que delataba sin miramientos las injusticias de la corona española en sus posesiones de ultramar.

Celebremos, con el bicentenario del surgimiento de las naciones hispanoamericanas, la cristalización del periodismo, que sirvió de enlace entre la independencia política y la emancipación cultural de nuestros países; celebremos también las contribuciones del periodismo al conocimiento y a la crítica de nuestra realidad social contemporánea, sin las cuales seguiríamos siendo dependientes de las fuerzas más oscuras y los intereses más aviesos.

Gracias a Colombia, por su palabra nueva y antigua, limpia y enérgica, crítica y amorosa.

12
Los imperios perdidos.
Un coloquio de invierno tórrido

Uno

Una noche, de regreso de impartir mi clase en la universidad, me encontré, tirado en el corredor de mi casa que daba a la calle, el sobre color manila.

Destinatario: Gonzalo Celorio. Tiziano 26. Mixcoac. México, D.F. 03910.
  Remitente: Revista *Vuelta*. Leonardo da Vinci 17 bis. México, D.F. 03910.

No tenía sellos postales, por lo que deduje que algún mensajero de la revista *Vuelta,* que estaba literalmente a la vuelta de mi casa, lo había echado por la reja.
Pensé que se trataría de un título de la revista que por ese tiempo empezaba a publicar libros como casa editorial. Pero, para mi sorpresa, no era ninguna edición de *Vuelta,* sino de Cal y Arena: *El imperio perdido* de José María Pérez Gay. Pasé de la sorpresa a la estupefacción cuando abrí el ejemplar y me topé con que estaba dedicado de puño y letra por el autor. ¡Pero no a mí!:

Para Octavio Paz, con la admiración intelectual de su siempre lector. José María Pérez Gay. Agosto, 91.

¿Por qué había llegado a mi casa, en un sobre con el membrete de *Vuelta,* un libro de Chema Pérez Gay publicado por

Cal y Arena dedicado a Octavio Paz? Han pasado treinta años desde entonces y no he podido convertir en respuesta fehaciente ninguna de mis maliciosas conjeturas. La verdad, no lo sé.

José María Pérez Gay había concentrado su vocación intelectual en el estudio de la lengua alemana y su literatura. Su empeñosa vocación germanista me remite al poema que Borges le dedica al idioma alemán, en el que habla del arduo y dilatado camino que siguió para poder leer en su lengua original a Hölderlin, Angelus Silesius, Goethe, Keller, Meyrink:

> A través de vigilias y gramáticas,
> de la jungla de las declinaciones,
> del diccionario, que no acierta nunca
> con el matiz preciso, fui acercándome.

Leí el magnífico libro de Chema en el que estudia la obra de cinco escritores que vivieron las postrimerías del viejo Imperio austrohúngaro: Hermann Broch, Robert Musil, Karl Kraus, Joseph Roth y Elias Canetti, algunos de los cuales fueron traducidos al español por el propio Pérez Gay. Debo decir que, a pesar del vivo interés que su texto me suscitó, no pude abstraerme, en el transcurso de mi lectura, de la dedicatoria a Octavio Paz, que oscilaba frente a mí como un péndulo que colgara de la lámpara que ilumina mi sillón orejero. Aunque una vez publicado, el libro no tuviera dueño, sí lo tenía el ejemplar que yo leía. Me sentí un intruso, habitando casa ajena.

Semanas después de mi lectura, organicé una fiesta en mi casa para recibir a mi amigo Primitivo Rodríguez Oceguera, que regresaba a México tras una larga estadía en la Universidad de Chicago, en la que prosiguió sus investigaciones posdoctorales sobre la Revolución mexicana, y en Filadelfia, Pensilvania, donde dirigió un programa en defensa de los migrantes mexicanos en Estados Unidos. Invité a sus amigos más cercanos, que también eran amigos míos, aunque no íntimos. Entre ellos, Ulises Beltrán, Segundo Portilla, Héctor Aguilar Camín y Ángeles Mastretta, Chema Pérez Gay y Lilia Rossbach.

En un momento de gran animación, saqué de la estantería *El imperio perdido*. Lo coloqué en una mesa alta. Todos se percataron de esa aparición bibliográfica. Chema se sintió halagado de que yo tuviera el libro, pero más alegría le dio que ya lo hubiera leído y que me hubiera parecido estupendo, como se lo hice saber. Supuso, como es natural, que yo quería que me lo dedicara. Se levantó del sillón un tanto trabajosamente, pues ya desde entonces padecía una lumbalgia que le dificultaba el movimiento de una pierna; se palpó, por fuera, el bolsillo interior del saco para cerciorarse de la presencia de su pluma fuente, la sacó y, Montblanc en ristre, se dirigió al libro. Lo abrió en la portadilla y se quedó paralizado ante su propia dedicatoria a Octavio Paz.

No sé quién me tenga que perdonar, pero sin tenerlo previsto, en ese mismo momento de su estupor, me brotó del plexo solar una especie de cosquilla que no pude reprimir, el germen luminoso de una broma irrefrenable. Ante su enorme desconcierto, le dije con toda serenidad y una buena dosis de dramatismo, que había encontrado ese ejemplar en una de las librerías de viejo de la calle de Donceles. Todos sabíamos que muchos escritores vendían ahí los libros que no les interesaban.

Chema se dio una palmada en la frente.

—¡No puede ser! ¡No lo puedo creer! ¡Qué barbaridad!

Volvió a ver su dedicatoria, de precisa caligrafía. Giró ciento ochenta grados sobre su propio eje. Dio tres pasos con la mano izquierda apoyada en la cadera para aplacar la lumbalgia y regresó a ver de nuevo la dedicatoria. Repitió dos veces más su breve itinerario, sus palmadas en la frente y las expresiones de su incredulidad.

Consideré que ya había sido suficiente, que lo debía desengañar, pero justamente en el momento en que pensaba confesarle que todo era una broma, que ese ejemplar me había llegado a casa inopinadamente y que no lo había comprado en

Donceles, Chema me tomó del brazo, me llevó a un aparte y me dijo con gravedad:

—¡Te lo compro!

Y en ese instante, se me vino encima el pasado inmediato.

Hacía un año, la revista *Vuelta*, fundada y dirigida por Octavio Paz, había organizado el coloquio internacional *La experiencia de la libertad*, para analizar las perspectivas que se presentaban en el mundo tras la caída del Muro de Berlín en 1989, la desintegración de la Unión Soviética y el fin de la Guerra Fría. Fueron convocados al coloquio, celebrado en México, prominentes intelectuales de diversas partes del mundo, como los polacos Leszek Kołakowski y Czesław Miłosz, el español Jorge Semprún, el británico Hugh Thomas, el peruano Mario Vargas Llosa, el chileno Jorge Edwards, el cubano Carlos Franqui, el brasileño José Guilherme Merquior, entre muchos otros. Gran parte del elenco estaba formado por intelectuales —filósofos, poetas, historiadores, novelistas, sociólogos, políticos— que habían adoptado una posición crítica frente al socialismo (ideal o real) o que habían sido directamente víctimas de los sistemas totalitarios en los que habían vivido y donde algunos habían sufrido persecución, cárcel, tortura y habían acabado en el exilio. También fueron invitados varios intelectuales mexicanos de izquierda, como Luis Villoro, Adolfo Sánchez Vázquez, Arnaldo Córdova y Héctor Aguilar Camín, que no hicieron suficiente contrapeso y fueron ignorados o rebatidos por el consenso que fue articulando la mayoría. La izquierda —la extrema y aun cierta facción suya más o menos moderada— vio en el coloquio, como lo señaló Fernando García Ramírez, una «maquinación prefabricada para enterrar prematuramente al socialismo y cantar loas al capitalismo». Si bien es cierto que en las discusiones predominó el rechazo al sistema socialista y a los regímenes totalitarios, también lo es que fueron duramente descalificados el capitalismo salvaje y las inhumanas y enajenantes leyes del mercado. A fin de cuentas, el coloquio fue un valeroso reconocimiento de la democracia como única vía aceptable, aunque imperfecta, frente al ocaso de los sistemas absolutistas.

El encuentro contó con patrocinio privado y fue transmitido por cable y por los canales 2 y 5 de la televisión.

Se me vino encima el pasado, pero también se me vino encima el futuro. Varios de los intelectuales que había invitado a mi casa eran colaboradores de la revista *Nexos,* empezando por Héctor Aguilar Camín, que la dirigía. Esa misma noche habían hablado del congreso que estaban organizando como complemento o réplica del que había realizado la revista *Vuelta.* Yo ya estaba enterado, por mi parte, de ese proyecto, pues se llevaría a cabo en conjunción con la Universidad Nacional Autónoma de México, en la que entonces me desempeñaba como coordinador de Difusión Cultural, y el Consejo Nacional para la Cultura y las Artes.

Por lo que había pasado y por lo que previsiblemente pasaría después, entendí que Chema necesitara recuperar ese libro. No quería que nadie más pudiera ver su admirativa dedicatoria al director de la revista *Vuelta,* que siempre había visto con recelo y aun con animadversión a la revista disyuntiva *Nexos,* de cuyo consejo editorial él formaba parte. Tampoco quería dejar en mis manos el fehaciente testimonio del desprecio que Octavio Paz había tenido por su obra al vender el ejemplar, como le mentí, a una librería de viejo.

La broma era buena y merecía la pena mantenerla durante un tiempo más. Pero no pude, me ganaron el cariño y la honestidad, y negocié con Chema. Le dije la verdad, a cambio de quedarme con ese ejemplar. A pesar de su dedicatoria, ya lo había hecho mío al leerlo y quería mantenerlo para documentar mis pesquisas sobre su misteriosa aparición en mi casa. Aceptó, pero me hizo prometer que no repetiría mi mentira. Acepté. Y he cumplido mi promesa.

Dos

Apenas tuvieron noticia del Coloquio de Invierno, que se celebraría en el Auditorio Alfonso Caso de Ciudad Universitaria en febrero de 1992, Octavio Paz y Enrique Krauze acudieron al sexto piso de la Torre de la Rectoría para hablar con el rector José Sarukhán.

En la reunión, Octavio Paz manifestó su malestar por la supuesta exclusión de su persona y de los colaboradores de su revista en el programa del coloquio, pero fue Krauze quien llevó la voz cantante para expresar el enojo, la inconformidad y hasta la indignación ante la celebración de un encuentro (al que tachó de sesgado) organizado por parte de la revista *Nexos* (a la que tachó de facciosa) con el apoyo (al que tachó de indebido) de la Universidad Nacional y del Consejo Nacional para la Cultura y las Artes (a los que tachó de parciales). Sarukhán los escuchó con su acostumbrada prudencia y les reiteró la invitación que, según sabía, ya les había turnado Julio Labastida —coordinador de Humanidades y organizador, por parte de la UNAM, del coloquio— para que participaran en él, precisamente para evitar el desequilibrio del que venían a quejarse. El premio Nobel le tomó la palabra y quiso recurrir a su práctica habitual de determinar la nómina de participantes, la configuración de las mesas y la distribución de los temas. Sarukhán, por supuesto, no cedió a sus pretensiones, y el director y el subdirector de *Vuelta* se marcharon del campus, acaso más airados que desairados.

En las memorias de su rectorado, tituladas *Desde el sexto piso*, José Sarukhán recuerda aquel encuentro en la rectoría de esta manera:

Después del usual intercambio de saludos de cortesía, Octavio Paz expresó que estaba muy molesto porque el programa del Coloquio de Invierno no contemplaba la participación de nadie asociado a la revista *Vuelta,* ni siquiera la suya. Extrañado, le comenté que yo había sido informado por Julio Labastida, Víctor Flores Olea y Héctor Aguilar Camín de que se le había turnado ya una invitación especial para el citado coloquio. A partir de ahí fue Enrique Krauze quien argumentó que el coloquio había sido diseñado de manera sesgada, que no era representativo de las formas de pensar de otros intelectuales mexicanos, y que no resultaba una reunión plural ni abierta. Fue una larga y difícil conversación, que incluyó comentarios poco afortunados por parte del maestro Paz, tales como que al ser yo científico no entendía en lo que estaba involucrado. Al final de sus intervenciones les propuse que me proporcionaran una lista de nombres adicionales y que yo personalmente vería que se añadieran a la ya elaborada que, de hecho, era bastante larga. Mi propuesta no fue aceptada y ambos mencionaron que la única forma de arreglar lo que ellos consideraban un gran error era que se volviera a organizar el coloquio desde un inicio y que ellos definirían el programa. Desde luego eso me resultó del todo inaceptable, y así se lo hice ver. Por desgracia no pudimos llegar a un acuerdo y ahí terminó mi conversación con Octavio Paz y Enrique Krauze.

La relación entre Paz y Sarukhán se tensó, como es natural, y tensa permaneció a lo largo de los años.

Al Coloquio de Invierno fueron invitadas figuras estelares de la literatura hispanoamericana, como Gabriel García Márquez y Carlos Fuentes, y muchos intelectuales que, a pesar de la caída del Muro de Berlín, seguían creyendo en el socialismo real, manteniendo su adhesión a la Revolución cubana y abjurando del sistema capitalista y del imperio norteamericano.

No se hizo esperar la reacción de Octavio Paz. En el número 185 de *Vuelta* correspondiente al mes de abril de ese año de 1992, el flamante premio Nobel publicó un artículo titulado «La conjura de los letrados». En él denunció que la de *Nexos* había sido una maniobra excluyente, izquierdista, sectaria y procastrista (fueron los adjetivos que utilizó), patrocinada con dineros públicos, provenientes de instituciones que, según él, habrían sido cooptadas por una facción de la izquierda mexicana, habida cuenta de la manifiesta relación personal de Héctor

Aguilar Camín con el presidente de la república, Carlos Salinas de Gortari. Como consecuencia de su severa descalificación al Coloquio de Invierno, Víctor Flores Olea, que había sido el primer presidente del Conaculta, se vio obligado a renunciar a su cargo.

El coloquio había sido excluyente, dijo Paz, porque él no había sido convocado, o, para ser más precisos, porque no se le había invitado con suficiente antelación, o, más precisos todavía, porque no se le había conferido la gracia de dirigirlo. Y es que cuando se invitaba a Paz a participar en cualquier acto de naturaleza semejante, él asumía la función de organizador, de anfitrión, de convocante: quiénes deberían ser llamados, en qué orden deberían intervenir, qué temas deberían abordar. Como no se le concedió esa canonjía, rehusó la invitación, con lo cual, paradójicamente, atentó contra el equilibrio ideológico que él mismo exigía. Aun así, para el Coloquio de Invierno fueron convocados, además de Paz, siete intelectuales afiliados a *Vuelta:* Julieta Campos, Salvador Elizondo, Alejandro Rossi, Alberto Ruy Sánchez, Jaime Sánchez Susarrey y Ramón Xirau. Varios de ellos declinaron. Los otros la pasaron mal, pues estaban entre la espada y la pared: por un lado, la presión de Paz; por el otro, la descalificación de muchos participantes y de buena parte del público. Pero hay que decir que el coloquio de *Vuelta* también había sido excluyente, al menos en una proporción equivalente: si al de Paz habían asistido Luis Villoro o Adolfo Sánchez Vázquez, en el de Aguilar Camín estuvieron presentes Alejandro Rossi y Alberto Ruy Sánchez. Pero, aunque residiera en ello la controversia, la argumentación que se esgrimió desde la revista *Vuelta* se basó en el origen de los fondos que auspiciaban el coloquio. Como dijo el editorial de la revista *Nexos* del 1 de mayo del 92 en respuesta a «La conjura de los letrados», para Paz, «si se hacen cosas con dinero privado se puede excluir a cualquiera, pero si se hacen con dinero público, debe incluirse a todos».

Tras la polémica, me hice tres preguntas: 1) ¿En verdad fueron privados los dineros del coloquio de Octavio Paz? 2) ¿La no inclusión siempre es exclusión? Y la más decisiva, 3): ¿La pluralidad puede ser sincrónica?

Mis respuestas:

1) Me parece que los dineros del coloquio de Octavio Paz procedieron en alguna medida de los tiempos oficiales de Televisa, que transmitió los debates con los cuales se benefició de la exención fiscal. Es decir, que también fueron recursos públicos, así hayan sido parciales.

2) No es lo mismo ser excluido que no ser incluido. La hipersensibilidad y la egolatría de la intelectualidad —los *egos revueltos* de los que habla Juan Cruz— en México, y en todas partes del mundo, hacen que su no inclusión en un determinado acto sea recibida por el ofendido como exclusión. Octavio Paz revivió el término *ningunear*, en el que frecuentemente se había escudado hasta que obtuvo el Premio Nobel.

3) No creo que la pluralidad pueda darse siempre en términos sincrónicos. Bien respondió el editorial de *Nexos:* «Absurda sería la pretensión de que todo lo hecho por las instituciones públicas de cultura incluya, cada vez, a todo mundo». Y se preguntó: «¿Todas las tendencias del teatro en cada obra de teatro?».

Tres

Poco tiempo después, en junio de 1993, José María Pérez Gay fue designado primer director del Canal 22. Fundado en el régimen de Carlos Salinas de Gortari, la televisora cultural del Estado se ubicó bajo la égida del Consejo Nacional para la Cultura y las Artes, presidido entonces por Rafael Tovar y de Teresa, quien sucedió a Víctor Flores Olea tras la defenestración perpetrada por Octavio Paz. Una de las primeras actividades del canal fue transmitir, diferidas, precisamente las ponencias del Coloquio de Invierno del año anterior, prueba evidente para nuestro Premio Nobel de que las instituciones culturales del Estado estaban en manos facciosas.

La gestión de Chema al frente del 22 fue de gran valía. Yo fui miembro suplente del consejo de administración del canal porque el rector José Sarukhán, consejero titular por parte de la UNAM, me designó su representante ante ese cuerpo colegiado. En alguna ocasión, Chema me confesó que mi presencia en el consejo le daba tranquilidad porque no la pasaba bien en esas sesiones celebradas en el Salón Azul del Conaculta. Ignoraba la normatividad aplicable a una entidad nueva como esa. Y no obstante la enorme erudición que llevaba a cuestas, no era muy competente que digamos para alternar con los comisarios de la Secretaría de Hacienda, que sabían de números, pero no de letras. Se sentía, según me lo dijo alguna vez con una frase por demás plástica, «como loro a toallazos».

En junio de 2010, murió Bolívar Echeverría. Un hombre de pensamiento marxista, nacido en Ecuador y formado en Alemania, quien, a la caída del Muro de Berlín, se dedicó curiosamente ¡al estudio del barroco! Yo lo quería mucho. Era mi amigo a pesar de nuestras diferencias ideológicas, que fueron acentuándose con los años, pero nunca empañaron nuestra amistad —ni siquiera nuestra conversación—. Admiraba su inteligencia, su sencillez, su sensibilidad. Además, era el marido de mi queridísima amiga Raquel Serur, compañera mía de estudios y colega universitaria. A Bolívar me unían el pasado y el presente. En mis tiempos juveniles, había participado en la redacción de una revista seria, densa, sin ilustraciones y de orientación marxista, que él dirigía, llamada *Palos de la Crítica*, que tuvo la fortuna de llegar ¡al número 2! y en la que publiqué un artículo dedicado a Alejo Carpentier; en mis tiempos maduros, compartí con él su nuevo entusiasmo por el barroco, que a mí me había parecido connatural creo que desde mi más tierna infancia. Por ello contribuí con un ensayo al libro *Modernidad, mestizaje cultural, ethos barroco*, que él coordinó, compiló e introdujo, y que fue publicado por la UNAM y El Equilibrista.

Asistí al velorio, que tuvo lugar en la funeraria García López de avenida San Jerónimo, adonde acudieron numerosos alumnos de Bolívar y varios colegas de la Facultad de Filosofía y Letras, de la que fue profesor emérito. Ahí me encontré a Chema Pérez Gay, haciendo guardia a un costado del féretro de madera. En el momento en que los oficiales de la funeraria se dispusieron a trasladar el cuerpo al horno crematorio, Chema, mano izquierda en la cadera de la lumbalgia, animó a la concurrencia a entonar *La Internacional*. Yo sabía que era un hombre de izquierda, pero no imaginé que llegara al extremo de cantar en un sepelio *La Internacional* en homenaje a un filósofo que había permutado el marxismo por el barroco.

Me volví a encontrar con Chema Pérez Gay en el círculo de Carlos Fuentes. Fue muy cercano a él y a Silvia, su esposa, tanto que, según se sabe, a él le tocó darles noticia de las tempranas y sucesivas muertes de sus dos hijos, Carlitos y Natasha.

Fuentes había establecido una relación personal con varios presidentes o expresidentes de distintos países, desde Julio María Sanguinetti y Belisario Betancur, hasta Felipe González y Bill Clinton. Y contaba, además, con muchos informantes que le proporcionaban datos y opiniones para modular sus posiciones políticas. Esta función la desempeñaron en México sus compañeros de generación, Víctor Flores Olea, Enrique González Pedrero, Porfirio Muñoz Ledo, y otros amigos más jóvenes como Bernardo Sepúlveda, Héctor Aguilar Camín, Jorge Castañeda, Federico Reyes Heroles, Juan Ramón de la Fuente. Entre estos últimos, figuraba José María Pérez Gay. Unía a Fuentes y Chema una vieja relación, que se remontaba a los tiempos del presidente Echeverría, cuando Fuentes fue embajador en París (hasta que renunció cuando el presidente López Portillo nombró a Díaz Ordaz embajador en España) y Chema, agregado cultural en la República Democrática Alemana, donde inició su carrera diplomática, que culminaría con su nombramiento como embajador en Portugal en el gobierno de Vicente Fox.

En el año 2006, Chema se había pronunciado muy enfáticamente a favor de la candidatura de Andrés Manuel López

Obrador a la presidencia de México. Le oí decir, en casa de Fuentes, que Obrador obraba milagros. No porque creyera que realmente hiciera milagros, pero aseguraba que la gente creía en sus potencias milagrosas. Y la fe de la gente, qué duda cabe, contribuye a la taumaturgia. «Los que no creen en santos no pueden curarse con milagros de santos», dice Alejo Carpentier en el prólogo a su novela *El reino de este mundo*. No vi entonces a nadie tan entusiasmado con la presunta victoria de López Obrador, ni después tan decepcionado por el fraude del que el candidato se declaró víctima. Seguramente algo tuvo que ver en su ilusión y en su desencanto que López Obrador hubiera anunciado antes de las elecciones que, en su gabinete, José María Pérez Gay sería el responsable de la política exterior mexicana.

La última vez que vi a Chema fue el 15 de mayo de 2012 en la casa de Carlos Fuentes, adaptada esa tarde a velatorio. Esa misma mañana se le había acabado el aire al autor de *La región más transparente*. Juan Ramón de la Fuente se apoderó del velorio y no se despegó de Silvia Lemus en toda la noche. Muchos amigos nos quedamos en el jardín de la casa de San Jerónimo, viendo cómo el ataúd de madera trepaba con mucha dificultad por las escaleras empinadas y sin barandal, limpia y estéticamente construidas por Luis Barragán. Ahí estaba José María Pérez Gay. ¿Estaba? ¿José María Pérez Gay? Como lo describe brillantemente su hermano Rafael en su libro *El cerebro de mi hermano*, Chema había perdido, sin un diagnóstico certero, su lucidez y acaso su identidad. Acompañado de Lilia, su esposa —hoy embajadora de López Obrador en Argentina—, permanecía sentado en una silla de palma del pasillo exterior. Lo vi, lo abracé, sentí que me reconocía, o, al menos, que mi cercanía le resultaba grata, a juzgar por su sonrisa aquiescente, que se posaba sobre un rostro pálido, ligeramente desvencijado, pero terso.

Cuatro

Procedentes de La Venta tabasqueña, cabezas olmecas, pequeñas y sonrientes unas, hieráticas y colosales otras; procedentes de Palenque, estelas mayas, estucos, sarcófagos, testas de perfil tocadas por altivos penachos. Urnas funerarias de Monte Albán. Palmas basálticas que fungieron, en Coatepec, como trofeos en el ritual juego de pelota. Columnas labradas, serpientes emplumadas que reptan y vuelan en desafío triunfante de su materia pétrea, dijes áureos y hasta un Chac Mool de postura lacia y mirada azorada, originarios de Chichen Itzá. Vasijas sagradas, máscaras de alabastro, vasos antropomorfos, collares de jade, teponaztles y un caracol de piedra que anclado en suelo firme simula estar bajo el agua, sobrevivientes de la caída de México-Tenochtitlán. Cruces atriales con los símbolos asépticos de la pasión, pilas bautismales, basas de columnas recicladas con la efigie del Tlaltecuhtli, volcadas al inframundo, códices pictográficos que cuentan historias, leyendas y creencias en la delgada y vegetal superficie del papel de amate, finísimos cuadros de arte plumario que dan cuenta de la diversidad de las aves de estos cielos entonces transparentes, ornamentos sagrados —estolas, tiaras, cíngulos, esclavinas, casullas— bordados en hilo de oro torzal, huecos y ligeros cristos procesionales de caña y sólidos cristos arqueados de marfil. Esculturas estofadas de ángeles y santos, pinturas religiosas de los dos Baltasares Echave, de Cristóbal de Villalpando, de Miguel Cabrera, monjas coronadas de flores, retratos didácticos y genealógicos de castas (mestizos, castizos, mulatos, moriscos, salta atrás, lobos, jíbaros, albarazados, cambujos, zambaigos, calpamulatos...), retablos barrocos de la autoría del *horror vacui*, marqueterías figurativas con incrustaciones de concha nácar, que hacen las veces de nubes luminosas en los paisajes renacentistas dignos de las églogas de Garcilaso; cálices, custodias, relicarios, candelabros, blandones, patenas, biombos que despliegan hazañas épicas o entradas triunfales en la entonces muy noble y leal ciudad de México; bargueños taraceados, platos, tazas, mancerinas, jarrones, tibores de cerámica de Talavera. Textiles; exvotos, litografías, pinturas neoclásicas —históricas unas, costumbristas otras, todas afrancesadas—; retratos tan individuales como anónimos de Hermenegildo Bustos, bodegones, naturalezas muertas, paisajes apacibles de José María Velasco, caricaturas subversivas y premonitorias de José Guadalupe Posada. Volcanes explosivos del Dr. Atl, esperpentos de Goitia, amaneramientos de Saturnino Herrán, pinturas de caballete de los muralistas Orozco, Rivera, Siqueiros, miniaturas de Antonio Ruiz «El Corcito». Los colores de Tamayo, los dolores de Frida.

México, esplendores de treinta siglos.

Esa portentosa exposición de la proteica historia del arte mexicano se inauguró en The Metropolitan Museum of Art de Nueva York, donde permaneció abierta desde octubre de 1990 hasta enero de 1991. Después, se trasladó al San Antonio Museum of Art, donde se exhibió durante cuatro meses entre abril y agosto de ese año, y posteriormente fue acogida por Los Angeles County Museum of Art a partir de octubre de 1991 y hasta el fin del año.

El catálogo es una joya bibliográfica, que cuenta con un luminoso prólogo de Octavio Paz y, a lo largo de sus más de setecientas páginas, con presentaciones de las diversas épocas de la historia de México debidas a reconocidos especialistas, como Beatriz de la Fuente y Eduardo Matos Moctezuma para el arte precolombino; Jorge Alberto Manrique y Donna Pierce para el arte virreinal; Fausto Ramírez y Marcus Burke para el del siglo XIX y Dore Ashton para el del XX; con 550 ilustraciones, de las cuales 400 son a todo color, en una impecable impresión italiana.

Tuve el doble privilegio de acompañar al rector José Sarukhán y a su esposa Adelaida Casamitjana a la preinauguración de la muestra en Nueva York y de visitar después, en un par de ocasiones, la exposición en San Antonio.

i¿Cómo no presentar en México el reencuentro de esos tesoros, que se hallan dispersos por todo México y por el extranjero?! Muchos provenían de diferentes acervos privados y públicos de nuestro país, y otros tantos, de una gran cantidad de museos, galerías o colecciones particulares de Estados Unidos, Canadá, Francia, Reino Unido, la URSS, el Vaticano. Difícilmente podrían volver a reunirse en una sola exhibición tantas, tan ricas y tan variadas obras, que, en su conjunto, nos dan identidad, orgullo y, sobre todo, universalidad.

Se aproximaba, además, la fecha del quinto centenario del descubrimiento de América, como la historiografía denominó desde cinco siglos atrás la llegada de Cristóbal Colón a tierras americanas; del «Encuentro de dos mundos», como, en aras de la simetría, el equilibrio y la correspondencia, prefirió denominar al acontecimiento histórico Miguel León-Portilla, o de «La invención de América», que no se subordina a esa cronología porque se remonta a los tiempos antiguos de la Última Tule y de la Atlántida de Platón, cuando se fijó en el ignoto occidente todo género de prodigios, pero que en esa fecha se concreta objetivamente, como lo sostuvo Edmundo O'Gorman en unilateral polémica con don Miguel.

Sería una aberración incomprensible no traer tan prodigiosa exposición a México. Pero no había manera de realizar ese sueño sin el concurso de varias instituciones.

Milagrosamente, el Consejo Nacional para la Cultura y las Artes, la Universidad Nacional Autónoma de México y el Departamento del Distrito Federal, encabezados respectivamente por Rafael Tovar y de Teresa, José Sarukhán y Manuel Camacho Solís, se pusieron de acuerdo para establecer un mandato tripartito que permitiera presentar la magna exposición en México.

¿De qué se trataba? De que el Conaculta aportara la exposición misma, de que la Universidad Nacional la albergara en el único recinto de la ciudad suficientemente grande para contenerla —el antiguo Colegio de San Ildefonso— y de que el gobierno del Distrito Federal la apoyara con los recursos necesarios para su persistencia y para exposiciones sucesivas de magnitud equivalente.

El doctor Sarukhán me encomendó la misión de hacer las gestiones conducentes a la rehabilitación de San Ildefonso para recibir la magna muestra.

El antiguo Colegio de San Ildefonso, sede que fue de la Compañía de Jesús, responsable de la educación de los criollos en la Nueva España y del pensamiento ilustrado que dio origen a nuestra independencia nacional; sede de la Escuela Nacional Preparatoria, fundada por Benito Juárez, antecedente de la Universidad Nacional, que ahí fue refundada gracias al impulso del patricio Justo Sierra y a la ideología positivista —orden y progreso— que perduró en los largos años del régimen de Porfirio Díaz; sede de la expresión inaugural, auspiciada por José Vasconcelos, de los grandes muralistas, Orozco, Rivera, Siqueiros, Alva de la Canal, Fermín Revueltas, Jean Charlot; sede de la gestación de la autonomía universitaria, fotografiada en el balcón del edificio frontero, donde tenía asiento el gobierno de la Universidad; sede, en fin, de la ofensiva diazordacista en el naciente movimiento estudiantil de 1968, que de un bazucazo destrozó la puerta principal del venerable edificio.

¿Cómo liberar San Ildefonso de las dependencias universitarias que ahí se habían aposentado cuando la Escuela Nacional Preparatoria, bajo el rectorado del doctor Ignacio Chávez, se dispersó en nueve planteles ubicados en sitios equidistantes de la ciudad de México?

Cuando recibí esta encomienda de mi rector, tenían asiento en un San Ildefonso descuidado, polvoriento, casi abandonado, once dependencias universitarias que despedían un cierto tufo parasitario. Ahí operaban, es un decir, el Programa Justo Sierra, que dirigía Leopoldo Zea; la oficina de Difusión Cultural de la Escuela Nacional Preparatoria, cuyo enclave defendía con celo Ernesto Schettino, director a la sazón de la ENP; un posgrado de Odontología y otras ocho entidades universitarias más, a las cuales el espacio les quedaba grande. También se encontraba ahí la Dirección General de Actividades Cinematográficas, de donde dependía la Filmoteca de la UNAM, la más grande de América Latina y la única capaz en México de preservar y restaurar materiales fílmicos altamente vulnerables, como quedó de manifiesto cuando se incendió la Cineteca Nacional, adscrita a la Dirección de Radio, Televisión y Cinematografía, cuya titular era Margarita López Portillo, hermana del presidente de la república. Por fortuna, la Filmoteca se ubicaba en el tercer patio, que no estaba contemplado en el proyecto museográfico, y no hubo necesidad de desplazarla.

Había que desalojar el recinto con prontitud para poder suscribir el mandato tripartito con Conaculta y el Gobierno del DF. Hubo mucha oposición por parte de los escasos miembros de la comunidad universitaria que ahí laboraban. Su discurso se enderezó contra mí, en lo personal, al grado de que hubo alguna precaria manifestación con una lánguida pancarta que rimaba mi apellido con *Velorio*. Pensaban, decían, argumentaban que la Universidad estaba entregando su patrimonio al gobierno de Salinas de Gortari. No era así. La propiedad de San Ildefonso nunca estuvo en entredicho. Seguiría perteneciendo a la Universidad y sólo se disponía, a través de un mandato, a recibir la mayor exposición artística y cultural que se haya dado en la historia de nuestro país.

Tras muchas y muy arduas negociaciones, San Ildefonso quedó liberado. El arquitecto Ricardo Legorreta —elegido de común acuerdo por el Mandato— pudo entonces empezar los trabajos para recibir la magna exposición en el quinto centenario.

Hubo críticas también por el proceso de limpieza y acondicionamiento. El proyecto de Legorreta consistía en eliminar todos los elementos parasitarios que a lo largo de los siglos se habían venido sumando a la arquitectura del edificio virreinal: compartimentaciones laberínticas, mamparas, paredes, baños de uso privado, instalaciones eléctricas e hidráulicas externas, etc. Se trataba de dejar la estructura del edificio lo más limpia posible, sin atentar contra ella, para que el público pudiera circular con suficiente facilidad por los tres niveles y los dos patios liberados del edificio. Había, desde luego, legítima preocupación por los murales, sobre todo por el polvo que se levantó en el proceso de limpieza, pero los entendidos me aseguraron que esa capa de polvo, en vez de lastimarlos, les daba una pátina de protección que después sería fácilmente removible. Defender esta tesis o hipótesis de los expertos me expuso a varios periodicazos descalificadores e irónicos. Hay que decir que lamentablemente muchos murales de Orozco, localizados en el claustro bajo, habían sido vandalizados durante la estadía de los jóvenes preparatorianos en el recinto: CHANO AMA A CHONA, GLADYS ES PUTA, ¡VIVA VILLA!, ¡MUERA CHÁVEZ! y cosas así, grabadas más que escritas sobre la parte inferior de los murales. *La Trinchera* de Orozco, en el arco central de la crujía norte del claustro bajo, había sido utilizada como portería de las *cascaritas* futbolísticas de los estudiantes y cada gol había impactado, como un fusilamiento, la lucha cuerpo a cuerpo entre los revolucionarios y la oficialidad. En el rellano de la escalera donde Orozco representó desnudos, casi en blanco y negro, a Cortés y a la Malinche, se inscribió una frase paronomástica que decía LO CORTÉS NO QUITA LO CALIENTE, en alusión a la pálida mano que el conquistador extiende sobre el moreno cuerpo de la conquistada. Al final, los murales quedaron reparados de semejantes rapacerías. Y el edificio lució limpio, impecable, sobrio, y totalmente habilitado para recibir la exposición.

A estas alturas del partido, puedo confesar lo que oculté discretamente en su momento: que el rector Sarukhán me encargó que le escribiera el discurso que pronunciaría en la inauguración.

Llegó el esperado día, no en octubre como hubiera sido preferible, sino apenas un poco después de la conmemoración del quinto centenario, en noviembre de 1992, cuando la agenda del presidente lo permitió. La multitud de invitados especiales a la ceremonia fueron legión y abarrotaron el patio central desde una hora antes del inicio del acto, como lo estipulaba el hoy desaparecido Estado Mayor Presidencial cuando asistía el primer magistrado de la nación. Todos se vieron obligados a permanecer de pie durante la espera del *arribo del señor presidente,* pues no había dónde sentarse. De haber puesto sillas, habida cuenta de los prados que rodean las cuatro magnolias centenarias, no habría cabido la enorme concurrencia que había sido convocada. Se había montado un templete en el centro del patio. Acompañarían al presidente en el acto los titulares de las tres instituciones mandantes.

Yo estaba bastante cerca del templete, nervioso y muy excitado. Habían sido muchos meses de trabajo, de negociación, de expectativas. No sólo eso, sino que siempre me genera gran tensión que alguien lea bajo su nombre un discurso escrito por mí. ¿Lo habré hecho bien? ¿No haré quedar mal a mi rector? No fue vana mi preocupación. Coincidentemente, se ubicaron a mi lado Octavio Paz y Marie Jo, quienes acudían acompañados de Ramón Xirau y Ana María, su esposa. Los saludé. Paz me dijo lo que siempre me decía cuando me encontraba: «Mucho gusto», como si no nos conociéramos. Y cuando yo le replicaba que ya nos conocíamos, invariablemente me respondía: «Sí, mucho gusto en verlo».

No tengo a la mano la versión final del texto que escribí por encargo del rector, ni los tomos que recogen los discursos de Sarukhán donde seguramente está consignado, pero sí un borrador manuscrito.

En él, leo, casi al final, un párrafo que creó expectativas y una franca decepción en las dos parejas que estaban a mi lado.

Lo transcribo:

En altísima medida, la vida cultural se ha fraguado en este edificio, en cuyas aulas estudiaron desde los jesuitas ilustrados, que sentaron las premisas de nuestra revolución de independencia, hasta los integrantes del grupo sin grupo de Contemporáneos —Pellicer, Torres Bodet, Novo, Villaurrutia, Cuesta, Owen—, que nos incorporaron a la modernidad, pasando por el más universal de los pensadores mexicanos —Alfonso Reyes— y por el más mexicano de los poetas universales...

En ese momento, cuando José Sarukhán dijo «el más mexicano de los poetas universales», vi cómo Octavio Paz, en una fracción de segundo, se irguió un poco, sonrió discretamente, bajó los párpados, dispuesto a escuchar su nombre en el discurso de quien había sido su adversario en el tema del Coloquio de Invierno celebrado a principio de ese mismo año... Pero, ay de mí, no fue su nombre el que pronunció José Sarukhán, que siguió al pie de la letra mi texto, sino el de quien yo entonces consideré (y lo sigo considerando) el más mexicano de los poetas universales: Ramón López Velarde.

Vi cómo se miraban, ofendidos, Paz y Xirau, Marie Jo y Ana María. Los doce cruces de miradas de esos cuatro visitantes que reprobaban, creo ahora que no sin razón, la exclusión del nombre del autor del *Nocturno de San Ildefonso* en el discurso inaugural de la exposición, cuyo catálogo iba precedido por un brillante prólogo suyo.

No fue una buena noche para Octavio Paz. La prensa lo conminó en el centro mismo del primer patio de San Ildefonso a conversar con otro premio Nobel, residente en México, Gabriel García Márquez, con quien nuestro excelso poeta no tenía nada que ver. Como en un paredón de fusilamiento, fueron acribillados a *flashazos*. Las fotos que ilustraron la prensa nacional al día siguiente muestran a un Gabo sonriente, muy quitado de la pena, vestido con un saco tropical a cuadros blancos y negros a finales del otoño, y a un Paz incómodo, vestido de gris.

13
Sergio Galindo, Luis Echeverría, Georges Pompidou y Joseph-Louis Gay-Lussac

Uno

Aunque no traté personalmente a Sergio Galindo, al leer y estudiar su obra literaria y conocer su biografía, sentí que no había sido por mera casualidad que, en 1995, cuando fui elegido miembro de número de la Academia Mexicana de la Lengua, se me asignara la silla XXVI, que él dejó vacante al morir.

Como yo, Sergio Galindo fue el undécimo hijo de una familia de doce hermanos. Como yo, desempeñó cargos titulares tanto en el ámbito universitario como en el sector cultural del Gobierno Federal —él en la Universidad Veracruzana y el Instituto Nacional de Bellas Artes; yo en la Universidad Nacional Autónoma de México y en el Fondo de Cultura Económica—. Como yo, tenía la saludable costumbre de tomar un tequila o un whisky antes o después de comer o de cenar.

Me lo contó Ignacio Solares de manera tan vívida, que empecé a dudar si realmente yo no había estado presente en esa reunión, y acabé por dar fe de que las cosas ocurrieron tal y como mi imaginación receptiva las recuerda.

El día de diciembre de 1970 en que Sergio Galindo fue designado director general del Instituto Nacional de Bellas Artes, el presidente de la república, Luis Echeverría, le ofreció una comida en la residencia oficial de Los Pinos, en la que se acababa de instalar. Asistieron varios titulares de su recién integrado gabinete, entre otros, el ingeniero Víctor Bravo Ahuja, secretario de Educación Pública, y el economista Horacio Flores de la Peña, secretario del Patrimonio Nacional. No omito decir que ambos gustaban del trago. Y que tal gusto podría incomodar al presidente, que era abstemio, aunque de vez en cuando se permitiera alguna ligera libación. Su puritanismo nacionalista, respaldado por su esposa, María Esther Zuno, les daba preeminencia a las aguas de limón, chía, horchata, jamaica o tamarindo (ninguna de las cuales, por cierto, es real o exclusivamente mexicana) sobre el pulque, el mezcal y el tequila (que sí son mexicanos, pero embriagantes).

Más de una vez vi salir del restaurante San Ángel Inn, flanqueado por dos *ayudantes* (como el eufemismo llama a los guaruras o guardaespaldas) al ingeniero Bravo Ahuja en *estado inconveniente* (como el eufemismo llama a quien está borracho). De Flores de la Peña sólo comento que en los mentideros de la política era conocido con el sobrenombre de «*Flowers on the Rocks*».

A las dos y media de aquella luminosa tarde decembrina, se reunió la veintena de invitados a la comida ofrecida por el presidente en honor del flamante director del Instituto Nacional de Bellas Artes. Habían sido convocados a tomar el aperitivo en uno de los jardines de Los Pinos, para después pasar a comer a un salón de la residencia. Sentados *ad libitum* en los equipales que configuraban una elipse kepleriana, esperaron la aparición del señor presidente y su invitado de honor, Sergio Galindo, cuyos respectivos equipales eran los únicos que estaban vedados señaladamente en la oferta de los lugares.

En tanto el presidente hacía *su arribo* (como dicen los maestros de ceremonias oficiales cuando se refieren a la llegada del primer magistrado, quien nunca *llega,* sino *hace su arribo,* de igual manera que nunca *duerme,* sino *pernocta* y nunca *descansa,* sino que se ve obligado por las contingencias de la agenda a hacer un *ajuste de tiempo),* un solícito mesero les ofreció a los convocados un aperitivo. Podían escoger entre agua de chía, de limón, de horchata, de jamaica o de tamarindo. Resignados, Víctor Bravo Ahuja y *Flowers on the Rocks* eligieron sus respectivas abstinencias con un compartido mohín cómplice. Para mí, horchata; para mí, tamarindo, dijeron, sonrieron humildes y hasta brindaron a la distancia.

A las tres en punto aparecieron en el pórtico de la casa presidencial Luis Echeverría y Sergio Galindo, a quien el presidente, según una práctica común entre abogados, había encadenado a su brazo para bajar la escalinata. Así, mancornados, llegaron al punto más cercano de la elipse, donde los aguardaban sus equipales planetarios. Todos los concurrentes se pusieron de pie. Antes de sentarse, el presidente saludó de mano y de abrazo de tres plausibles y sonoras palmadas en la espalda a cada uno de los invitados y, tras recorrer la órbita elíptica completa, les indicó con ademán republicano que tomaran asiento, porque en el lenguaje perifrástico oficial, los políticos mexicanos no se sientan, sino *toman asiento;* no hablan, sino *hacen uso de la palabra,* no se van, sino *se pasan a retirar.*

El mesero se acercó al presidente para ver qué agua quería tomar. En un gesto insospechado, Echeverría le preguntó al oído a Galindo, que tímidamente estaba sentado a su derecha, qué quería beber. Y Sergio, que poco sabía del estilo personal de gobernar de Echeverría, le dijo directamente al mesero, en voz alta y con toda naturalidad:

—Un whisky doble en vaso *old fashion* con un solo hielo.

Los viejos lobos de mar ahí congregados cruzaron miradas y sonrisas unívocas, que no necesitaban de su articulación verbal para ser comprendidas por todos: «En qué lío se está metiendo este cuate. No tiene la menor idea de quién es Echeverría. Pobre».

Pero dio la casualidad de que el presidente le dijo al mesero con enfática sonoridad:

—Igual para mí.

A la sorpresa, que dejó atónitos a los señores secretarios, sobrevino una esperanza que les iluminó el rostro: cuando el mesero trajera los tragos del presidente y el director de Bellas

Artes, podrían pedir un whisky, un tequila, un ron, un vodka o lo que más se les antojara.

El mesero cumplió con diligencia las órdenes del presidente y les llevó sendos whiskys muy bien servidos a Galindo y Echeverría, pero se retiró de inmediato sin siquiera ver a los demás concurrentes.

Babeantes, los secretarios esperaron ansiosos la aparición de la corbata de moño, el chaleco negro y la bandeja, portadores de la segunda ronda.

Y sí, por fin apareció a lo lejos el diligente mesero, casi levitando sobre el césped. Pero antes de que los sedientos secretarios pudieran formular sus sedientas solicitudes, el presidente Echeverría le hizo un gesto a la distancia al servidor público. Un gesto muy claro, acaso universal. Bajó el dedo índice de la mano derecha y lo movió en círculo —o en elipse— para indicar que se repitieran en una segunda ronda las bebidas que los comensales habían pedido en la primera. Igual para todos.

Esa tarde, Luis Echeverría apuró excepcionalmente dos whiskys dobles, igual que su invitado de honor. Los del primer magistrado de la nación quizá fueran simulacros. Los de Galindo, desde luego, eran tan reales como Escocia y la graduación Gay-Lussac: *Blended scotch* de cuarenta grados a la sombra.

Dos

En visita oficial a Francia, el presidente Luis Echeverría le ofreció una cena al presidente Georges Pompidou en la residencia oficial de la embajada de México en París.

En el gran salón, vestido por las pinturas *déco* del duranguense Ángel Zárraga, Echeverría tuvo la gran idea de promover, ¡en Francia!, un nuevo vino mexicano, Los Reyes, de la Casa Pedro Domecq (el español que, según se dice, más indios ha matado con su popular y económico brandy Presidente). A partir de esa noche, el vino Los Reyes fue rebautizado irónicamente como Chateau Les Rois.

Quería Echeverría que Pompidou probara —y aprobara— este producto del «milagro mexicano». Y es que Pompidou no sólo era reconocido por su historial de hombre culto y sensible, de experimentado financiero al frente del Banco Rothschild, de hábil estratega como primer ministro frente al Mayo del 68 y como sagaz estadista, sino también por sus dotes de gran *sommelier*. Algo le ayudaba en este reconocimiento su propia fisonomía cesárea y sibarita. Así que, por disposición oficial, le fue servida al presidente galo con toda reverencia una copa de Los Reyes mientras que el presidente azteca, con desmedida expectación, se dispuso a contemplar el ritual de degustación que celebró su homólogo, por llamarlo de algún modo.

Pompidou tomó la copa del tallo. La movió circularmente para que se oxigenara el caldo. Vio el vino al trasluz con ojo clínico. Acercó su prominente nariz al cáliz. Cerró los ojos y alzó la cabeza, concentrado en las sensaciones olfativas. Una vez registrados olor y color por su experimentada percepción, le dio un sorbo, que hizo pasear despaciosa y hasta groseramente por la boca para catar el dulzor en la punta de la lengua; los taninos, en las glándulas laterales inferiores de la cavidad bucal, la sequedad y el amargor en la frontera con la garganta. Lo hizo circular de nueva cuenta entre la lengua y el paladar, como quien hace buches o está a punto de hacer gárgaras. Por fin, lo tragó. Espiró, esperó el *apre*, valoró el eco, la sombra, el regreso del vino en la boca y tardó aún varios segundos antes de emitir un satisfactorio gesto de aceptación, que tranquilizó —y entusiasmó— a Echeverría y que remató con su inapelable veredicto:

—*Magnifique. Il est aussi bon que ceux faits de raisin.*

Micheline Durán, que fungía de intérprete, no tuvo más remedio que traducir, de la manera más económica que encontró y con los ojos deliberadamente puestos en una bella mujer de Ángel Zárraga para evitar la mirada avergonzada de la concurrencia, la sentencia del presidente Georges Pompidou:

—Magnífico. Tan bueno como los de uva.

14
Sergio Fernández y las dos piedras

Mi maestro Sergio Fernández estaba convencido de que las dos piedras eran originales. Las compró en el sitio arqueológico de las pirámides de Teotihuacán, rodeado de vendedores ambulantes que mercan con el patrimonio histórico de México o, mucho más frecuentemente, con su falsificación.

Fernando Benítez no le daba mayor importancia a la autenticidad de las piezas prehispánicas, pues, de no ser auténticas, estaban elaboradas, decía, por los descendientes directos de quienes fabricaron las originales. Qué más daba, a fin de cuentas, que dataran del siglo XV o del XX si respondían al mismo espíritu, a la misma tradición, a la misma estética, a la misma cultura, en suma.

Aunque Sergio las llamara entre irónico y cariñoso Las Dos Piedras, las que adquirió en Teotihuacán nada tenían que ver por supuesto con aquellas que se encontraron en la Plaza Mayor de la ciudad capital de la Nueva España a finales del siglo XVIII —la Coatlicue y la Piedra del Sol—. No. Estas eran dos pinches piedritas diminutas que ostentaban sendos glifos indescifrables. Su talla, eso sí, era fina y se diría que aun elegante, a pesar de su sencillez, o mejor: gracias a ella. A Sergio le pareció que lo elevado de su costo garantizaba su autenticidad. Prefirió pensar eso a sospechar que lo estaban timando como a cualquier turista gringo. Pagó el precio estipulado y regresó a la ciudad con la idea de mandar a hacer con ellas unas mancuernillas. Aunque no gemas, eran, para él, piedras preciosas.

Una vez engastadas en sus monturas de plata, las piedras lucían muy bien. Y precisamente para lucirlas, Sergio invitó a cenar a su casa de las alturas del Ajusco a su maestro Edmundo O'Gorman.

El gran historiador era célebre no sólo por su obra historiográfica referida al presunto descubrimiento colombino y a la conquista política y espiritual de América, sino también por su agudeza crítica, que ejercía, a veces sin piedad, con sus alumnos y con sus propios colegas. Era un polemista tan incisivo como solitario, pues ante sus argumentos, sus adversarios solían retirarse de la palestra y acababa por polemizar consigo mismo, como los campeones de ajedrez, que juegan contra sí con las blancas y con las negras.

Esa noche, Sergio estrenó sus mancuernillas, que emergían ostensiblemente de los puños de la camisa, como peces (o piscis) echados por el pescador en la barca. Quería a toda costa que su maestro las mirara y que elogiara su buen gusto y la valía histórica de las piedras. Pero don Edmundo no las veía, o simulaba no verlas, por más que Sergio, en el momento de servir el vino o de pasar un platón en la mesa, se esforzara en que las mangas del saco no las taparan y quedaran al descubierto.

Por fin, a los postres, O'Gorman, con cierta displicencia, le dijo:

—Qué bonitas piedras, Sergio.

Y Sergio, feliz de que su maestro se hubiera percatado de ellas, no pudo evitar el comentario:

—¡Son prehispánicas, maestro!

En bandeja de plata le puso Sergio la respuesta a don Edmundo, que, con su acostumbrado tono irónico, le precisó:

—¿Prehispánicas? Ay, Sergito, pero ¡¿qué me dices?! En rigor, todas las piedras son prehispánicas.

15

Mujer con una flor de buganvilia en la oreja

Uno

El mismo año en que mi cuñado Alejandro Palma y mi hermana Rosa se hicieron de La Espadaña, una casa de campo en el valle de Atongo de Tepoztlán, Morelos, nos reunimos ahí para despedir el decenio de los setenta y celebrar el advenimiento de una nueva década.

Así, en familia, empezó una tradición que con el tiempo fue acrecentando su convocatoria.

Durante los primeros años se fueron sumando de manera natural los conocidos que también tenían casa en Tepoztlán, como Alex von Guthenau y Peggy Regler, Antonio y Francesca Saldívar, Eduardo Mata y Carmen Cirici-Ventalló, Eduardo Terrazas y Ana María Terán, Roger Díaz de Cossío y su entonces esposa (que también era su prima), Carmina Díaz de Cossío. Se trataba de estrechar lazos de amistad con los insignes vecinos de fin de semana. Esa celebración fue muy propicia para cumplir tal cometido. También eran asiduos a las reuniones de La Espadaña Fernando Solana y Roberta Lajous, que tenían casa en el pueblo cercano de Cocoyoc.

Con el tiempo, la fama de la fiesta de fin de año se extendió más allá del valle de Tepoztlán. Durante la década de los ochenta, a ella acudieron muchas personalidades del arte, el teatro, el cine, la literatura, la historia, además de los *habitués*. Recuerdo la presencia, entre otros personajes, de la actriz Ofelia Medina, el director de teatro Juan José Gurrola, los cineastas

Alberto Isaac y Paul Leduc, los escritores Eraclio Zepeda, Eliseo Alberto Diego («Lichi») y Guillermo Sheridan, los pintores Carmen Parra y Arnaldo Cohen, los historiadores Guillermo Tovar y de Teresa y Rafael Rojas. Alguna vez acudieron Rufino y Olga Tamayo, Carlos Fuentes y Silvia Lemus, Gabriel García Márquez y Mercedes Barcha..., y hasta el director de cine John Huston a su paso por México.

En los últimos tiempos que Rosa y Alejandro habitaron La Espadaña, el prestigio de la fiesta había crecido tanto que no era raro que concurrieran personas que ni siquiera eran conocidas por los anfitriones. En alguna de las últimas veces que se celebró, llegó, sola, una mujer muy vistosa y resuelta, que se presentó ante Rosa, sin saber que era la dueña de la casa, y le dijo muy oronda, con seguridad intimidante:

—Soy María Fernanda Martínez de Velasco, ¿y tú?

Y Rosa, ante semejante desplante, sólo musitó:

—No, yo no.

Esa casa del valle de Atongo había sido construida por Alexander von Guthenau, padre de Francesca —«Chequi»— Saldívar y sobrino de Sophie, esposa del archiduque de Austria. Pintor y arquitecto prusiano, historiador heterodoxo y controvertido, abandonó la carrera diplomática cuando, al llegar a México en 1935, se topó, entusiasmado, con la cultura ancestral del hombre mesoamericano. En los años postreros de su longeva vida, se instaló en Tepoztlán con Peggy, su mujer. Construyó muchas casas en el valle y se dedicó a limpiar con sus propias manos octogenarias el cauce del río Atongo que fluía (o intentaba hacerlo entre los desperdicios que los habitantes del pueblo constantemente arrojaban en su lecho) a la vera de su casa en la calle empedrada que llevaba el enjundioso nombre de avenida Tenochtitlán.

Como arquitecto, Alex tenía un sentido práctico y una intuición notables, que superaban con mucho el rigor profesional de buena parte de sus colegas. Era de los que pernoctaban en el terreno antes de poner la primera piedra para sentir en carne propia las veleidades del clima y las implicaciones de la orientación. No hacía planos, levantaba las paredes como si fueran los marcos de sus ventanas, que encuadraban maravillosas vistas de la cordillera. Para construir una escalera, le indicaba al albañil que pusiera un pie en el suelo y que, a partir de la punta de su zapato o su huarache, levantara el escalón.

La casa de Rosa y Alejandro era amplia, pero el terreno era proporcionalmente mucho mayor, de manera que, con el tiempo, Alex fue construyendo otros aposentos destinados a albergar a un número cada vez más grande de amigos. La Espadaña acabó por ser un conjunto de varias casas satelitales edificadas alrededor de la casa principal, en cuya planta alta se desplegaba un gran salón, con vista al Tepozteco, en el que se servían las cenas, se celebraban las frecuentes veladas literarias y musicales y se organizaban los bailes.

Los amigos que se reunían en Tepoztlán constituían un elenco variable, cuyos comunes denominadores eran la sofisticación, el esnobismo, la alcurnia —real o inventada— y la cultura, la inteligencia o el talento. A pesar de su alto nivel económico, asumían una posición política de izquierda, que los hizo merecedores del sobrenombre colectivo de *red set*. Sus integrantes se distinguían y acreditaban por la elegancia *casual* de su indumentaria, sus constantes alusiones a Nueva York, la frecuente inclusión del inglés y el francés en sus conversaciones, su gusto por las referencias, a veces triviales, al cine, a la literatura y muy particularmente a la música, ese oleaje ininterrumpido que pasaba sin solución de continuidad de Bach al jazz, del jazz a la nueva y a la vieja troba cubanas y de ahí al flamenco.

Dos

Quien no faltaba a esa fiesta anual —y a otras muchas a lo largo del año— desde que se vino a vivir a México, la patria de su madre y de sus abuelos maternos, era Marie-Pierre Colle Corcuera, amiga de Alejandro Palma y de varios de los integrantes de ese grupo —particularmente de Antonio y Chequi Saldívar— que fue tejiendo una urdimbre cada vez más apretada en Tepoztlán.

Mujer bella, elegante, culta y, sobre todo, observante puntual de las normas de la cortesía y la educación. *Comme il faut*, pues. Pero ¿quién era Marie-Pierre Colle Corcuera?

Por el lado materno, era nieta de Pedro Corcuera y Guadalupe Mier. Él, un acaudalado empresario de origen porfirista y gusto afrancesado que, en el éxodo emprendido por muchos aristócratas de la época, se instaló en París, donde se rodeaba de personalidades como Barbara Hutton, Jorge V de Inglaterra o Alfonso XIII de España, quienes a menudo comían con él en su mesa permanentemente reservada del Maxim's. También adquirió una mansión en Biarritz, llamada Le Chapelet, donde la familia pasaba los veranos y a la que acudían consuetudinariamente famosos artistas e intelectuales avecindados en París. Del nombre de la abuela acaso proceda el interés de Marie-Pierre por el guadalupanismo mexicano, que la llevaría a escribir en México el libro *Guadalupe. En mi cuerpo como en mi alma.*

Hija del galerista y *marchand d'art* Pierre Colle y de Carmen Corcuera, Marie-Pierre nació en París en 1940. Fue la mayor de tres hermanas.

Cuando apenas despuntaba en ellas la pubertad, fueron pintadas por Balthasar Klossowski de Rola, mejor conocido como Balthus, el único pintor que en vida había expuesto sus obras en el Museo del Louvre. Posaron para él las tres juntas en 1954 durante el periodo vacacional de verano en Le Chapelet, si bien antes, Marie-Pierre había sido su modelo individual, cuando apenas contaba con once años, en el estudio de la Cour de Rohan que el pintor tenía en el corazón del Quartier Latin, al que ella acudía todas las tardes, al salir del colegio. Los martes, simplemente no asistía a clase porque Balthus la llevaba al Louvre (aprovechando que el museo cerraba sus puertas ese día) para estudiar en soledad los cuadros de Nicolas Poussin y Gustave Courbet, a quienes el pintor tanto admiraba. Muchas veces los acompañaba André Malraux, a la sazón ministro de Cultura de

Francia, gracias a quien el museo les permitía su acceso cuando permanecía cerrado al público. Y años más tarde, también sola, posó para él en la Villa Medici, la sede de la Academia Francesa en Roma, de la que Balthus fue nombrado director por Malraux, su gran amigo.

En total, el pintor invirtió once años en la elaboración de los ocho lienzos que llevan el título de *Las tres hermanas,* en los que aparecen Marie-Pierre, de catorce años, sentada desenfadadamente en el sofá central, flanqueada por sus hermanas Sylvia, de once años, leyendo, y Béatrice, de doce, jugando, comiéndose una manzana o uno de los chocolates de Dodin, la mejor dulcería de la Costa Vasca, que, para entretenerlas mientras modelaban, les llevaba Christian Dior, que había sido colega y amigo íntimo del difunto Pierre Colle. El «tío Christian», como le llamaban cariñosamente las niñas, no sólo las vestía a ellas, sino también a sus muñecas.

Balthus negó de manera contundente la condición nabokoviana que se atribuyó a los retratos de estas niñas que aún no llegaban a la pubertad o apenas la iniciaban; sin embargo, las tres hermanas, cada una a su manera y mucho tiempo después de haber posado para él, dan testimonio de su relación con el pintor, en la que sutilmente permean el erotismo y la malicia. La aparente candidez con la que las niñas posan, lejos de borrar la posible perversión de la mirada del artista, parece confirmarla, aunque ciertamente los personajes distan mucho de entrar en la categoría de *Lolitas,* mas no por el pintor, sino por ellas mismas. «Crecimos en esa inocencia de etérea perversidad velada», confiesa Marie-Pierre. Béatrice, por su parte, dice de Balthus que «su mirada penetrante parecía escrutar con malicia ese mundo infantil del que era cautivo». Sylvia, la de menor edad, considera que «para Balthus, esas criaturas impúberes [las tres hermanas] tienen una pureza casi angelical».

La realización de estos retratos de las tres hermanas es el producto de una negociación inicial que acabó por subordinarse a la profunda amistad de Balthus con la familia Colle Corcuera. Pierre Colle, el famoso *marchand d'art* que, a partir de 1931, a sus escasos veintidós años, había establecido su propia galería, en la que daba a conocer la obra de Picasso, Matisse, De Chirico y desde luego de Balthus, había muerto muy temprano, cuando sus tres hijas eran todavía muy pequeñas. Balthus, que había sido amigo cercano del galerista y su familia, conservó la amistad con Carmen Corcuera, y aun la incrementó tras la muerte de Pierre. En un momento dado, el pintor quiso recuperar un retrato que le había hecho a su primera esposa, Antoinette de Watteville, cuyo título es *La falda blanca*, que tiempo atrás le había vendido a su *marchand*. Carmen, que adoraba a Balthus, aceptó devolverle el cuadro a cambio de que hiciera el retrato conjunto de Marie-Pierre, Béatrice y Sylvia. Era, por lo que se sabe, una mujer muy esmerada en la formación de sus hijas, además de una gran anfitriona, que mantuvo siempre abierto Le Chapelet, adonde habían acudido desde los tiempos de Pedro Corcuera personalidades como Jean Cocteau, Pablo Picasso o Alberto Giacometti. Por sus aposentos siguieron desfilando numerosos intelectuales y artistas para beneficio de la educación extraescolar de las muchachas.

Cuando Marie-Pierre se instaló en México precisamente por los tiempos en que empezaron a verificarse las fiestas de fin de año en La Espadaña, no nada más se hizo de una casa en Tepoztlán, sino que sintió el mismo embrujo que llevó a Alex von Guthenau a abandonar la diplomacia y consagrarse por entero a México. Se identificó con la patria de sus mayores con un ardor semejante al que el país suscitó en tantos viajeros europeos ilustres, desde el barón Von Humboldt y la marquesa Calderón de la Barca hasta Graham Greene y Malcolm Lowry, pasando por André Breton y Antonin Artaud, con la diferencia sustancial de que ella tenía aquí sus raíces, de manera que su entusiasmo fue el de la recuperación del paraíso perdido. Marie-Pierre, que se había desempeñado como corresponsal de las revistas *Vogue* y *House & Garden*, se abocó al estudio de la arquitectura y la cocina mexicanas con una sensibilidad y un gusto que rendían homenaje a su madre, Carmen, y a sus abuelos maternos, Pedro Corcuera y Guadalupe Mier.

En el cuarto de siglo transcurrido entre su regreso a México en 1979 y su muerte el 10 de septiembre de 2004, Marie-Pierre dio a la imprenta una decena de libros sobre arquitectura y cocina, relacionados directamente con México, su historia y su modernidad. Uno de ellos, *Las fiestas de Frida y Diego,* suscitó la queja de su amiga Elena Poniatowska, porque la autora le atribuye a Frida, que no sabía ni picar una cebolla, las recetas de Lupe Marín. También presidió la Asociación de Amigos de Luis Barragán y publicó un libro titulado *Artistas latinoamericanos en su estudio,* cuya investigación de campo por toda América Latina propició que Fernando Botero se enamorara perdidamente de ella, como, en otro ámbito disciplinario y sin perder los estribos, lo hicieron Carlos Fuentes y Gabriel García Márquez, a quienes se les iluminaban los ojos, el rostro entero y el corazón cuando Marie-Pierre entraba en escena. Doy fe.

Cuando yo conocí a Marie-Pierre en México por intermediación de Alejandro Palma, ella tendría cuarenta años y yo treinta y dos. No obstantes sus finezas y su calidez, o por ellas mismas, Marie-Pierre me inhibía. Me parecía una mujer inabordable, no sólo por ser mayor que yo, sino porque alrededor de ella circulaban, como un nimbo guadalupano, muchos mitos. Que si no sólo había posado para Balthus, sino también para Picasso, o que si había vivido en un barco con el padre de su único hijo, Éric, o que si había sido amante de X, Y y Z.

La traté a partir de 1980, cuando yo trabajaba en el Canal 13, como gerente de programación cultural, con Alejandro, quien durante un breve periodo fue uno de los trece directores del 13, los cuales fueron despedidos, uno a uno, por Margarita López Portillo, a la sazón directora de Radio, Televisión y Cinematografía de la Secretaría de Gobernación en el periodo presidencial de su hermano, José López Portillo.

Una noche la invité a cenar al Bar Alfonso en Cinco de Mayo esquina con Motolinía, en el centro histórico de la ciudad. De ahí, la llevé al Bar León, al que por entonces yo era muy asiduo, para oír la rumba de Pepe Arévalo y sus Mulatos y los boleros de Cayito y su Combo del Pueblo. Otra noche, fuimos a cenar al restaurante Antoine's Méditerranée, que se ubicaba en la cuchilla de avenida de los Insurgentes y el parque Álvaro Obregón, en San Ángel, cuyo dueño, Renzo Ferrari, motivado por la presencia de una mujer tan bella y distinguida, nos preparó la mejor pasta de su repertorio y una *zuppa* inglesa memorable. También nos ofreció los mejores vinos *montepulciani* de su cava. Algunos caldos de esa denominación, por cierto, yo heredé mucho tiempo después —cuando quebró su restaurante—, gracias a la intercesión de mi amiga Alicia Viale. Pero esa es otra historia. De ahí, la conduje a casa de Sergio Fernández para que mi maestro le leyera el tarot, porque Marie-Pierre, en cierta rebeldía contra su educación cartesiana, tenía creencias esotéricas, que se intensificaron en México, particularmente en Tepoztlán, aunque, ay, no la salvaron de su temprana muerte.

Varias veces Marie-Pierre me invitó a cenar a su casa de la calle de Durango, en Tizapán, incluso cuando ya se le había declarado un cáncer que acabó por matarla. Era tal su sentido de la hospitalidad, que ponía a hervir manzanas, aunque no las utilizara en ningún platillo, con tal de que la casa, al llegar el invitado, despidiera un aroma hogareño, y, con sofisticada sencillez, servía unos laboriosos guisos del recetario ancestral de la comida mexicana, que llegó a conocer, y a practicar, con excelencia. Por demás está decir que su casa era de un buen gusto apabullante y que cada uno de sus rincones podría haber sido fotografiado para la revista *House & Garden,* de la que Marie-Pierre era corresponsal. Todo en ella parecía un set cinematográfico: la caída accidental, por distraída, de una cortina sobre la ventana; las flores apenas acomodadas en el jarrón; los puestos en la desnuda mesa de roble, sobre la que resplandecían los cubiertos de plata, las servilletas de lino y la vajilla de Sèvres; su retrato, sobre el tiro de la chimenea, en el que luce un enhiesto cuello de cisne que no podría torcer ni el propio doctor

Enrique González Martínez; las luces indirectas, nunca cenitales, de las lámparas, cuyo propósito no tanto era iluminar, sino crear atmósferas; las alfombras orientales o de Chiconcuac, entreveradas las unas con las otras; la calidez del color tenue de las paredes pintadas a mano y sin brocha, más que a mano, a muñón, diría yo.

Nada me cuesta confesar que Marie-Pierre me resultaba tremendamente atractiva en esos tiempos en que yo empezaba a vivir un periodo de soltería que habría de prolongarse durante varios años, y que coincidía con la propia soltería de Marie-Pierre, que tan pronto llegó a México se divorció de Roger Toll, el director de *The News*. Me fascinaban su belleza, su personalidad, su cultura. Aunque mi vanidad me llevó a imaginar que yo no le resultaba del todo indiferente, nunca me atreví a rebasar los estrictos límites de la amistad. Tuve miedo de arriesgar lo ya ganado: su afecto, que permaneció incólume hasta su muerte.

Lo que sí pude hacer fue animarla a que asistiera al taller de Alicia Trueba, en el que yo daba clases de literatura. Ese grupo de señoras había sido fundado por su amiga Elena Poniatowska, con quien tenía una relación ancestral: los padres de Elena habían sido padrinos de Béatrice, la hermana de Marie-Pierre. Acudió con regularidad, pero no se atrevía a presentar sus textos en español, pues su lengua paterna y escolar era el francés. Aun así, persistió en el grupo.

Tres

Una de aquellas noches de fin de año, asistí, según mi costumbre, a la fiesta de La Espadaña en Tepoztlán. Como era miembro de la familia e iba solo, mi hermana Rosa me asignó una recámara sencilla en la planta baja de la casa principal.

Aunque no había horarios inflexibles, se había determinado que la reunión se celebrara a partir de las nueve de la noche en el gran salón, exactamente arriba de donde yo me hospedaba. El horario era flexible, pero yo no. Y a las nueve en punto subí las escaleras —esas que se correspondían con la pisada del albañil en la construcción de Alex von Guthenau—. Fui recibido por dos meseros que flanqueaban la puerta de acceso al escenario de la fiesta y que me ofrecieron, con una solicitud extrema y de seguro interesada, una copa de champán. No había llegado nadie. Una mesa larga ya anunciaba el generoso bufé, que paulatinamente se iría desplegando: la bandeja de bacalao y la cazuela de romeritos, sostenidas en sus respectivas hornillas; el lechón con su manzana en el hocico, el pavo relleno y su *gravy*, las ensaladas paradójicamente dulces, la gelatina de vino tinto, los turrones de yema, de almendra, de Alicante, las peladillas de Alcoi, el *fruit cake;* las botellas de Borgoña, y, en una gigantesca cubitera de plata, las de Chablis y de champán.

Elegí una silla discreta, que me permitiera evadirme si en un determinado momento no me sentía a gusto. Apenas me senté, salió del fondo del salón, donde se localizaban los baños, Roger Díaz de Cossío, que había llegado antes que yo, sin que me hubiera percatado de su presencia.

Me saludó con un nerviosismo atropellado.

Estaba impecablemente vestido, con un pantalón *beige,* un *blazer* de botones dorados y anclas marineras, unos mocasines color vino y un pañuelo de seda púrpura que se asomaba, curioso, por el bolsillo pectoral del saco.

Roger había sido director del Instituto de Ingeniería de la UNAM en la época del rector Javier Barros Sierra y, después, coordinador de la Investigación Científica de la UNAM en el rectorado de Guillermo Soberón; también, subsecretario de Educación Pública con Víctor Bravo Ahuja, cuando yo lo conocí a principios de los años setenta: hombre desenfadado, inteligente, culto, melómano (presumía de tener cuatro mil doscientos discos de música clásica), amigo muy cercano de Eduardo Mata y antiguo residente de fin de semana en Tepoztlán. Se acababa de divorciar y no se le echaba de ver que estuviera abatido; antes bien, parecía exultante.

Nos conocíamos, sí, pero no éramos amigos. Me llevaba más de quince años y siempre me trató, concesivamente, como a un chamaco.

A pesar de la informalidad que lo caracterizaba, lo vi estudiar con cálculo ingenieril el espacio de la fiesta; recorrer, como si las midiera con sus pasos, las diferentes áreas de la estancia y prever el lugar más propicio para acomodarse. Finalmente, escogió uno de los dos sillones gemelos que se disponían, uno al lado del otro, hacia el fondo del salón. Se sentó. Mi presencia no le importó como para sentirse obligado a conversar conmigo, ni lo inhibió como para dejar de hacer lo suyo. Me sentí más transparente que el Licenciado Vidriera. Se le veía muy inquieto, concentrado en su arreglo personal. Se miraba la punta de los zapatos, corroboraba la altura de los calcetines de rombos, revisaba la línea de plancha del pantalón, soplaba entre las palmas de las manos para verificar la «mentalidad» de su aliento mentolado y escuchar el lejano sonido de su loción, que era bastante sonoro. Veía el reloj constantemente y en dos ocasiones rechazó el ofrecimiento de los meseros: ¿Una copa de champán? En un momento dado, como impulsado por un resorte, se levantó de su asiento y se dirigió al gran espejo que, de día, reflejaba la vista al Tepozteco del ventanal frontero. Se alisó la escasa cabellera, se acomodó el pañuelo, se ajustó el *blazer*.

«¿Qué le pasa a este?», pensé para mis adentros. Que yo supiera, Roger nunca había sido un hombre remilgado ni solemne ni elegante.

De pie frente al espejo, sin importarle mi presencia en lo más mínimo, se lanzó una sonrisa, se guiñó un ojo y pronunció un anhelante suspiro. No lo concluyó, pero hizo el impulso de golpear su puño derecho contra su palma izquierda en señal de un triunfo venidero, como diciendo «¡Ya la hice!».

Fueron llegando poco a poco los invitados, al principio puros hombres. Se veía que Roger no estaba muy dispuesto a iniciar una conversación con ninguno de ellos, como si tuviera la seguridad de que más pronto que tarde se vería obligado a interrumpirla. Estaba pensando en otra cosa. Sus respuestas a las preguntas que le hacían los recién llegados eran distraídas o evasivas. Nunca perdió las buenas maneras, pero estaba concentrado en la gran puerta del salón, que no era transitada más que por los meseros o por los invitados del sexo masculino, que iban presentándose poco a poco. Extrañamente, ninguna mujer había subido todavía.

De pronto, hizo su aparición Marie-Pierre. Se impuso el silencio en el salón. ¡Ay, Dios, qué cosa! Calzaba unos zapatos engreídos, que fue lo primero que le vi. Y vestía un Yves Saint Laurent, largo Chanel (según me informó Rosa tiempo después, porque yo no sabía nada ni de marcas ni de largos), estampado en colores plúmbagos y al mismo tiempo alegres, que le caía con una soltura tan natural como la lluvia. En obediencia al mito de la eterna primavera que se adjudica a esa región del estado de Morelos, no llevaba ningún abrigo, capa o chal que distrajeran la verticalidad de su elegancia. A mí me encantó su presencia, y me llamó la atención que en la oreja derecha luciera, con una sencillez que contrastaba con sus historiados aretes de plata mexicana, una flor de buganvilia color magenta, al parecer recién cortada del jardín.

Apenas entró Marie-Pierre, vi cómo Roger, que había estado pendiente de la puerta, se electrizó. La recién llegada saludó *comme il faut* a todos los que ya se habían apersonado y aceptó de buen grado el asiento que Roger, particularmente solícito, le ofreció al lado suyo. A mí, me dispensó una mejilla, la del lado opuesto a la flor de buganvilia, pero mi beso se quedó en el aire y no tuvo la oportunidad de replicarse en la otra mejilla, ni en la primera por segunda vez, como lo indican las normas de urbanidad francesas.

A partir de ese momento, Roger se convirtió en otra persona. Veía a Marie-Pierre con un entusiasmo exaltado e intrusivo, que, a mí, me incomodó un poco; pensé que a ella también, pero la mía era una mera suposición, acaso motivada por mis celos o por mi envidia. Él sólo tenía ojos para ella, al grado de que no pareció percibir la presencia de las demás mujeres, que inmediatamente después de Marie-Pierre fueron presentándose, una tras otra, en el salón.

Marie-Pierre se limitaba a recibir con finura las deferencias de Roger, pero no correspondía de manera simétrica a las vehementes expresiones del amigo.

Terminaron los aperitivos y se convocó a la cena. Marie-Pierre sólo había aceptado una copa de champán, y había desdeñado los bocadillos que insistentemente le habían ofrecido los meseros. Todos pasamos a servirnos, estimulados por el gracioso consejo de Aida Lara, una de las invitadas, que dijo a voz en cuello que, en el caso de los bufés, los últimos siempre serán los últimos. Roger condujo a Marie-Pierre, le ofreció un plato, se prestó a servirle el bacalao, el pavo y la ensalada de manzana y zanahoria; a escanciar su copa de vino. ¿Blanco o tinto? Ella se decantó por el Chablis.

Se fueron a sentar otra vez juntos, aunque en sitios diferentes a los que habían ocupado antes de levantarse, pues los suyos, para evidente contrariedad de Roger, que los había elegido con tanta anticipación, ya habían sido «tomados». Como entonces quedaron muy lejos de mí, no supe qué conversación sostuvieron. Sólo vi, de refilón y a la distancia, cómo Roger le ponía a Marie-Pierre, que, servilleta de por medio, sostenía su plato sobre el regazo, una mano en la rodilla apenas cubierta por el largo Chanel de su vestido, y cómo ella, tranquila pero categórica, la retiraba sin perder la figura —ni el plato.

Sonaron las doce en las tres campanas de la espadaña que le daba nombre a la casa. Cada comensal se atragantó las doce uvas protocolarias. Se multiplicaron exponencialmente los abrazos y también los besos cristalinos de las copas de champán. Con su brindis, Alejandro declaró solemnemente inaugurado el año nuevo y el baile.

Al primer compás, despedido por los potentes amplificadores del anfitrión, que había invertido, como era su costumbre, más de una semana en grabar la música para la ocasión, Roger se levantó de su asiento con una agilidad propia de otra edad y, sin preguntarle siquiera, condujo a Marie-Pierre a la pista.

¡Lo que es ir solo, ¿verdad?! Yo, que bailo poco, pero me gusta mucho ver bailar, contemplo con enorme placer a los que bailan. Y me entretuve un buen rato en observar cómo evolucionaba el baile de Roger y Marie-Pierre. Pieza a pieza, el caballero se le acercaba más a la dama; pieza a pieza, la dama trataba de mantener al caballero a la distancia correcta. *Comme il faut.*

Después de varias piezas, cuando ya la euforia del champán, la alegría del año nuevo y la gratificación de la amistad habían hecho lo suyo y todo mundo estaba bailando con gran animación, un suceso totalmente inesperado interrumpió la danza. Fue como si se hubiera desplomado el enorme candil del salón provocando un estruendo que hiciera enmudecer a las bocinas. En el centro de la pista, Marie-Pierre empujó con fuerza a Roger, apartándolo bruscamente de su cuerpo, al tiempo que lanzaba una interjección francesa de inequívoca contrariedad, rematada con un resoplido entre hípico y épico. Fue tan vigoroso su gesto y tan sonora su exclamación, que todos los ojos se clavaron en la pareja que se desparejó en el acto. No sólo vi el contundente rechazo de Marie-Pierre, sino también la extrañeza, el azoro, la confusión de Roger ante el brutal desplante cometido por la mujer más fina del hemisferio occidental.

Cuatro

Mucho tiempo después, Rosa, la inefable Rosa, me contó cómo se había gestado esa broma propia de las buenas y de las malas comedias de equivocaciones, porque se había tratado de una broma, según me dijo, aunque nunca quiso confesarme ni quién la había urdido, ni cuál había sido el móvil para perpetrarla, ni si, como parecía, en verdad había estado enderezada contra

Roger Díaz de Cossío. Rosa ya no está para aclarármelo. Pero me resulta difícil aceptar que se trató sólo de una broma, más propia de unas colegialas que de unas respetables señoras maduras.

Lo que voy a contar ahora es limitado y conjetural. Procede de la confesión inconclusa de Rosa y de mis propias suposiciones, que me han llevado a reconstruir, así sea hipotéticamente, lo que sucedió esa noche.

Cuando llegó solo a Tepoztlán la tarde del 31 de diciembre de ese año, Roger Díaz de Cossío se puso unos *pants* y se acostó a dormir una siesta en el *bungalow* que Rosa y Alejandro le asignaron en La Espadaña. Con la casa de fin de semana que antes tenía, se había quedado su exmujer.

Al despertar, se encontró con un sobre gris, perfumado, que manos anónimas habían deslizado por debajo de la puerta. Verlo, recogerlo, olerlo, abrirlo fue todo uno. Contenía una carta escrita en español con caligrafía francesa y tinta azul en un papel que hacía juego con el sobre. Decía:

Mi Roger:
   Esta noche, en el baile, por fin conocerás los más profundos deseos que mi corazón siempre ha depositado en ti, y que tu matrimonio me había impedido expresarte.
   Me reconocerás porque llevaré en la oreja una flor de buganvilia.
   Tuya.

No estaba firmada.
Roger se entusiasmó. Pensó, claro, en Marie-Pierre, la mujer a la que siempre había deseado y que su propia condición marital le había impedido abordar. Aun así, pensó en quién más podría haber escrito una carta de tal naturaleza. Fue descartando, una a una, a las mujeres de «Tepoz», pues todas las que se

205

reunían de manera habitual estaban formalmente emparejadas. Si su matrimonio había sido el impedimento de ese *affaire*, como lo decía la carta, difícilmente una mujer casada estaría dispuesta a iniciar una relación amorosa con él. Pero además de ellas, varias Marías Fernandas Martínez de Velasco solteras asistían a la fiesta de fin de año a La Espadaña. Mantuvo sus reservas, pero la expectativa de que fuera Marie-Pierre la remitente de la misiva fue creciendo al mismo ritmo del deseo. Ella, además, estaba en las mismas circunstancias que él. Había venido a México todavía casada, por cierto, con un tocayo suyo, Roger Toll, pero al muy poco tiempo de su llegada se había divorciado de él. Sí; tendría que ser Marie-Pierre. No podía ser otra. ¿Quién más?

Me puedo imaginar muy bien lo que sucedió entre la recepción de la carta y su asistencia al salón, cuando yo me lo encontré ansioso y atildado.

Pero mi imaginación no es más que una proyección de lo que yo seguramente habría hecho si hubiera estado en su pellejo. ¿Qué habría hecho yo?

Todavía faltaban más de dos horas para las nueve de la noche, así que decidí dar un paseo. Me quedé con la ropa deportiva con la que había dormido una siesta y salí de La Espadaña. Por un buen rato, caminé a paso lento, respirando hondo, a la vera del río Atongo, con el único propósito de hacer tiempo. Y lo hice. Al cabo de una hora, regresé e inicié, con actitud ceremonial, el largo proceso de mi acicalamiento. Me preparé un baño en el *jacuzzi* instalado en la habitación, aprovechando las sales Coconut & Ocean Minerals de Nueva Zelanda que la hospitalidad proverbial de La Espadaña había dispuesto en el *bungalow,* junto a tantos otros implementos, como la cesta de frutas, las flores, la jarra de agua con el vaso que le servía de tapadera, el cubreojos para dormir hasta la hora deseada sin que el sol impusiera sus horarios, las pastillas Melox para la acidez, la caja de Kleenex, los Alka-Seltzer, las pastillas Vick de menta... Se me enfrió el agua del *jacuzzi* cuando todavía habría querido disfrutar más la presión de los chorros calientes en las nerviosas plantas de los pies, los muslos, los brazos, la nuca. Remonté la altura de la tina, no sin cierto trabajo: el relajamiento del agua caliente me había restado energía. Me sequé dilatadamente con una toalla enorme, blanca y abullonada. Me afeité sin necesidad, pues esa misma mañana lo había hecho, y mi barba no era tan cerrada como para que tuviera que rasurarme dos veces en el mismo día, pero quería lucir impecable y encontrar, además, la justificación para ponerme de nueva cuenta mi loción Santos de Cartier que usaba para las grandes ocasiones y que, por mera corazonada, había empacado esa mañana en mi maletín de viaje. Me vestí con lentitud pasmosa. No llevaba demasiada ropa, pues se trataba sólo de una noche, pero sabía que, baile, habría. Desodorado hasta la irritación, encremado hasta la resbalosidad y talqueado hasta las comisuras más íntimas de la entrepierna y de los dedos de los pies, me puse mi ropa interior Calvin Klein y mis calcetines largos; mi camisa azul con botoncitos en el cuello, pues no se trataba de usar corbata (que ni llevaba), mis pantalones, mis mocasines y mi *blazer*. Y un pañuelo de seda, que dudé si ponérmelo en el cuello o en el bolsillo del saco. Opté por lo segundo. Ya listo, aunque aún fuera muy temprano, me dirigí a paso muy lento desde mi habitación al salón principal. No me topé con nadie en el camino. Rechacé, en el piso superior, la copa de champán que me ofrecieron los meseros y, para seguir haciendo tiempo, me metí al baño de la parte trasera del salón para corroborar en el espejo si mi aspecto era aceptable.

Lo era. De regreso, me imaginé los itinerarios que Marie-Pierre y yo haríamos a lo largo de la estancia y elegí los mejores asientos para pasar juntos la velada. Me volví a mirar en el espejo, que reflejaba la ventana que daba al Tepozteco. Me sentí feliz por un momento. Y esperanzado. Feliz a futuro, pues. ¡Ya me tocaba, carajo! Me auguré lo mejor, lo más deseado durante tantos años, y lancé mi puño izquierdo (derecho en el espejo) contra mi palma derecha (izquierda en el espejo) en actitud triunfal: ¡Ya la hice!, pero no llegué a consumar el impulso. La presencia de un joven, a quien yo había visto alguna vez, pero de cuyo nombre no me acordaba, me interrumpió.

Después del ingreso de Roger y de los *habitués* masculinos en el salón, las mujeres que se habían confabulado para poner en escena esta comedia de equivocaciones, que lo mismo podría tener como referente a Juan Ruiz de Alarcón que a Lope de Vega, a Choderlos de Laclos, que a Jane Austen, a los hermanos Álvarez Quintero que a Jorge Ibargüengoitia, se concentraron en el porche de la planta baja de la casa principal: Rosa —desde luego—, Chequi, Carmen Cirici, Ana Terán, Roberta Lajous y no sé bien a bien quiénes más. Lo que sí sé es que, antes de subir, las ahí reunidas esperaban a Marie-Pierre, que no estaba en el conciliábulo, sino que era el instrumento —¿o la destinataria?— de esa broma que quizá no era una broma.

Tan pronto Marie-Pierre llegó, ataviada maravillosamente con su Yves Saint Laurent, las mujeres de «Tepoz» le lanzaron las más fervientes lisonjas, que ella agradeció con su consustancial finura. Fue entonces cuando Rosa, o quien fuera que trajera en la mano un ramito de buganvilia recién cortado del jardín, le dijo que le sentaría muy bien que se lo pusiera en la sien. Marie-Pierre lo aceptó encantada y, con toda la gracia del mundo, se lo colocó sobre la oreja derecha.

Cuando Rosa me contó la historia de la presunta broma, recordé lo que en su momento consideré una mera veleidad femenina. Después de que Marie-Pierre empujó a Roger tan inopinadamente, vi que mi hermana también lucía una flor de buganvilia en la oreja que yo no había percibido antes. Y que, al voltear a mi alrededor, todas y cada una de las mujeres de la fiesta llevaban en la oreja su correspondiente flor de buganvilia.

Coda

Ya escrito este relato, pensé en la conveniencia de que lo revisara mi amiga y contertulia Mónica del Villar, esposa que fue de Javier Barros Valero, y asistente regular los fines de semana a la casa que la pareja tenía en Tepoztlán en aquellos años de las fiestas de La Espadaña.

Se lo mandé. Lo leyó. Me dijo que había asistido a aquella fiesta de fin de año. Aunque no hubiera estado presente cuando se fraguó el *Plan Buganvilia,* sabía por su amiga Roberta Lajous, que sí participó en su maquinación, cuál había sido la intención de llevarlo a cabo.

Ante los divorcios simétricos y simultáneos de Roger Díaz de Cossío y Carmina, por una parte, y de Marie-Pierre y el otro Roger —Roger Toll—, por la otra, los amigos de Tepoztlán, que a toda costa querían mantener en el grupo a quienes, de ambas parejas, consideraban sus verdaderos amigos, pensaron que acaso entre Roger y Marie-Pierre, apenas destetados de sus respectivos matrimonios, podría... ¡Ah, serían una pareja formidable! Imagínense, ¡Roger y Marie-Pierre! ¡La pareja del año!

Se abocaron, entonces, con todos los eufemismos del caso para nombrarla, a la franca alcahuetería.

Parece mentira, pero donde se orquestó el plan (nunca mejor empleado el término *orquestar)* fue en casa de Eduardo Mata. Y, ¡quién lo diría!, el que dictó la carta fue quien, por su larga trayectoria en la Universidad, en las secretarías de Educación Pública y de Relaciones Exteriores, en el Banco Nacional de México, tenía un gran ascendiente sobre los integrantes del grupo Tepoztlán: don Fernando Solana. Sin embargo, en su redacción final, me dice Mónica, contribuyeron todas las mujeres que estaban reunidas en casa de Eduardo y Carmen, seguramente más para quitar lo que sobraba que para poner lo que faltaba, pues la carta resultó eficaz, pero anoréxica. Y quien la escribió con su bella caligrafía del Colegio Francés del Pedregal, donde estudió, como compañera de mi hermana Rosa, su primaria, su secundaria y su preparatoria, fue Roberta Lajous, la premonitoria embajadora.

Si fue como me lo cuenta Mónica —y no tengo por qué ponerlo en tela de juicio—, al grupo le salió el tiro por la culata: lejos de alcanzar su cometido, echó a perder irreversiblemente cualquier posibilidad de acercamiento entre Roger y Marie-Pierre. ¿Por qué fracasaron, si realmente el objetivo era propiciar ese encuentro? Quizá porque pensaron en ellos mismos, en el grupo, y no en la individualidad de dos de sus miembros más queridos.

Para reconstruir esta anécdota, yo seguí el camino inverso. Pensé en Roger y en Marie-Pierre en particular y no en el clan. Y, por hacerlo así, jamás adiviné la presunta buena intención colegiada.

De la versión de Mónica, sin embargo, me surge una interrogante seria, digamos que estructural en tanto que no sabría cómo responderla en mi relato, en caso de que quisiera volver a contarlo en función de los datos que ella me ha proporcionado. Si el propósito del plan era propiciar el encuentro amoroso de Roger y Marie-Pierre, ¿con qué objeto se había predeterminado que, al final, todas las amigas se colocaran una flor de buganvilia en la oreja? La irrupción en escena de las mujeres así ornamentadas sólo revelaría que se trataba de una broma cuando la intención era precisamente la contraria: hacer pasar por verdadero lo que había sido una farsa. A menos, claro, de que la colocación de las flores de buganvilia en las sienes de todas las mujeres no hubiera figurado en el plan y hubiera sido una salida adoptada remedialmente, *a posteriori*, tras el inesperado y contundente rechazo de Marie-Pierre a la impetuosa acometida de Roger. Consulté de nueva cuenta a Mónica y ella me dijo que la idea de que todas las mujeres se colocaran en la oreja una flor de buganvilia sí formaba parte del plan original.

Sé que algunas mujeres, como Rosa, Mónica y Chequi, si bien acabaron por participar en el juego, tuvieron sus reservas e incluso manifestaron sus reparos.

Difícilmente podré averiguar más sobre esta historia. La verdad, tampoco me interesa demasiado. Prefiero dejar sin contestar las preguntas que brotan del relato mismo. La más importante, cuya sola formulación cala más hondo que cualquier posible respuesta, es, si de veras, la unión amorosa de Marie-Pierre y Roger fue la límpida, desinteresada y promisoria intención del plan fraguado por el grupo. ¿No se asomaron en su urdimbre los celos, la rivalidad, el despecho? ¿Ningún pecadito capital, como la envidia, la lujuria o la soberbia?

16
Luis Rius.
Corazón desarraigado

El ademán siempre precedía a la palabra, como si primero fuera la carne y luego el verbo; primero el impulso y luego la voz que lo define, que lo contiene, que lo explica. Así hablaba Luis Rius, con una gestualidad sutil que anticipaba ligeramente la frase —como un eco invertido— y que en algo se parecía a la creación poética, a ese sacudimiento del alma de donde surge la imagen que el espíritu, después, articula en el poema. Así hablaba y así leía Luis Rius en el salón de clase. Leía con gracia, con entusiasmo, con naturalidad y con la perfección de un castellano empeñado en pronunciarlo todo salvo el artificio.

El sol de la tarde le iluminaba la cabellera y lo hacía acreedor, por extensión, a la imagen que García Lorca le regaló a Sánchez Mejías:

> Aire de Roma andaluza
> le doraba la cabeza
> donde su risa era un nardo
> de sal y de inteligencia.

Conocí a Luis Rius el mismo día que ingresé en la Facultad de Filosofía y Letras de la Universidad Nacional. Los más prominentes profesores del Colegio de Letras Hispánicas estaban reunidos esa tarde alrededor del magro escritorio de un salón de clase para autorizar la inscripción a las diferentes asignaturas que elegíamos los alumnos de primer ingreso. Entre ellos se encontraba el maestro Rius. Aprobaron la selección de materias que yo había hecho entre ese lujosísimo espectro de posibilidades académicas que brindaba la Facultad a sus estudiantes, y Luis Rius en particular, con una cortesía que se antojaba de algún modo agradecida, me dio la bienvenida a la literatura. Muy pronto supe de su condición de exiliado, que no era por cierto un signo distintivo, porque eran muchos y muy notables los profesores de la facultad que provenían del exilio español republicano: Wenceslao Roces, José Gaos, Juan Rejano, Adolfo Sánchez Vázquez, Juan Antonio Ortega y Medina, Carlos Bosch, Gloria Caballero, Ramón Xirau, Arturo Souto, al grado que sentí que el exiliado era yo, procedente de un ámbito ajeno a la literatura y acogido con beneplácito en la República de las Letras.

No tomé clase con Luis Rius durante mi primer año en la facultad, pero el segundo alcancé a inscribirme en su curso de Literatura Castellana Medieval, que muy pronto se saturó. El salón se abarrotaba principalmente de estudiantes del sexo femenino que enrarecían el aire con suspiros cuando el maestro Rius decía, sin que sus ojos, perdidos en los volcanes entonces aún visibles, se posaran en el texto, un romance fronterizo o una cantiga serrana, unas coplas dolorosas o unos risueños villancicos. O aquel romance del infante Arnaldos que termina con una invitación a la aventura de la vida y de la poesía que excluye a los profanos:

> Yo no digo mi canción
> sino a quien conmigo va.

Yo me tenía que sentar en la tarima, porque el salón 201 tenía capacidad para sesenta alumnos y entrábamos en él cerca de cien, y porque en esos tiempos anteriores al movimiento estudiantil de 1968 todavía se acostumbraba que los varones cediéramos el asiento a las compañeras, gesto sin duda abnegado que ahora podría llevar al caballero que tal hiciere a enfrentar un juicio por discriminación positiva o acoso sexual. Y si bien es cierto que eran las mujeres las que suspiraban, también lo es que los hombres quedábamos cautivos en las disertaciones y las lecturas del maestro Rius. Oírlo discernir sobre la poesía castellana del Medioevo, de Gonzalo de Berceo a Jorge Manrique, de Gil Vicente al marqués de Santillana, y leerla una y otra vez antes de que la memoria, considerada excluyente del entendimiento, cayera en franco desprestigio, fue la mejor inversión para iniciar nuestro patrimonio poético.

Rius se solazaba en cada estrofa y su mirada, a saber si de propósito o porque los «sentidos quedaban a todo lo demás adormecidos», se alejaba en silencio, transportada por el humo de los ininterrumpidos cigarrillos Filtron que fumaba, y escalaba los volcanes, sin que se oyera la respiración de nadie, y regresaba al fin para decir la estrofa siguiente, llevándola precisamente al estadio donde la palabra *felicidad* une sus acepciones de dicha y de fortuna, de alegría y oportunidad, de placer y exactitud.

El maestro convocaba en su clase al Arcipreste de Hita, quien pasaba, merced al puente que su voz tendía, del siglo XIV a nuestro tiempo para hablarnos con gracia, con simpatía, con agudeza, de sus peripecias amorosas. Convocaba al Arcipreste y al infante don Juan Manuel y a Alfonso X el Sabio y a Pero López de Ayala, que acudían a nosotros con naturalidad, con absoluta vigencia, acaso porque la voz que los convocaba había abrevado en ellos y por ellos estaba articulada. Ángel González escribió que «cuando Luis Rius se acerca —en temas y preocupaciones, en tono, en formas, en imágenes— a los poetas españoles del pasado no está repitiendo sino recreando, continuando, revitalizando una larga tradición, estableciendo un diálogo con otras voces lejanas que resuenan en la suya». Pero no hablemos ya del poeta, que todavía estamos hablando del maestro.

Para esa clase de Luis Rius leí muchos títulos de camisa verde de la colección Austral y buena parte de los Clásicos Castellanos de Espasa-Calpe, que pesaban poco, tal vez porque el texto de la obra, en cada página, no era mayor de tres o cuatro líneas, habida cuenta de las abundantes notas al calce producidas por la erudición de los filólogos. Parecía más bien que el texto fuera una nota a la cabeza de la página apoyada en el aparato crítico que constituía el verdadero discurso de la obra.

Y en esa línea divisoria entre la poesía y la erudición Luis Rius caminaba con asombroso equilibrio. Su gracia, su intuición poética, su finísima sensibilidad hacían que pasara inadvertida la sabiduría proveniente del estudio y de la disciplina sin la cual aquellas habrían carecido de sustento.

Durante ese curso de literatura medieval, Luis Rius no me conoció. Los alumnos teníamos muy pocas oportunidades de participar en una clase que daba cabida a más de noventa alumnos, y menos aún si se pertenecía al minoritario grupo de los hombres, que era relegado cuando, al término de la sesión, las mujeres se arremolinaban alrededor del escritorio del maestro. Luis Rius realmente sólo tuvo alumnas.

No me conoció hasta su regreso de España. A la muerte de Franco, había vuelto a Cuenca, a Tarancón, el poeta desterrado desde niño que, con los ojos fijos en el mar —él, que era de tierra adentro allá y acá—, siempre había soñado con volver a su tierra natal:

> Soy yo que he venido
> como ayer, mañana y siempre,
> con mi destierro a la espalda
> a soñar.

Había vuelto a España a malgastar una herencia, según se dice a lo mejor con intención metafórica, porque acaso al regresar a la tierra de la que salió tan temprano y a la que, durante años, lustros, décadas, quiso volver, sintió una heredad perdida y se supo de otra parte en donde también, ay, era extranjero. Sienta en su soneto «Acta de extranjería» estos versos desolados:

¿De qué tierra será?, ¿dónde su mar?
—dicen—, ¿cuál es su sol, su aire, su río?
Mi origen se hizo pronto algo sombrío
y cuando a él vuelvo no lo vuelvo a hallar.
Cada vez que me pongo a caminar
hacia mí, pierdo el rumbo, me desvío.
No hay aire, río, mar, tierra, sol mío.
Con lo que no soy yo voy siempre a dar.
Si acaso alguna vez logré mi encuentro
—fue camino el amor—, me hallé contigo
piel a piel, sombra a sombra, dentro a dentro,
el frágil y hondo espejo se rompió,
y ya de mí no queda más testigo
que ese otro extraño que también soy yo.

De regreso de su regreso, Luis y yo coincidimos en el ámbito apasionado y ciertamente peligroso del tablao flamenco.

No me voy a referir al sinuoso itinerario que me condujo al Corral de la Morería, remedo de un tablao madrileño, de la colonia Juárez, a la sazón regenteado por un bailaor de cara cortada a cuchillo, llamado Cristóbal Reyes, que guardaba un desprecio inveterado en las comisuras de los labios, siempre al borde del escupitajo, y que bailaba portentosamente; y dignificado por Carmen Mora, bailaora madura a quien siempre vi de perfil aunque la viera de frente, como la efigie de una moneda, como la muerte de Antonio Torres Heredia, hijo y nieto de Camborios. No es este el sitio para hablar de las noches enteras que pasé ahí durante meses enteros, durante años enteros, pero sí para decir que al conocer de cerca el escenario donde afloraba la sensibilidad de Luis —«Yo no digo mi canción / sino a quien conmigo va»— entendí su pasión por el cante y el baile flamencos, su amor por la gran bailarina Pilar Rioja, resuelto en finísimas canciones a ella dedicadas, su confusión de la vida y la literatura y acaso su capacidad de llevar hasta la muerte pasión tan desbordada.

Luis amaba la belleza de la mujer, tanto como la poesía y la libertad. Buena parte de sus poemas de amor son panegíricos, no en el sentido retórico y adulatorio que la palabra connota, sino en tanto que poética del elogio, como el delicioso poema que abre *Canciones a Pilar Rioja,* en el que, por la vía del contraste extremo, le da verosimilitud a una imagen en principio hiperbólica, que se vuelve absolutamente convincente:

Podría bailar
en un tablado de agua
sin que su pie la turbase,
sin que lastimara al agua.
No en el aire, que al fin es
humano el ángel que baila.
No, en el aire no podría,
pero sí en el agua.

Ahora bien, si esa belleza, aun detenida, es admirable:

Aun inmóvil, es danza
la estatua de tu cuerpo;

en movimiento es deslumbrante:

Así, mientras bailadoras
tus manos y tu cintura
vuelven aire tu figura,
el mundo real se desmiente
para hacerse a tu manera,
cual si en ti se descubriera
por fin verdaderamente.

En un poema titulado «La danza lleva al poeta a recordar su propio origen», Rius recobra su territorio perdido y lo libera del odio que en él acumuló la historia, porque la danza es la imagen misma de la libertad:

Todo lo que es España está en la hondura
que le das a su ritmo y a su acento.
Tú redimes a España con tu danza,
su odio y piedad salvados por tu cuerpo.

Frente al flamenco no tengo erudición. No soy como Luis,
que al primer acorde reconocía si lo que se tocaba iba por seguiriyas o por peteneras, por bulerías o por tangos. Pero sé, sin
que yo lo pueda expresar, lo que el flamenco expresa y los
sentimientos que puede generar. No conozco otra danza que
ofrezca un espectro más amplio de expresión y que pueda pasar, por tanto, del movimiento fino y elegante de los brazos,
que parecerían estar inventando el aire —«Pues que me faltan
alas, ¡vuelen ellos!»—, al desplante de unas piernas contunden-
tes que se abren para que entre ellas pase la cola serpentina del
vestido; del gesto ceñudo y hondo que parece embestirnos, que
tensa todos los tirantes del cuello y que le da relieve al mapa
completo de la espalda, a la sabrosura de una boca que sonríe
satisfecha.

Por haberla compartido, creo entender, sin erudición y sin
ciencia, la pasión de Luis por la belleza, por la gracia, por la
donosura de una bailarina; creo entender la esclavitud a la que
puede someternos el timbre de una voz como la de Bernarda
de Utrera o la altivez de un cuello como el de Lorena Vargas,
el desplante de un tacón preciso y contumaz, el brillo de unos
ojos macarenos, el extravío de unas palmas ajenas a la mirada
y atentas al oído, el perfil de un gran final. Esa es la pasión: la
esclavitud a aquello que nos libera y que quisiéramos, inútil-
mente, poseer. La pasión se padece y, cuando se comparte esa
pasión, se compadece.

Compadecí a Luis Rius más allá del flamenco. Compade-
cimos todos su soledad, su extranjería, su muerte. Como don
Quijote, confundió la vida con la literatura y, por transmutar
la primera en la segunda, renunció a ella. Se inmoló. Lo compadecí, pero no lo conocí de veras. ¿Quién lo conoció? Acaso
ni él se conoció, siempre extrañado de sí mismo:

Llegó aquí. Extranjero
fue de sus palabras
y de sus silencios,
de todas sus horas,
de su mismo cuerpo.

No lo conocí. Lo vi, lo admiré, lamenté su muerte temprana y lo quise más de lo que él hubiera podido sospechar, porque Luis Rius fue mi maestro aunque yo nunca fui su alumno.

No obstante, su poesía nos revela su intimidad adolorida por la ausencia de lo otro —la patria, la tierra, la mujer, él mismo— y a veces ilusionada en su advenimiento, pero siempre en la zozobra, en el desasosiego de quien tiene un «corazón desarraigado».

Luis Rius llegó a México antes de cumplir diez años. Aquí se formó, aquí vivió, aquí escribió y aquí murió también. No obstante, y para regocijo de nuestros oídos, nunca dejó de pronunciar a la manera castellana y nunca abandonó el estudio de la lírica española de la que tanto se nutrió su propia poesía, de las jarchas mozárabes a Antonio Machado, de las canciones de amigo a León Felipe. Habría que decir, sin embargo, que su voz —la voz más profunda, la de la poesía— se modula de manera diferente a la de la tradición hispánica y cobra esa cortesía, ese pudor, propios de nuestra poesía.

Esas maneras tan finas y delicadas de Luis Rius, lo mismo en el decir que en el escribir, acercan su obra, aunque él quizá no lo admitiera, más a Francisco de Terrazas que a fray Luis de León, más a Juan Ruiz de Alarcón que a Quevedo, más a sor Juana que a Góngora y, aunque me reprobara por semejante audacia, más a Ramón López Velarde, que con épica sordina habla de la suavidad de la patria, que al mismo León Felipe, quien explica por qué habla tan alto el español.

Si Luis Rius siempre tuvo el corazón desarraigado, a pesar de que su voz adquiriera el timbre mexicano del susurro y de la confesión del que habla Xavier Villaurrutia, fue porque la guerra lo destetó prematuramente de la hispanidad. Al hablar de los niños del destierro, «esos niños muy tristes / que no entienden la clase ningún día», Ángel González dice que «para la débil memoria y la mínima experiencia de los niños, la tierra perdida tuvo que convertirse pronto en una borrosa referencia...». Creo exactamente lo contrario: la infancia es la zona más intransigente de la vida, la que no hace concesiones, la que más experimenta, la que más se recuerda, la que más fija el corazón. Desarraigado, el corazón escribe estos versos dolorosos que definen el exilio de Luis Rius:

> Es una sierpe herida
> que se arrastra en la noche congelada
> de un invierno sin tierra.

17

Gerena, Manuel Gerena

No se sentó en ninguna de las dos sillas que estaban dispuestas frente a mi escritorio. Santiago Genovés prefirió acomodarse en uno de los sillones —el que yo solía ocupar— de la sala de mi oficina de la Coordinación de Difusión Cultural.

El exiliado español republicano que había sido profesor, intérprete y traductor de inglés, vendedor de joyas, corredor de carros y atleta semiprofesional; el extravagante antropólogo que había determinado que los huesos del famoso Hombre de Tepexpan —el más antiguo de Mesoamérica que se hubiera descubierto— no eran de hombre sino de mujer; el expedicionario que había cruzado varias veces el Atlántico en balsa para revocar los cuestionamientos enderezados contra la verosimilitud de las antiguas travesías oceánicas y para observar, de paso, la conducta humana en estado límite; el navegante que decía que hasta Colón había sido Genovés; el divulgador de la ciencia por radio, cine y televisión; el investigador emérito de la universidad que acabó por recurrir a la poesía lírica para expresar aquello frente a lo cual su discurso científico enmudecía y se paralizaba..., no se sentó formalmente frente a mi escritorio. Cómo cumplir con semejante formalidad protocolaria si éramos amigos, si tantos lazos nos ataban, como la devoción por mi querido maestro Luis Rius —*Luisito,* le llamaba él cariñosamente—. Cómo, si, además, venía a hablarme precisamente del cante flamenco que tanto me había unido, después de la cátedra, a mi maestro, y no de cualquier cante, sino del cante de Gerena, de Manuel Gerena, según me dijo.

Para ese entonces yo ya me había desenamorado —o al menos eso creía— de la bailaora Lorena Vargas, por quien me había zambullido de cabeza en el flamenco. Aunque me había separado de ella tras largos meses de palmas y jaleos —más de jaleos que de palmas—, mi gusto por el cante y el baile no desapareció como ella. Todavía estaba vivo —y acrecido— en 1987, al grado de que entonces mi cuñado Alejandro, que se volvió adicto al tablao, nos invitó a mi hermana Rosa y a mí a que acompañáramos a Eduardo Mata por la ruta de los pueblos blancos de Andalucía —Ronda, Alcalá de los Gazules, Medina-Sidonia, Arcos de la Frontera, Bornos, Urbique, Casares, Castellar—, para hacer el *casting* de los cantaores que participarían en *La vida breve* de Manuel de Falla que Eduardo dirigiría en Florencia.

Cuando Santiago me habló de Manuel Gerena, se agolparon en la memoria de mi sangre muchas imágenes del flamenco: las embestidas taurinas de Carmen Mora al terminar la escobilla de un garrotín en el que procazmente se mete la cola del vestido entre las piernas. La bienvenida de El Quiqui que me amenaza, no bien acabo de entrar en su tablao, con cantarme cinco kilómetros de fandangos. La descomunal gordura de La Faraona, que le impide levantarse de la silla en Los Gallos de Sevilla, pero no bailar con las manos, ágiles como un felino y regordetas como una morcilla. Los martinetes de Tía Anica «La Piriñaca», que le pide a Dios que le mande un castigo muy grande, si es que Dios se lo quiere mandar, claro. Las saetas que Pepe de la Matrona le dirige, como candentes y provocativos piropos, a la Virgen del Rocío, cantadas *a capella* a sus juveniles ochenta y seis años. Los botines de Cristóbal Reyes, que vibran como el aparato estridular de las cigarras sin que a su dueño se le mueva un músculo facial hasta que desplanta unos taconazos conclusivos, se sacude el sudor de la larga cabellera que nos moja a quienes ocupamos la mesa de pista y, con gesto de escupitajo, reta al público —lo cita como si se tratara de un toro de lidia— a que desate los aplausos que igualmente contuvo durante su baile.

224

Santiago venía a pedirme que programáramos la presencia de Manuel Gerena en la Sala Nezahualcóyotl, sede de la Orquesta Filarmónica de la Universidad Nacional Autónoma de México, entonces la mejor sala de conciertos del país y del continente iberoamericano, con un aforo de 2,299 butacas.

—Pero, Santiago. Esa sala está hecha para música de concierto. El cante es para un tablao, para un foro más pequeño, más íntimo, donde los espectadores puedan jalear, gritar *olés*, palmear, tomarse unos tragos de vino y hasta poner los pies sobre la orilla del proscenio.

—Pues si piensas que la Neza es muy grande para que en ella cante Gerena, Manuel Gerena, es que no sabes quién es Gerena, Manuel Gerena —me replicó Santiago.

Tenía razón. A pesar de mi pasión por el cante jondo, Manuel Gerena no era para mí más que un nombre, vagamente asociado a la canción de protesta, pero en flamenco.

Por las explicaciones de Santiago y por mis propias pesquisas, supe que Gerena, Manuel Gerena (como se empeñaba en decir su nombre Genovés, Santiago Genovés, a la manera de Bond, James Bond), era un poeta que escribía sus propias canciones, de carácter contestatario. Había trabado amistad en Roma con el poeta exiliado Rafael Alberti y guardaba hondas afinidades con cantautores críticos y rebeldes como Paco Ibáñez y Joan Manuel Serrat. La dictadura franquista lo había censurado, perseguido, encarcelado e incluso le había retirado el pasaporte para que no pudiera engrosar las filas del exilio andaluz en Francia. A la muerte de Franco y una vez iniciada la transición de España a la democracia, el arte del flamenco no fue reivindicado. La Movida condujo a España a la modernidad y se olvidó un poco de la tradición. Para el cante fue como si no hubiera terminado la dictadura —me decía Santiago—. Pero Gerena, Manuel Gerena, siguió cantando sus canciones de protesta. Ya no tanto «por seguiriyas», «por soleares» o «por rondeñas», sino, como él mismo decía, «por cojones».

Si Santiago Genovés solicitaba mi autorización para que Gerena cantara en una sala de aforo tan grande, como la Nezahualcóyotl, era porque cada vez que el cantautor se presentaba en una plaza pública de España se suscitaba, más que un concierto público al aire libre, un mitin, que podía finalizar con consignas como ¡AMNISTÍA, LIBERTAD!, antes de que llegara la policía.

Y es que Gerena no se callaba ni debajo del agua, según decía uno de sus guitarristas, de manera que más que convocar a los aficionados al flamenco, convocaba a sus correligionarios, que aplaudían los versos rebeldes de su autoría, como aquellos que dicen:

Ábreme la puerta, Pueblo,
que mi verso quiere entrar
para impedir la mentira
y despertar la verdad.

Manuel Gerena era la oveja negra del flamenco. Durante el franquismo no lo dejaban cantar, le cerraban a última hora los teatros donde su actuación estaba programada, censuraban sus letras. ¡Cómo no, si en esa época se censuraban hasta canciones como *Bésame mucho, Ansiedad* o *Acércate más...*, por ser consideradas obscenas y pecaminosas! ¡Con mayor razón, las canciones de protesta de un miembro del clandestino Partido Comunista Español!

El flamenco había sido considerado en el franquismo un cante inofensivo, que sólo servía para que se divirtieran los señoritos andaluces que invitaban a sus cortijos a grupos de cante y baile y que no tenían empacho, en algunas ocasiones, de someter estas expresiones vernáculas a la ideología imperante. Se cuenta que don Antonio de Mairena, el enorme cantaor, había sido amenazado de muerte por quien lo contrató para una fiesta privada, si no cantaba *Cara al sol,* el himno de Franco.

Para música de concierto, predominantemente. Pero en la Sala Nezahualcóyotl también se habían presentado los cubanos José Antonio Méndez, César Portillo de la Luz y Elena Burke con su *feeling;* las mexicanas Eugenia León, Guadalupe Pineda y Amparo Ochoa; la peruana Tania Libertad; los cantautores mexicanos Óscar Chávez y Armando Manzanero, y nadie menos que Georges Moustaki. No podía negarme, con semejantes antecedentes, a invitar a Manuel Gerena.

Acordé con Raúl Herrera, director de Actividades Musicales, que se programara a Manuel Gerena. Sólo me pidió que no hubiera baile. El foro cuenta por debajo con una gigantesca caja de resonancia, que mucho ayuda, con sus mil cien metros cúbicos de aire, a la excelencia de las condiciones acústicas de la Sala Nezahualcóyotl. Christopher Jaffe, quien se ocupó de su sonoridad, dice que esa caja es el mejor instrumento musical. El taconeo de un bailaor generaría una resonancia escandalosa, insoportable para cualquier oído, además de que la fina madera del entarimado podría sufrir severos daños bajo los desplantes de un bailaor.

Tras varias visitas de Santiago Genovés a mi oficina, acordamos, pues, programar el concierto de Manuel Gerena en la Sala Netzahualcóyotl. Ultimamos detalles. Y el último de los detalles que teníamos que ultimar, paradójicamente, era el primero en orden de aparición.

—Gonzalo, muy bien todo —me dijo Santiago—, pero dime: ¿quién va a presentar a Gerena, Manuel Gerena?

No necesité ninguna malicia para darme cuenta de que Santiago era quien quería salir a escena, micrófono en mano, antes de que empezara el concierto, y hablar de Gerena, Manuel Gerena, y, de paso, de él mismo, de Genovés, Santiago Genovés. Así era Santiago. Y no dudé en proponerle que fuera él mismo quien lo presentara, aunque esta práctica de presentar a los artistas no figuraba en los usos y costumbres de la sala. Para eso estaban los programas de mano con la fotografía del artista y una breve semblanza de su trayectoria.

Me agradeció la deferencia. Pero inmediatamente después,

sin ocultar la necesidad de ser reconocido como el promotor de tan alta presencia, me dijo:

—Muy bien, Gonzalo. Ya que tú me lo pides, presento a Gerena, a Manuel Gerena. Pero dime una cosa, amigo: si yo presento a Gerena, a Manuel Gerena, ¿quién me presenta a mí?

18
El discurso desoído

¡Por mi madre que el discurso no era malo!
Empezaba así:

Valladolid, ciudad milenaria que fue frontera entre la España de
la cristiandad y la España del islam, altar del matrimonio de Isabel
de Castilla y Fernando de Aragón, lecho de muerte de Cristóbal
Colón, cuna de Felipe II y lugar de residencia de Miguel de Cervantes, también fue testigo y artífice del nacimiento de la lengua
que nos une y que ahora nos convoca.

Hace poco más de mil años, a juzgar por los más antiguos
testimonios escritos de los que se tenga noticia, localizados en
San Millán de la Cogolla —La Rioja—, nació la lengua castellana como una transformación del latín, la lengua del imperio que
alguna vez se soñó inmortal.

Mil años son muchos años de historia que gravitan sobre los
más de 400 millones de personas que día a día hablan, trabajan, estudian, juegan, viajan, comercian, crean en la lengua del
romancero y del corrido; muchos años que les dan tradición
y raigambre a la veintena de países que la tienen por lengua común. Pero mil años no son demasiados si los contraponemos
con el tiempo que le auguramos a la pervivencia de los ideales
de paz, de justicia, de libertad, encarnados por don Quijote de
la Mancha, que, de Miguel de Cervantes a Octavio Paz, de sor
Juana Inés de la Cruz a Gabriela Mistral, de José Martí a Jorge
Luis Borges...

¡Ahí se jodió la cosa! El presidente Vicente Fox no leyó «Jorge Luis Borges», como yo lo había escrito, sino «José Luis Borgues», porque seguramente se enfrentaba por primera vez en su vida con ese nombre para él desconocido.

A nadie le había dicho yo que Alfonso Durazo, secretario particular y vocero del presidente de la república, me había citado una tarde de septiembre de 2001 en la residencia oficial de Los Pinos para encomendarme la redacción del discurso. Serían las palabras que habría de pronunciar Vicente Fox el 16 de octubre de ese año en la ceremonia de inauguración del II Congreso Internacional de la Lengua Española en el majestuoso Teatro Calderón de Valladolid, España, con la presencia de los reyes don Juan Carlos I y doña Sofía. No podía negarme, pues me desempeñaba entonces como director del Fondo de Cultura Económica, puesto de designación presidencial. Lo escribí, pues, con particular esmero, dada la importancia de la ocasión, y se lo entregué al licenciado Durazo en tiempo y forma, como se dice en el lenguaje burocrático.

Fui invitado a Valladolid en mi condición de miembro numerario de la Academia Mexicana de la Lengua. El día de la ceremonia de inauguración estaba nervioso. No sabía si el presidente iría a leer o no el discurso que yo le había preparado, pues igualmente podían haberle encargado una versión alternativa a alguien más, o podían haber sometido el mío a la corrección de un tercero. No sabía tampoco cómo lo leería Vicente Fox, si lo habría asimilado, si lo podría decir con voz propia, si se equivocaría. Yo estaba sentado en la platea del teatro entre los académicos mexicanos Eulalio Ferrer y Jaime Labastida. Eulalio, que estaba enterado de todo lo que se relacionara con España, me había dicho, apenas empezado el acto, que tenía conocimiento de que yo había redactado las palabras del presidente. Me sorprendió un poco porque yo había guardado absoluta discreción sobre el asunto.

Cuando Vicente Fox dijo «José Luis Borgues», recibí de Jaime Labastida un codazo desde la butaca de mi derecha, al tiempo que el público en general, constituido fundamentalmente por los académicos provenientes de las veintidós academias de la lengua española y por los congresistas ahí reunidos, emitió al unísono una exclamación ahogada en el mismo momento de producirse, algo así como un hipo colectivo y simultáneo, de incredulidad y reprobación, de pena ajena, que yo sentí como propia.

Me avergoncé y por supuesto mantuve en sigilo mi autoría. Le supliqué *sotto voce* a Eulalio que no se lo dijera a nadie. Sentía que el error del lector podría adjudicársele al autor. Andando el tiempo, no me equivoqué del todo.

Lo cierto es que el discurso ya no se escuchó. Había quedado manchado de entrada por el tremebundo error que había cometido Fox en su lectura y que revelaba su deplorable ignorancia. Una pena, porque el discurso, que nadie oyó, no era malo. A veinte años de distancia nada me cuesta confesar que yo fui quien lo escribió. Así que lo reproduzco aquí, si bien parcialmente, como un texto inédito:

Pero mil años no son demasiados si los contraponemos con el tiempo que le auguramos a la pervivencia de los ideales de paz, de justicia, de libertad, encarnados por don Quijote de la Mancha, que, de Miguel de Cervantes a Octavio Paz, de sor Juana Inés de la Cruz a Gabriela Mistral, de José Martí a Jorge Luis Borges, han anhelado los más claros hombres y mujeres que ha dado nuestra lengua. Que ha dado nuestra lengua, digo, porque la lengua no sólo nos permite la comunicación, sino que configura nuestro pensamiento, nuestra sensibilidad, nuestra visión del mundo. La lengua de algún modo nos crea, nos conforma, nos define.

Cuando la lengua castellana empezaba a ganar terreno en los reinos cristianos nacidos de las seculares guerras de reconquista; cuando se hacía fuerte y se expandía con la unión de los reinos de Castilla y Aragón, se operó el llamado descubrimiento de América. Y, como una especie de inercia tras ese batallar de siglos en el que la cristiandad ibérica había invertido prácticamente toda su Edad Media, sobrevino la conquista política del Nuevo Mundo, avalada en el ideario cristiano de la época por la conquista espiritual. Mediante este proceso, en el que desempeñan un papel importante la catequesis y el mestizaje, América fue incorporada al repertorio de ideas y de valores en que a la sazón se sustentaba la cultura española. Y, como en el decir de Antonio de Nebrija, «la lengua siempre fue compañera del imperio», el castellano, que cobró en el Nuevo Mundo la dimensión «nacional» de lengua española, acabó por imponerse en el vastísimo territorio que hoy constituye nuestra América, como la llamó José Martí para diferenciarla de la América de colonización anglosajona. Y con la lengua, se establecieron las creencias, las ideas, los valores, la concepción del mundo propios de la hispanidad.

Antes de la llegada de los españoles, nuestra América era un rico mosaico de muy diversas culturas, algunas ciertamente desarrolladas, con múltiples y muy variadas lenguas, pero sin una identidad común ni una *lingua franca*. Bien mirada, no era esta entidad territorial del todo diferente a la propia península ibérica, en la que, si bien había prevalecido el cristianismo y la lengua castellana luchaba por sus fueros, se habían profesado hasta hacía muy poco tiempo diversos credos religiosos en iglesias, sinagogas y mezquitas y convivían lenguas diferentes, como lo siguen haciendo en nuestros días para riqueza de la cultura hispánica. La conquista espiritual del Nuevo Mundo, empresa castellana si las hubo, le dio a la lengua de Castilla una proyección territorial tan amplia, que contribuyó lo mismo a su expansión en la propia península ibérica que a la unidad de la que la América española carecía.

Efectivamente, a lo largo de estos mil años de historia de nuestra lengua, el castellano se expandió por terrenos tan disímiles y apartados los unos de los otros como La Mancha y Los Andes, Antofagasta y el Caribe, el altiplano de México y la ribera del Río de la Plata, y adquirió su denominación general de lengua española. Si con la castellanización la América española se incorporó a los valores del Viejo Continente como ha dicho Edmundo O'Gorman, en lengua española esa América nuestra empezó a expresar las peculiaridades de tal incorporación, y entre ellas, la preponderante condición mestiza de los países hispano-americanos.

Con la participación de Hispanoamérica en el concierto de la lengua de Bernal Díaz del Castillo y de Francisco de Terrazas, el español, lejos de corromperse o adulterarse, como pensaron algunos puristas del pasado, se enriqueció portentosamente porque, como dice Pablo Neruda, «las palabras tienen de todo lo que se les fue agregando de tanto rodar por el río, de tanto transmigrar de patria, de tanto ser raíces...». Con nuestros usos peculiares, nuestra extremada cortesía, nuestra fina sensibilidad, nuestra maravillosa expresión literaria, los hispanoamericanos hemos logrado hacer realidad aquella imagen feliz del retorno de las carabelas, cargadas, de regreso a la península, con las enormes aportaciones que nuestra diversidad lingüística ha hecho a la unidad a la que pertenecemos; con las joyas verbales que hemos incorporado al patrimonio compartido de una lengua común.

La lengua es, en efecto, el común denominador de nuestros países. Gracias a ella gozamos de una cohesión cultural que no debe desestimar las peculiaridades propias del habla de cada región sino propiciar sus resonancias en el universo hispanoparlante, ni debe relegar a un segundo plano la concomitancia, ciertamente enriquecedora, de las lenguas originarias que, en algunos países como el que me honro en representar, constituyen, por su cantidad y por su diversidad, un extraordinario patrimonio cultural.

Con el español, lengua común, podemos atravesar veinte fronteras sin que perdamos comunicación; sólo hacemos, en esos casos, más amplio el espectro de nuestro vocabulario ante la emergencia de las voces locales, que suelen causar más simpatía que desencuentro. La lengua común nos ha dado una consistencia extraordinariamente unida en la diversidad, cuyos alcances todavía no hemos explorado suficientemente, y es que debemos admitir con Simón Bolívar que nuestras fronteras son más cosa de la geografía que de la historia y más de la política que de la cultura.

[...]

El país en el que la lengua española cuenta con el mayor nú-

233

mero de hablantes es México. Una cuarta parte de quienes hablan español vive ahí. Y como si esto fuera poco, los mexicanos que por diversas razones han emigrado a los Estados Unidos en general siguen manteniendo viva su lengua primigenia.

[...]

En estos mil años de historia de nuestra lengua, muchísimas cosas han cambiado. Pero nada ha cambiado tanto como el ritmo del cambio. Como consecuencia del desarrollo de los medios de comunicación, en las últimas décadas, la información y los haberes del conocimiento se han multiplicado de manera exponencial a una velocidad insospechada, y así se seguirán multiplicando en los años subsecuentes. Las ideas y las creencias, los valores culturales se difunden en las escuelas y en las universidades, pero también llegan a los hogares a través de los medios de comunicación. En cada lugar donde se difunden las ideas y el pensamiento, se ensancha la vasta y caudalosa corriente del idioma.

Hace apenas unos años era frecuente escuchar que debíamos cerrar las fronteras para proteger nuestra identidad. Se temía que la apertura nos contaminara y acabara por degradar nuestros valores culturales. El panorama actual no es, empero, el que vaticinaban quienes pugnaban por el ensimismamiento. En Chicago o Nueva York, Los Ángeles, Miami o San Francisco, el español es una lengua viva, que se habla, que se escribe, que se publica, que se filma, que se transmite televisivamente, que se radiodifunde. Por otra parte, en el interior de nuestros países hemos visto resurgir con fuerza múltiples grupos que reclaman el reconocimiento de sus costumbres, de sus creencias y de sus lenguas. Cuando miramos el mapa de nuestro mundo cambiante, podemos constatar que hoy por hoy el monolingüismo ya no es la condición natural de muy buena parte de los habitantes del planeta. En América, Asia, África y Europa viven hombres y mujeres que transitan cotidianamente de una lengua a otra y que, por ello, amplían el espectro de su cultura y, al entender mejor al otro, se entienden mejor a sí mismos.

Así las cosas, tendremos que fortalecer nuestra identidad idiomática y cultural sin levantar barreras que nos aíslen; tendremos que preservar y enriquecer nuestro legado en un mundo que ya empezó a transitar por el camino de la globalización. En el amor al idioma y a la tradición que atesora se cifran nuestras mayores esperanzas. Y este amor no está reñido con la apertura. De Alfonso X El Sabio a Alfonso Reyes —otro sabio y otro Alfonso—, nuestra lengua ha conformado una tradición de apertura a otras ideas, a otras lenguas, a otras culturas.

Al defender nuestra lengua, sin cerrazón, sólo con amor y con orgullo, les estamos dando a las nuevas generaciones el más poderoso instrumento para habitar el mundo. Para habitarlo y para imaginar, pensar, discurrir, criticar, soñar. Para crear espacios de entendimiento, porque la fuerza del idioma estriba en su capacidad para hacer que sus hablantes convivan, se entiendan, ejerzan la crítica y el humor, el gusto y la vida pública. No otra cosa es la democracia. Como decían los antiguos mexicanos, cuyo pensamiento nos ha hecho conocer Miguel León Portilla, donde impera la palabra, no impera la violencia.

Muchas gracias.

No dejó de haber quien, desde la oficina de la Presidencia de la República, me acusara de haber escrito mal el nombre del autor argentino al que le he dedicado, desde mi primerísima juventud, la mayor veneración en mi vida académica y literaria. Y cuando fui despedido de la dirección del Fondo de Cultura Económica poco tiempo después, alguien atribuyó mi salida a la terrible agresión que significó haber puesto en un discurso que habría de leer el señor presidente de la república un nombre tan difícil, tan capcioso, tan insólito, tan extravagante, tan impronunciable como el de Jorge Luis Borges.

19

Tópicos del equívoco, la sorpresa, el sonrojo, el milagro y la fascinación

Uno

Dicen, o más bien inventan, que Alfonso Reyes quiso visitar a Pedro Henríquez Ureña en el departamento *(piso,* dicen allá) que habitaba en la tercera planta de un edificio del Madrid de los años veinte. Cuando llegó al domicilio de su mentor, subió los tres o cuatro peldaños que conducían al vestíbulo. Vio las puertas abiertas del elevador y, al lado de ellas, a una malencarada portera, que parecía custodiarlas con celo de centurión. El ilustre polígrafo regiomontano se cuidó de no pronunciar la palabra *elevador* y le preguntó, cortés:

—Perdone usted, señora, ¿puedo usar el ascensor?

La portera se le quedó mirando con gesto de interrogación y de sorpresa, y le contestó:

—Si pide permiso, será que no tiene derecho.

Y señalando con el mentón las escaleras, remató su frase con un gerundio imperativo:

—¡Andando!

Dos

Antes de que nos casáramos, Silvia Garza, oriunda de Monterrey, Nuevo León —donde se habla recio—, se trasladó a Madrid para concluir sus estudios de doctorado en Retórica. Se instaló en un *apartahotel* (palabra hasta entonces desconocida para ella) de la calle Juan Bravo.

Todas las mañanas bajaba a la cafetería La Flecha a desayunar un café con leche y un cruasán, a la usanza madrileña, tan distante y tan distinta del machacado de carne seca, los frijoles charros, las tortillas de harina y los tamalitos de su natal Monterrey.

Al principio, le pedía al mesero (a quien acabó por referirse como *camarero,* aunque su oficio no fuera tender camas, sino atender mesas) que por favor le regalara un cafecito con leche. Dejó de usar el verbo *regalar* tan pronto se percató de que en España no implicaba el pago de lo que se pedía, aun cuando sí se usara el verbo *dar* (con el sentido de «vender», que, por cierto, no registra el Diccionario de la Real Academia Española en ninguna de las cincuenta y tres acepciones que ofrece). Quien en la taquilla de un cine de Madrid dice «Dame dos billetes» *(boletos,* decimos en México) no se expone a que el dependiente le profiera lo que nos espetan a los mexicanos cuando decimos que nos regalen dos cafés: «¡Coño, que no se regalan (que es equivalente a *dar,* cuya primera acepción significa "donar"); se venden!».

A pesar de la reciedumbre del habla del norte, que mucho difiere del tono remilgado y cantadito del altiplano central, Silvia no podía evitar la cortesía propia del español hablado en México, abigarrado de diminutivos, eufemismos, posesivos, perífrasis y un tono siempre suplicante, proveniente del sustrato náhuatl, pero también de la condición provinciana y subordinada de los criollos durante el Virreinato, donde, según decía Bernardo de Balbuena, el poeta manchego trasplantado a México,

> ... se habla el español lenguaje
> más puro y con mayor cortesanía,
> vestido en un bellísimo ropaje
> que le da propiedad, gracia, agudeza,
> en casto, limpio, liso y grave traje.

El resultado de sus solícitas solicitudes: nunca le traían a la primera su café con leche. Tenía que repetir su pedido dos o tres veces hasta que el camarero se dignaba atenderla.

Cansada de que no le hicieran caso, una mañana se miró en el espejo, frunció el ceño y decidió adoptar la *pragmática* española para pedir su café. Bajó a la cafetería y en vez de pedir *porfavorcito*, en tono sumiso y susurrante, su cafecito con leche, elevó los decibeles a la misma altura de las voces de los parroquianos y, con impostada firmeza, soltó: «Un café con leche», sin disculpas, sin *porfavores*, sin diminutivos. Se sintió muy complacida cuando el camarero le dijo «Sí, señora». De inmediato le llevó la taza de café a la mesa y dos segundos más tarde se apersonó (bueno, *se personó*, dirían los españoles) con una jarra en cada mano y le preguntó con su vozarrón acostumbrado:

—¿La leche fría o caliente?

Silvia, con displicencia y sin sospechar cuál sería la reacción del camarero, le respondió:

—Me es igual.

—¡Señora: yo no estoy aquí para pensar por usted! ¡O fría, o caliente!

—¡Ay!, Calientita, por favor, si es usted tan amable.

Tres

De viaje en Madrid, mi hermana Rosa salió una tarde nublada del hotel Palace donde se alojaba. No llevaba paraguas y, con toda naturalidad, como si estuviera en México, le preguntó al estoico portero, vestido de frac:

—Oiga, señor, perdone: ¿usted cree que va a llover?

El portero, sin moverse de su sitio, sin perder la compostura, apenas mirándola con el rabillo del ojo, le respondió con otra pregunta:

—Señora, ¿usted cree que si yo fuera «el hombre del tiempo» (que en España es el encargado de dar las noticias del clima por televisión) estaría aquí con esta chistera en la cabeza y con este frac ridículo, parado como un garrote ocho horas cada día?

Cuatro

En mi primer viaje a Buenos Aires como director del Fondo de Cultura Económica, me presenté con dos cachuchas, es decir, en mexicano, con dos funciones, con dos representaciones, con dos *camisetas:* la de director de la editorial y la de escritor. Tendría que ver de manera directa el funcionamiento de la filial del Fondo en Argentina y, también, presentar en la Librería Clásica y Moderna de Natu Poblet mi novela *Y retiemble en sus centros la tierra,* que Tusquets acababa de publicar.

En la recepción que me dio la embajadora Rosario Green (quien siempre se ostentó como *la embajador* en tan flagrante como justificado atentado contra la concordancia gramatical: no fuera a ser que la tomaran por la esposa del embajador, como los vetustenses le habían endilgado el mote de *regenta* a la Ana Ozores de la novela de Clarín), dije que viajaba así, con dos cachuchas, la del editor y la del escritor. Al pronunciar, micrófono en mano, semejante frase, sentí que entre los asistentes se encendía un rubor o se desataba un rumor, o ambas cosas a la vez.

No entendí la reacción de mis oyentes. La embajadora (perdón: *la embajador),* una vez terminado el acto, me explicó en voz baja y al oído que *cachucha* en Argentina —o por lo menos en Buenos Aires— significa «vulva».

Cinco

Me queda grande, me desbarata, me hace mermelada. No puedo resistir que una mujer colombiana, con su inherente guapura y su exultante amabilidad, me pregunte «¿Cómo *me* le va?».

Sé que se trata de algo que la Gramática llama *dativo ético,* merced al cual se integra «en el verbo un elemento ajeno a él, pero afectado en alguna medida por la noción que expresa el predicado». En cristiano: que quien me pregunta cómo me va queda afectado directamente por la respuesta que sobre mi estado habré de darle. Me conmueve hasta el rubor que la mujer que de tal guisa me saluda, sin conocerme siquiera, se involucre como destinataria, cómplice o corresponsable de lo que a mí me pasa.

Seis

En los años noventa, cuando se apoderó de Cuba el llamado «periodo especial en tiempos de paz», les llevaba a mis amigos de La Piña (Ambrosio Fornet, Leonardo Padura, Arturo Arango, Senel Paz) focos, plumas, navajas de rasurar, hules para el refrigerador, frascos de conserva de papaya.

—¡Ya llegó *La Java!* —decían, por decir, con una reveladora metonimia, que había llegado yo con la bolsa (la *java)* que contenía los ansiados bastimentos.

Por milagros del idioma, esos regalos que había adquirido en México sufrían, cuando los desempacaba en La Habana, una transformación equivalente a la que convierte una pañoleta en un conejo que se asoma a la chistera del mago: los focos se volvían *bombillos;* las plumas, *bolígrafos;* las navajas de rasurar, *cuchillas de afeitar;* los hules para el refrigerador, *gomas para la nevera;* los frascos de papaya, *pomos de fruta bomba.*

Siete

Si a un chilango alguien le pregunta por una calle, responde dónde está, aunque no lo sepa, y da toda suerte de explicaciones para dar con ella. Es mayor la descortesía de confesar que no se sabe, que decir una mentira.

En Madrid, si le pregunto a alguien por una calle, no me va a engañar, pero me puedo topar con una expresión que no calificaría precisamente de cortés: «Ni puta idea». Mejor, de todas maneras, que en París: un día le pregunté a un parisino en mi mejor francés si sabía dónde estaba la Rue Guy-Louis Duboucheron.

—*Mais oui* —me contestó, y se fue con la conciencia tranquilizada por la literalidad de su respuesta.

Ocho

Pero obviamente el asombro y el desconcierto no sólo es de los mexicanos que viajamos a otros países hispanoparlantes, sobre todo a España, sino también de los españoles que vienen a México.

Asun Lasaosa, encargada de la editorial Alfaguara para América Latina, tras advertir que su tono navarro hería la susceptibilidad de sus correspondientes hispanoamericanos, decidió un buen día utilizar los modos chilangos para comunicarse con Ramón Córdoba, su interlocutor en México. En una comunicación telefónica se suscitó un gracioso diálogo en el que cada uno de los dos trató de adoptar el idiolecto del otro:

—Bueno —contestó Ramón, a la manera mexicana.

—¿Qué onda, güey? —lo saludó Asun, para total desconcierto de Ramón, quien de inmediato le respondió:

—¡Tía, hombre, macho, joder, coño, mira qué susto me has pegao!

Nueve

El grupo de teatro canario conocido como Profetas del Mueble Bar, de gira por el sureste de México, montó *El retablo de las maravillas* de Cervantes en el pueblo lagunero de Bacalar, Quintana Roo.

Los actores celebraron el éxito de su representación con una comida en un chiringuito frente a la laguna. Les sirvieron un delicioso pescado zarandeado que eligieron por su atractivo y promisorio adjetivo. Les encantó, a pesar del picor del chile de árbol y del chile pasilla que condimentan el asado.

Al final de la comida, el director del grupo le dijo al joven que los había atendido:

—En mi país, cuando se ha comido tan bien como nosotros aquí, el camarero nos da un chupito gratis.

El joven se puso colorado y le respondió:

—No, perdone, señor, aquí nosotros no hacemos eso. Somos muy decentes.

Diez

Nos lo contó a Silvia y a mí Luis Prados Roa, corresponsal en México del periódico español *El País*.

Mientras encontraba un sitio adecuado para vivir por un tiempo indefinido, pero supuestamente largo para un periodista, siempre expuesto a la transitoriedad, se hospedó en un hotel modesto del centro de la ciudad. En su primera salida, tomó un taxi estacionado a las puertas del hotel.

Era un *vochito* bastante viejo y contaminante, al que se le había sustraído el asiento del copiloto para que los pasajeros pudieran subir y bajar con cierta facilidad, habida cuenta de que ese modelo sólo tiene dos puertas. Apenas se subió al coche y le indicó al chofer la dirección a la que debería llevarlo, el taxista le preguntó si sabía por dónde irse, porque en la ciudad de México, según le dijo con su propio vocabulario, ni los pinches taxistas conocemos toda la ciudad, que nos la cambian a cada rato y cada día es más *diferiente* y más chancha. Luis Prados se vio precisado a hacer una llamada telefónica desde su móvil para

243

pedirle al destinatario de su visita que por favor le proporcionara al chofer las coordenadas del sitio al que lo debían trasladar y la ruta que debía seguir para llegar allí.

El taxista era un hombre muy joven, digamos que un chavo de veintiuno o veintidós años, cuando más, que hablaba con el típico acento cantadito de los chilangos de las clases más populares y con una sintaxis un tanto cantinflesca. Su modo de hablar le hizo gracia al corresponsal, pero lo que más le llamó la atención fue que sobre el piso del coche, al lado de la palanca de velocidades, perfectamente visible por la ausencia del asiento delantero, se encontraba el libro *Los heterodoxos españoles* de Marcelino Menéndez Pelayo, editado por Porrúa en su colección «Sepan cuántos...».

Luis se quedó sorprendido de que un taxista de aspecto tan humilde y de dicción tan popular estuviera leyendo una obra tan compleja y erudita como la de don Marcelino, y no pudo evitar preguntarle, tan pronto le devolvió su celular, si realmente estaba leyendo aquella obra, como lo sugería el hecho de que un separador de páginas sobresaliera del canto a medio libro.

—Pus sí —dijo el taxista—. Como en esta chamba uno tiene harto rato pa' echar la hueva, pus me pongo a leer un chirris cuando hay chance.

—Oye, ¿y no te parece muy difícil la lectura de Menéndez Pelayo?

—Pus la neta, no tanto. Pero oiga, usted es español, ¿verdad? Digo, por el acento.

—Sí, soy español, ¿por qué?

—No, por nada, pero qué bueno, ¿no? A la mejor me puede usted sacar de una pinche duda que traigo.

—¿Qué duda?

—Pus dígame, oiga. Ya que estamos en esas, ¿sabe usted qué quiere decir eso de *heterodoxos*?

Once

Me había hospedado, como en ocasiones anteriores, en el departamento que mi amigo Pepe Moreno de Alba tenía en Madrid.

Pasé ahí un par de meses veraniegos, con un calor insufrible, dedicado a terminar de escribir una novela.

Entonces todavía fumaba. Y fumaba mucho, tanto, que si alguien me preguntaba si fumaba mientras escribía, yo respondía que no, que más bien escribía mientras fumaba.

Los cigarrillos que compraba en Madrid eran los famosos Ducados sin filtro: fuertes, de tabaco oscuro y muy apestosos. Moreno era afecto a los puros, pero no los encendía en su casa. Así que cada vez que yo quería fumar, para no impregnar el piso que me habían prestado del imborrable olor a mis cigarros, abría las ventanas del balcón que daba a Pizarro, una calle de una sola cuadra, entre Luna y Pez en el barrio de Malasaña.

A fuerza de tanto asomarme, llegué a conocer al detalle la arquitectura del edificio de enfrente, sobre todo las ventanas de la primera planta, que se correspondían con las del balcón del piso de Moreno, y también, los hábitos de su morador: un hombre con el torso desnudo en los calores del verano, o, si se prefiere, totalmente vestido de tatuajes, que se asomaba a su balcón con la misma asiduidad que yo al mío. Cola de caballo, mirada cínica y actitud retadora. Pensé que por él y por los pleitos callejeros y el tráfico de estupefacientes que atestigüé mientras fumaba, el barrio se llamaba como se llamaba, y no por Manuela Malasaña, la joven heroína (femenino de *héroe*, palabra de origen grecolatino que nada tiene que ver, más que en este contexto, con su homónima derivada del francés que alude a una droga obtenida de la morfina) que murió a los diecisiete años de edad durante el levantamiento del 2 de mayo de 1808 contra el dominio napoleónico en España.

Cuando el hombre de los tatuajes no estaba en su balcón, las persianas metálicas, a pesar del calor, permanecían echadas. Entonces alcanzaba a oír retazos de conversaciones en las que se alternaban (es un decir, porque los españoles suelen hablar todos al mismo tiempo) la voz masculina, que atribuí al tatuado, y una y a veces dos voces femeninas.

Madrid es una ciudad tan diurna como nocturna. Parecería que los madrileños se turnaran para dormir, porque a las dos de la mañana, por la Gran Vía, camina tanta gente como a las dos de la tarde. Llega a haber congestionamientos *(atascos* les llaman allá) automovilísticos a las cuatro de la madrugada. Carlos Fuentes, escritor tempranero, me dijo alguna vez que él no podría vivir en Madrid porque nunca se había podido acostar en esa ciudad antes del amanecer. Yo, que también soy un escritor matutino, ahí cambié mis hábitos. O más bien, la ciudad me impuso los suyos. Y trabajé más de noche que de día.

Una noche, cuando salí al balcón a fumarme mi Ducado, no pude dejar de oír la conversación, por llamarle de algún modo, que provenía del piso de enfrente. No veía a los interlocutores, pues las persianas estaban echadas, pero sí los escuchaba con absoluta nitidez. Hablaban en voz muy alta, si no es que a los gritos. Una era la voz del tatuado, llamado, según lo pude colegir, Manolo; otra, la de Pilar, su mujer, y una más, la de Mariana, amiga de ambos.

Esto fue, más o menos, lo que entonces oí:

PILAR: Mariana, que tú te has follado a mi marido.

MARIANA: Pero ¿qué dices, Pilar? ¡Que yo no me he follado a Manolo!

PILAR: Que sí, ¡que te lo has follado!

MANOLO: Pero ¿qué tienes, mujer?, ¿quién te ha dicho eso?

PILAR: ¡Pues no necesito que nadie me lo diga, Manolo! ¡Que os he visto!

MARIANA: ¿Que nos has visto? ¡Tú estás loca, Pilar!

MANOLO: ¿Cómo que nos has visto! ¡Eso es imposible, mujer! Porque Mariana y yo no hemos follado nunca.

PILAR: ¡No es que os haya visto en la cama, coño! Pero sí que he visto cómo os miráis y los ojos de cordero degollado que pones tú, Mariana, cada vez que...

246

Bueno, por ahí empezó la conversación, que fue subiendo de tono e integrando una cada vez más numerosa retahíla de palabras malsonantes, mientras yo me fumaba mi Ducado en el balcón del piso de Moreno.

Debo decir que mi curiosidad morbosa me llevó a encender otro Ducado para conocer el desenlace de esa historia tan elemental como la figura de un triángulo.

Iba por la mitad de mi segundo cigarrillo, cuando vi salir de la puerta del edificio frontero a la mujer que había desempeñado el papel de Mariana en el diálogo que había escuchado y a quien yo no había visto antes en mis constantes salidas al balcón.

Mariana, rubia y menudita, se dirigió por la acera de enfrente hacia la calle de Luna, cabizbaja, las manos entrelazadas sobre el pecho, llorando y quejándose en voz susurrante, pero inteligible, de la impugnación infundada de la que había sido víctima. Alcancé a oír que decía: «Pero si yo no me he follado a Manolo, pero qué se ha creído Pilar, pero si esto es una injusticia...».

Mariana no me vio, pero yo sí la pude seguir con la mirada —y con el oído— hasta que dobló por la calle de Luna hacia arriba, hacia San Bernardo. Justo en el momento en que ella desapareció de mi vista, irrumpió por la misma esquina de Luna y Pizarro una mujer que tuvo que haberse topado con Mariana y verla llorar y oírla quejarse del agravio sufrido por la imputación de una falta que no había cometido, porque ella, como iba diciéndose a sí misma, no se había follado a Manolo...

La mujer desconocida (todas lo eran, pero esta lo era más porque, además de desconocida, era, para mí, anónima) desembocó en Pizarro después de haberse dado de bruces con las lágrimas y los lamentos de Mariana, y lo primero que vio al doblar la esquina fue a un hombre apostado en el balcón, fumándose tranquilamente un cigarrillo.

Debí haberme metido en ese momento y cerrado la ventana y el postigo. Pero me di cuenta demasiado tarde de la confusión de la recién llegada, que me miró con un coraje solidario con la injustamente imputada de adulterio. No me quedó más remedio que asumir su reprimenda:

—¡Hijo de puta! —me espetó, con furia.

Me habría gustado tener la sonrisa cínica de Manolo Mala Saña, pero, avergonzado, lancé la colilla de mi cigarrillo a la calle, cerré a destiempo las ventanas y los postigos y ya no pude seguir escribiendo esa noche. Cómo, sin un Ducado entre párrafo y párrafo.

20

La dedicatoria de Umberto Eco

A finales de julio de 1985, Umberto Eco vino a México. Esther Cohen, compañera mía de la Facultad de Filosofía y Letras de la UNAM desde los tiempos estudiantiles, había cursado un posgrado en la Universidad de Bolonia, donde fue alumna del eminente semiólogo piamontés, con quien, al cabo del tiempo, estableció una relación de amistad. De regreso en México, le transmitió a la dirección de la Facultad la manifiesta anuencia de su profesor a visitar nuestra institución para impartir un cursillo o dictar una conferencia. La iniciativa fue acogida con beneplácito por el director, José G. Moreno de Alba, y, sobre todo, por el secretario general, José Pascual Buxó, quien se había doctorado en la Università degli Studi di Urbino y se había dedicado precisamente a la semiótica, aplicada, en su caso, a la literatura y la arquitectura efímera —los arcos triunfales— de la Nueva España. Umberto Eco contaba con todas las credenciales académicas, pero también había rebasado el ámbito estrictamente universitario con la reciente publicación, en 1982, de su novela *El nombre de la rosa*, que lo había catapultado a la fama internacional. Por supuesto que sería un honor recibirlo, dijeron el director y el secretario general, pero la Facultad no contaba con los recursos para invitarlo; sería necesario entonces acudir a otras instancias de la administración central para sufragar los gastos. Esther les hizo saber que Eco vendría por su cuenta y que se alojaría en su casa, es decir que su visita no le costaría a la Universidad ni un centavo. Ellos aceptaron encantados la propuesta.

Yo me desempeñaba entonces como secretario de Extensión Académica de la Facultad, de modo que recayó en mí la tarea de programar, junto con Esther, las actividades del ilustre visitante. Acordamos con el director y el secretario general que lo mejor sería que Eco sostuviera una conversación privada con el profesorado en el Aula Magna y que diera una conferencia magistral en el auditorio Justo Sierra, abierta a toda la comunidad universitaria.

Umberto Eco dio su visto bueno al programa y nos anunció el título de su conferencia: «El tránsito de la metáfora a la alegoría en la Baja Edad Media italiana». ¡Válgame!, pensé. ¡Este tema estaría bien para un seminario de posgrado de Letras Italianas, con dos o tres especialistas, pero ¿para la comunidad estudiantil universitaria?! ¡No van a entender ni madres! Yo hubiera preferido que hablara de su novela, que tanto éxito había tenido y que una gran cantidad de estudiantes había leído, atrapados por su trama policial, a pesar de la erudición que rezumaba. Pero en este punto no hubo ninguna posibilidad de negociar.

Esther me comentó *sotto voce* que, después de la conferencia, sería bueno invitar a Eco, con un grupo muy reducido de amigos, al Bar León, que, como ella bien lo sabía, yo frecuentaba mucho. Me dijo también que, a la salida del antro, podríamos dar un paseo, de los que yo temerariamente solía conducir a altas horas de la madrugada, por el centro histórico. Él estaría muy poco tiempo en México y sería lamentable que no conociera, así fuera muy «por encimita» y de noche, el casco antiguo de la ciudad. ¡Me encantó el plan!

El día 31 de julio tuvieron lugar todas las actividades de Umberto Eco en la universidad.

A mediodía se llevó a cabo, a puerta cerrada, la entrevista programada de Eco con el claustro académico. Los profesores, particularmente los de Letras Italianas, lo asaltaron a preguntas y, aunque decían conocer sus trabajos de filosofía, de estética y de semiótica, se concentraron en su obra literaria, cuyo tratamiento policial le había permitido a su autor meter, como de contrabando, una ingente cantidad de información histórica a propósito de los avatares de la orden franciscana en las postrimerías del Medioevo. En un *itañol* gracioso y absolutamente inteligible, Eco contestó con un dejo de ironía las interrogantes de los académicos. Yo disfruté mucho sus respuestas porque, con ingenio y sutileza, se burlaba de la manera tan extensa y rebuscada con que los profesores formulaban sus preguntas, como si les interesara más lucir su sapiencia ante sus colegas que conocer su pensamiento sobre lo que le preguntaban.

Después de la entrevista con el claustro académico, el director le ofreció a su huésped una comida en la Unidad de Seminarios Dr. Ignacio Chávez, ubicada en el Vivero Alto de la Universidad, a la que asistieron algunas autoridades universitarias y un grupo selecto de profesores.

Con respecto a la conferencia de la tarde, Eco nos pidió con humildad que en el auditorio pudiera disponer de un pizarrón para escribir en toscano los ejemplos que quería ofrecer. Él, desde luego, hablaría en italiano. Cuando le dijimos que las profesoras Annunziata Rossi y Maria Pia Lamberti y el propio José Pascual Buxó estaban en la mejor disposición de interpretar su plática al español, como yo lo había previsto, Eco rechazó, con énfasis operístico, que su charla fuera traducida. Aseguró que, si un profesor chino visitaba el campus universitario de Bolonia, su conferencia la dictaba en mandarín y que a ella asistían solamente quienes entendieran esa lengua. No cejó ante la contraargumentación que esgrimimos Moreno de Alba, Buxó y yo de que muchos jóvenes estudiantes estaban haciendo cola desde muy temprana hora para entrar al auditorio con el vivo interés de escucharlo y que, si no se les proporcionaba ese servicio lingüístico, simplemente no la comprenderían.

—Que no vayan —nos dijo, categórico.

Nos vimos obligados, pues, a descartar la idea de la interpretación, muy a nuestro pesar. Aun con traducción al español, yo no sabía cuántos estudiantes entenderían las sutilezas del tránsito de la metáfora a la alegoría en la baja Edad Media. Lo que sí sabía era que, sin traducción, no entenderían absolutamente nada. Los alumnos no asistirían a la conferencia con el propósito de ampliar sus conocimientos de retórica medieval, sino para escuchar a una figura prominente de las letras italianas contemporáneas que había escrito una novela apasionante. Y mucho lamentaba que se quedaran en ayunas.

La comida se llevó a cabo en ese lugar privilegiado de la universidad, rodeado de los pastizales que alimentan las canchas deportivas, particularmente el Estadio Olímpico Universitario, que remoza el césped después de cada partido de futbol.

Saludos, bienvenidas, presentaciones, discursos, protocolos, entradas, primeros platos, segundos platos, postres y hasta digestivos, porque entonces, en ese espacio insular, todavía no se aplicaba el artículo del reglamento universitario que prohíbe el consumo de bebidas alcohólicas en los recintos universitarios... Después de todo ello y antes del brindis del caso, que pronunciaría Moreno de Alba, Umberto Eco me hizo una señal de retirada (yo era el encargado de la logística, es decir, su chofer). Se levantó de la mesa antes de que su anfitrión diera por terminada la reunión y se despidió informalmente de todos los comensales, que esperaban una dilatada sobremesa, pues todavía faltaba más de una hora para la conferencia.

Yo no había considerado ese «ajuste de tiempo», como los políticos llaman a las horas de descanso, y jamás pensé que Umberto Eco quisiera —o necesitara, según me dijo— dormir una siesta. ¡¿Una siesta?! ¿A qué horas? ¡Casi eran las cinco de la tarde! No había tiempo de llevarlo al departamento de Esther en la calle de Nogales de la colonia Roma, donde se hospedaba. Ante mi evidente aflicción, me preguntó si yo disponía de la camioneta Combi en la que lo había trasladado de la facultad a la Unidad de Seminarios. Cuando le respondí afirmativamente, me dijo que no me preocupara.

No bien llegamos a la camioneta, que había estacionado a la vera del arbolado camino que va del plantel sur del Colegio de Ciencias y Humanidades al Jardín Botánico, me pidió que le abriera la puerta corrediza lateral del vehículo. Se subió, se sentó, se quitó los pesados anteojos, se aflojó la corbata y se desabrochó el cinturón. Sacó del bolsillo del pantalón una antigua moneda de plata de un dólar que, al parecer, siempre llevaba consigo. La encerró en su puño derecho. Me advirtió que se dormiría profundamente durante un minuto, no más.

Me aparté unos pasos de la Combi, sin cerrar la puerta. Vi a cierta distancia cómo Eco se relajaba. Al cabo de treinta o cuarenta segundos, el puño se abrió, la moneda cayó al suelo de la camioneta y, con el ruido que su caída produjo, Eco se despertó. Se abrochó el cinturón, se guardó la moneda en el bolsillo del pantalón, se puso las gafas y me preguntó con renovados bríos:

—¿Adónde vamos?

Teníamos una hora antes de la conferencia. Le propuse entonces que diéramos un paseo por el cercano Espacio Escultórico de la Universidad, que le definí de la mejor manera que pude: sesenta y cuatro prismas que circundan el magma volcánico petrificado en un momento de su tempestuoso oleaje.

Frente a esa maravilla del Centro Cultural Universitario, el arquitecto Benito Artigas había articulado una sucesión proliferante de símiles: «Rueda de molino. Engranaje horizontal de reloj. Circunferencia dentada. Fauces abiertas. Hueco hacia el centro de la tierra. Cúpula espacial...». Pero lo maravilloso no sólo era el Espacio y su generosa polisemia, sino el insólito hecho de que seis notables escultores mexicanos —Helen Escobedo, Manuel Felguérez, Mathias Goeritz, Hersúa, Sebastián y Federico Silva— se hubieran puesto de acuerdo para hacer una obra conjunta. ¡Qué idea genial! Cercar un área del pedregal de San Ángel, de cerca de cien metros de diámetro, con un circo de prismas de cemento, distribuidos de manera equidistante, salvo en los cuatro puntos cardinales, donde su separación es un poco mayor. Es como una brújula cósmica, como una nueva y monumental Piedra del Sol. El solo hecho de delimitar esa área natural le confirió al espacio cercado una condición artística y una dimensión temporal: la captura del preciso instante en que la lava volcánica detuvo su candente flujo y se quedó petrificada, igual que una marina detiene el movimiento del mar, o, por mejor decir, lo representa en dos dimensiones. Aunque en este caso no se trata de una representación, como el de una marina, sino de la propia presentación, en tres dimensiones, de una realidad natural, permanentemente viva —¡ay!— en el momento de morir. El Espacio Escultórico es el retrato fidedigno e impertérrito de la agonía.

Umberto Eco se quedó estupefacto. No dijo nada, pero la admiración se le asomó a la mirada cuando, para apreciar el monumento en su conjunto, se trepó los anteojos a la amplia frente. Caminamos en silencio por el perímetro interior. Sólo se oía el roce del desplazamiento que nuestros zapatos infligían en los pedruscos de tezontle que tapizaban el recorrido. Al llegar, de regreso, al punto de partida, que él ubicó perfectamente y del que yo no me percaté, me dijo a manera de dictamen, de sanción, de síntesis:

—¡Divinamente inútil!

No sólo fue una magnífica definición del Espacio Escultórico, sino del arte en general —y del barroco en particular, pensé para mis adentros, porque si esta «escultura» colectiva se caracteriza por su sencillez clásica, tiene del barroco la grandeza de la inutilidad, la largueza del desperdicio, la belleza de lo innecesario—. «La tierra es clásica y el mar es barroco», decía José Lezama Lima. Lo prodigioso de esta obra de la naturaleza apenas circunscrita por el hombre es que, de algún modo, el mar se ha hecho tierra; la masa ígnea, expulsada por energía plutónica del fondo de la Tierra —diría Lezama— se ha congelado en un instante de su expansivo movimiento.

Después de nuestro fascinante recorrido por el Espacio Escultórico, nos encaminamos al auditorio Justo Sierra. Apenas pudimos abrirnos paso entre la multitud de estudiantes, profesores, periodistas, que esperaban con ansiedad la llegada del célebre escritor, que no se esperaba semejante tumulto ni se sospechaba el enorme aforo del recinto.

José Pascual Buxó, quien se encargaría de presentar a Eco, ya se había instalado en el presídium. Yo conduje al invitado hasta su lugar. Tan pronto apareció en el foro, recibió una ovación, que quizá le resultó más sorprendente que emocionante. Se sentó en el lugar central de la mesa cubierta por el solemne paño azul rey con el escudo de la Universidad bordado en oro propio de las solemnes ceremonias universitarias. Según lo programado, di unas palabras de bienvenida en nombre del director de la Facultad, y Buxó ofreció una semblanza sesuda y muy elogiosa del conferencista. Inmediatamente después, el connotado semiótico y gran escritor italiano se levantó de su asiento y, desplazándose por todo el foro, sin un papel en la mano, se largó una larga conferencia en italiano, atiborrada de ejemplos en toscano que escribía en el improvisado pizarrón. Más que una conferencia, sustentó una cátedra, que la inmensa mayoría del público —yo incluido, por supuesto— obviamente no comprendió, y que, sin embargo, oyó con estoicismo y aplaudió con entusiasmo: no se fuera a sospechar que no habíamos entendido ni jota.

Al final de la conferencia, decidí sacar a Eco por una puerta trasera del auditorio, que daba al estacionamiento de la vecina Facultad de Derecho. De esta manera, nuestro invitado no tendría que enfrentar a los cientos de estudiantes que llevaban sus ejemplares de *El nombre de la rosa* con la fetichista intención de obtener una dedicatoria autógrafa del escritor. A mí me hubiera gustado que firmara libros, aunque ello le habría llevado un par de horas, pero Eco, muy Bartleby de su parte, le había comentado a Esther que preferiría no hacerlo.

Como el Bar León empezaba su espectáculo musical a las nueve de la noche, Esther y yo convinimos en que, para hacer tiempo, yo llevaría a Eco al Salón La Luz de San Ángel (una franquicia de La Luz del centro histórico), muy cerca de Ciudad Universitaria, donde nos alcanzarían ella y Fiora, una mujer italiana, como su nombre lo indica, que acompañaba a Eco y, al parecer, fungía como la ninfa de su apellido. En ese Salón, hoy desaparecido, ubicado entonces en Insurgentes casi esquina con avenida de La Paz, donde actualmente se erige una sucursal del BBVA, ofrecían gratuitamente, a manera de botana, unos sándwiches de pan de centeno con carne cruda, cubierta de angulas verdaderas (de las que tienen ojitos, vaya). Para acompañar la botana (y no al revés, como es lo usual), que nos sirvieron no bien nos sentamos a la mesa, Umberto Eco pidió un dry martini. Yo, no sin resquemor, lo secundé. Lo que yo no sabía, y él, desde luego, tampoco, es que era «la hora del amigo», ese interregno entre la comida y la cena en el que los bares, para estimular a la clientela en horas muertas, ofrecen, entre las siete y las ocho, dos copas por el precio de una, y que tienen el mal y ostentoso gusto de llevarlas a la mesa simultáneamente, lo que no estaría mal si se tratara de un tequila o de cualquier otra bebida que se tome «derecho», como se dice en México. Tratándose de un coctel como el dry martini, la medida parece infortunada porque una de las características esenciales del coctel por antonomasia es su baja temperatura, de manera que, inevitablemente, la segunda copa se va calentando mientras se bebe la primera.

En tanto que llegaban Fiora y Esther, yo aproveché para pedirle a Eco que me autografiara, como un mínimo porcentaje de las firmas que le había ahorrado plasmar en los ejemplares de los estudiantes, varios libros de su autoría que llevaba conmigo. Se limitó a dedicarme dos: *La estructura ausente* y *El nombre de la rosa*. En el segundo me escribió:

A Gonzalo como prueba de generosidad. Fecha. Por la eternidad.

La dedicatoria me desconcertó. En su momento, no supe si tomarla como un error involuntario, debido a las limitaciones de su conocimiento del español, que hacía recaer en el firmante la generosidad que quería atribuirle al destinatario; o bien como un desplante de su egolatría, que le hacía considerar un gesto de generosidad propia dedicarme un libro, o, lo más probable, como una ironía juguetona, que hacía pasar graciosamente por generosidad lo que en el fondo era gratitud. Preferí quedarme con la última posibilidad y le sonreí, agradecido, como muestra de mi propia recíproca generosidad.

Tan pronto le trajeron sus dos martinis y oyó mi explicación del significado de «la hora del amigo», lo que hizo Eco fue apurar las dos copas a la velocidad de una, para que no se calentaran. En honor a su apellido, no bien terminó de beberse su segunda copa, Eco le repitió al mesero su solicitud, como si los dos primeros tragos hubieran sido, amigablemente, uno solo. Yo me acobardé. No lo seguí y me limité a tomar mi segundo martini, aunque ya no estuviera frío, mientras él se bebía el tercero, que caía sobre la cama del segundo sándwich de carne cruda con angulas que le trajeron con su segunda ronda y que devoró tan precipitadamente como el primero.

Umberto (porque a partir de esos martinis, se nos extraviaron los apellidos) estaba en su cuarto martini cuando llegaron Esther y Fiora, que se retrasaron porque no contaron, según les dije en broma, con un chofer tan diestro como yo. Por fortuna, «la hora del amigo» había concluido. Ellas pidieron un trago que no traía su *doppelgänger*.

Celebramos todos el éxito de la conferencia, dimos el último sorbo a nuestras respectivas copas, y emprendimos las del Bar León.

Atravesamos la ciudad de sur a norte sin que Umberto comentara absolutamente nada de lo que pasaba por el cristal de su ventanilla. Pensé que quizá tenía un truco semejante al de su siesta para neutralizar los tragos ingeridos, y que estaba utilizando el trayecto para recuperar la sobriedad o para retrasar la embriaguez, lo que le impedía distraerse en ver el paisaje urbano y proferir comentarios insulsos.

En el Bar León, ya nos estaban esperando los amigos a quienes, confidencialmente, habíamos convocado: Raquel Serur y Bolívar Echeverría, Annunziata Rossi, Argentina Rodríguez, Alfredo Lefranc y dos o tres más que ahora se niegan a comparecer ante el tribunal de mi esforzada memoria. Nos sentamos con ellos en la mesa delantera que había reservado, a menos de un metro de distancia del entarimado, donde ya aguardaban su turno algunos instrumentos musicales —el piano, desde luego; las tumbadoras, el bajo— y los atriles con sus respectivas e inútiles partituras.

Los amigos estaban tomando tragos sueltos. A partir de que llegamos nosotros, decidimos pedir una botella de Bacardí blanco, que delataba nuestra joven edad y nuestra precaria condición económica, y que era propicia para oír la música tropical que el León nos deparaba y que empezaría a sonar de un momento a otro.

De pronto, se apagaron las luces de la sala; se prendieron las del foro, y se fueron trepando al diminuto escenario los integrantes de El Combo del Pueblo, dirigido por Enrique Partida, «Cayito».

—Se te quiere, Gonzalo; y de a gratis. —me dijo Cayito al verme, repitiendo su acostumbrado saludo.

Antes de que empezaran a tocar, cuando apenas estaban afinando sus instrumentos, me subí al entarimado y le dije a Cayito, en voz baja, que venía acompañado de uno de los mejores escritores italianos del siglo. Me confesó, con la honestidad que lo caracterizaba, que nunca había oído su nombre, pero confió en mi valoración y, antes de que empezara la descarga, dedicó sonoramente su tanda a tan distinguido huésped.

Umberto se preparó sus propias cubas libres, como todos, y escuchó con atención tanto la música como las letras de las canciones. En el momento en que *Lágrimas negras,* que comienza como un bolero inofensivo, se vuelve descaradamente una rumba sabrosa, cogió dos tenedores de la mesa, adoptó la botella de Bacardí como caja de resonancia y empezó a llevar el ritmo con soltura. Y con tino.

Pablo Peregrino, sobrino de Toña la Negra, tocaba las tumbadoras con animalidad felina, tan poderosa como elegante. A ese incontenible e interminable golpeteo rítmico de las manos contra los parches de los tambores, los entendidos llaman *descarga*. No sé lo que tenía que descargar Umberto, pero sí sé que descargó, intransitivamente, cuando Cayito lo invitó a subirse a la tarima para permutar la botella de Bacardí por unas percusiones de veras: las tumbadoras de Pablito, que le cedió momentáneamente su instrumento. Umberto descargó con energía, con euforia, con liberación. Golpeó con las palmas de las manos y hasta con los codos los parches de los tambores como si fuera un aborigen del trópico, como si hubiera nacido en Cuba, «la reserva musical del planeta».

Lo que más me impresionó de la intervención musical de Umberto fue su risa. No lo había visto reír en toda su visita. Su extraordinario sentido del humor, irónico, crítico, sutil, se había desplegado sin que se le movieran las comisuras de la boca. Era un humor como el de Buster Keaton, más desopilante entre más adustamente se expresaba. Pero frente a las tumbadoras, Eco, que se había despojado de sus pesados anteojos, miraba al cielo —al cielorraso—, sonreía y acababa por reír, satisfecho, exultante, feliz.

Tres o cuatro cubas más tarde, después de que Pepe Arévalo y sus mulatos hicieran su primera descarga y que la China del Río vocalizara todo género de sabrosuras, salimos del bar y emprendimos la temeraria caminata que, para mi deleite, le había prometido guiar a Esther Cohen.

Atravesamos la fachada principal de la Catedral Metropolitana de poniente a oriente. A Umberto, acostumbrado a las pequeñas plazas europeas, surgidas de la muchas veces tardía intromisión de la Iglesia en ciudades precristianas, le impresionó más la dimensión del Zócalo que la acumulación estilística de la construcción catedralicia. Recordé la feliz, aunque reductora, declaración de Dulce María Loynaz, quien sentenciaba que Europa era historia mientras que América era geografía. Su caminar, un poco bailado todavía, mantenía el ritmo de la rumba buena y no acababa de supeditarse al detenimiento espasmódico del paseante. Con pasos vacilantes pero sabrosones y con altísimos decibeles, enderezamos nuestra caminata por Moneda.

La calle lucía más borracha que nosotros, con sus edificios inclinados, como Santa Teresa la Antigua, a punto de que la inconsistencia lacustre del subsuelo la echara por tierra. Pasamos por la primera imprenta de América, por el taller de José Guadalupe Posada, por las puertas gemelas de Santa Inés. Todo le llamaba la atención, pero no poderosamente. Lo veía con un interés un tanto concesivo... De pronto, nos topamos con las escaleras que bajaban a la pequeña plazoleta de la Santísima, iglesia que se había hundido cerca de dos metros y que, para rescatar su fachada original, los restauradores tuvieron que bajar el nivel del suelo ante la absoluta imposibilidad de hacerla emerger. Una vez abajo, ante esa portentosa fachada churrigueresca, con sus pilastras estípites y el bordado tallado de su cantería, Umberto se transformó; abandonó la complacencia concesiva de todo lo que hasta ese momento había visto, y enloqueció de contento. Él, que conocía como nadie la iconografía de las fachadas medievales, según queda de manifiesto en las minuciosas descripciones de las portadas de los conventos franciscanos de su novela, que interpreta con rigor semiológico y emblemático, se sorprendió ante un elemento, uno solo, que lo transfiguró: el medallón central de la portada de la Santísima, que ostenta la imagen de la Trinidad de su advocación. La figura de Dios Padre sentado en su trono celestial, con Jesús, exánime, sobre sus piernas, y la paloma con la que se representa al Espíritu Santo, posada como un broche lujoso de su capa, en su hombro izquierdo.

—¡Una *pietà* masculina! —exclamó Eco, alborozado, a la mitad de la pequeña plaza y a la mitad de la dilatada noche. Y sus palabras resonaron como el eco de su apellido, en el corazón desierto de la antigua metrópoli—. ¡Una *pietà* masculina! —repitió con redoblado entusiasmo.

Efectivamente, son numerosas las representaciones corpóreas de la Trinidad, en las que suele estar Dios Padre sentado, con la triple corona de la tiara pontificia sobre su cabeza, sosteniendo con ambas manos el travesaño de la cruz en la que agoniza el Hijo crucificado mientras la Paloma revolotea en un lugar indeterminado del empíreo celestial. Pero a él le pareció absolutamente singular esta representación en la que el Hijo no está en la cruz, sino yace en el regazo del Padre como, en todas las representaciones plásticas, ha yacido, tras el descendimiento, en el regazo de la Virgen Dolorosa.

—¡Una *pietà* masculina!

Con esta imagen le fue suficiente. Umberto Eco no quiso continuar el recorrido por las calles del centro. Prefirió dirigir sus pasos, nuestros pasos, a la famosa plaza Garibaldi, de la que mucho había oído hablar, acaso por su advocación del fundador de la patria italiana, curiosamente posterior al establecimiento de la República Mexicana.

Hasta ahí llegué. No pude, o no quise, seguir más. Estaba borracho. Supuse que menos borracho que Umberto, pero la mía fue una mera suposición. El pedacito de sobriedad que me quedaba me aconsejó, por vía de la cabeza, parar la fiesta ahí; el pedazote de borrachera que traía me aconsejó, por la vía del estómago, lo mismo. No habiendo contradicción, me despedí inmediatamente después de que Umberto Eco, sombrero de charro en la cabeza, jorongo al hombro y botella de tequila en la mano derecha, que no necesitaba para ser apurado de la delicada y mensurable intercesión de un caballito, terminara de cantar, en perfecto español, *Paloma negra*.

En el transcurso de un par de días en México, ya había agarrado las parrandas por su cuenta.

Nos despedimos a la mexicana, como hermanos llenos de promesas que no se cumplirían jamás.

Treinta y cinco años después, para escribir este vagido de la memoria, releo la dedicatoria que Umberto Eco plasmó en mi ejemplar de *El nombre de la rosa:*

A Gonzalo como prueba de generosidad. Fecha. Por la eternidad.

Y esa pequeña *opera* de dos líneas se me abre —*Opera aperta*— para darme la verdadera posibilidad de su apertura: cerrarla en mi única, verdadera y singular interpretación. La suya no fue una ironía; fue, en rigor, una manifestación literal de su generosidad.

Umberto Eco me regaló su erudición y su vitalidad, la ejemplar —y anhelada— concomitancia de su rigor académico y su creatividad literaria, su heterodoxia transgresiva y, sobre todo, lo que no se permitieron los monjes de su novela ni el mismísimo Jesucristo: su risa. Se rio de todos nosotros, de la solemnidad universitaria, de la presunta enjundia de un viaje de placer disfrazado de trabajo. Se rio, más que de nada y más que de nadie, de sí mismo.

Tengo para mí el privilegio de que también se rio de mí. Y no sólo por el breve tiempo de su estadía en México, qué va. Se rio de mí *Para la eternidad.*